LX18

KAMEL BENAOUDA

LX18

GALLIMARD JEUNESSE

Pour Anne-Catherine,
Clément,
Guillaume,
Hélène,
Jérémie,
Vincent.

« Nous pensons trop et ne ressentons pas assez.
Plus que de machines, nous manquons d'humanité.
Plus que d'intelligence, nous manquons de douceur
et de gentillesse. Sans ces qualités, la vie n'est plus que
violence et alors, tout est perdu. »

Charlie Chaplin

DOCUMENT D'ARCHIVES
DU MINISTÈRE DE LA DÉFENSE
DOSSIER N°9720
SUJET : LX18
MOTIF DU RECLASSEMENT :
COMPORTEMENT NON CONFORME
AU PROGRAMME MÉDUSA

MATRICULE : LX18
SEXE : MASCULIN
ÂGE : 16 ANS
GROUPE SANGUIN : B+
GRADE : ALTÉRÉ 2DE CLASSE
SPÉCIALITÉ : COMBAT RAPPROCHÉ

28.11 – CHANGEMENT DE MISSION

Je n'ai pas besoin d'écrire, mais la colonelle Wollstone a demandé. Alors je le fais. Elle a fourni l'explication suivante : nécessité d'un exercice psychologique régulier pour mesurer les conséquences de l'annonce d'aujourd'hui. Ça ne paraissait pas indispensable, mais j'ai bien entendu respecté la consigne. On nous ordonne de détailler nos pensées : je ne sais pas si j'y parviendrai. Ai plutôt pour habitude d'être concis. Aller à l'essentiel. Comme on me l'a toujours appris.

À 06 : 00, comme tous les matins, trois soldats réguliers sont venus nous réveiller avec des sifflets. À leur tête, le lieutenant Lazlo se tenait à la porte du dortoir. Les quarante-sept membres de mon unité et moi, nous nous sommes levés d'un même mouvement. Il a prononcé ces mots :

– Vos lits au carré et tout le monde au garde-à-vous ! C'est pas parce que vous partez au front cet après-midi que vous allez échapper aux corvées, bande de dégénérés ! Vous pensiez peut-être qu'on allait vous laisser du répit ?

– Négatif, lieutenant !

– Vous êtes même pas humains, sale troupeau d'attardés ! Il manquerait plus que vous commenciez à réclamer des droits !

Il a inspecté nos lits et nos paquetages, émettant parfois des remarques ou des ordres quand quelque chose ne lui convenait pas. Alors qu'il passait à ma hauteur, son pied a buté contre une paire de chaussures. Personne n'a rien dit, mais il s'est brusquement retourné vers moi et a dit :

– Sale cafard, espèce d'attardé ! Tu as souri !

– Négatif, lieutenant, je n'ai pas souri, lieutenant.

– Je t'ai pas autorisé à parler, petite larve ! Mon cul que t'as pas souri ! Comment c'est possible que t'aies souri ? Répète ça, si tu veux mon poing dans la figure !

Comme je n'étais pas en droit de répondre, je me suis tu, jusqu'à ce qu'il se dirige vers la sortie. Avant de partir, il a dit :

– Il y a trois mois, la mission Minotaure 1 a été un beau fiasco à cause de vous. Avec Minotaure 2, vous avez une chance de me montrer que vous valez finalement quelque chose. Vous avez intérêt à en casser, de l'ennemi, avant d'avoir le droit de crever ! Je vous veux en treillis dans quinze minutes pour le lever des couleurs ! Compris ?

– Affirmatif, lieutenant !

Aussitôt préparé, j'ai examiné une nouvelle fois ma feuille de route. Transport en convoi depuis la caserne Quintus jusqu'à l'héliport, puis départ pour rallier la frontière. Objectif : zone de conflit 53, située à 784 kilomètres. Le départ était fixé à 16:30.

J'ai quand même pris le temps de vérifier mon paquetage :

– Rations pour cinq jours
– Bonnet et gants contre le froid en territoire ennemi
– Kit de secours
– Sac de couchage
– Gourde

– Vêtements de rechange
– Lampe-torche.

Bien sûr, mon fusil d'assaut était nettoyé et en parfait état de marche. Mes rangers, soigneusement brossées.

Après mes cinquante pompes quotidiennes, ai rejoint le réfectoire pour un petit déjeuner rapide. Peu d'échanges avec les membres de mon unité. LX45 s'est installée comme à son habitude à ma table.

– Tu es prêt ? a-t-elle demandé.

– Toutes mes affaires sont empaquetées, sauf mon planeur portatif. Je vais le réviser.

– Nous ne sommes pas autorisés à modifier notre équipement.

Je n'ai rien répondu. Ce planeur, sous l'apparence d'un sac à dos, permet de voler à basse altitude en profitant des courants ascendants, mais il reste peu fonctionnel dans les virages serrés. LX45 a raison, nous ne devons pas trafiquer le matériel. Néanmoins, si cela me fait gagner en efficacité au combat, je me dois de le faire.

Nous étions concentrés sur l'affrontement à venir. Depuis des années, nous nous conditionnons physiquement et mentalement pour cette guerre. Après l'échec de notre première mission, il était temps de montrer à l'ennemi le résultat de cette préparation intensive.

Lever de drapeau dans la cour. Mains croisées derrière le dos. Nous sommes restés immobiles en écoutant l'hymne diffusé par les haut-parleurs fixés le long de la tour de guet. Seuls nos pieds martelaient le rythme, complètement synchrones. Selon le vent, nous pouvons entendre, depuis l'arrière du bâtiment, dans l'autre cour, les soldats réguliers qui, eux, chantent l'hymne. Ils ont leurs propres installations, et nous ne faisons que nous croiser, sauf quand nous sommes engagés dans des simulations ou des missions communes. Comme chaque matin, nous avons terminé en criant d'une seule voix notre devise, qui résume la destinée de chacun de nous :

Né pour le combat.
Mort au combat.

Les soldats réguliers mobilisés avec nous sont exemptés des protocoles habituels et occupent comment ils le souhaitent leur temps libre. Sans doute parce qu'ils sont moins endurants que nous. Nous, les Altérés, avons suivi le programme du jour à la lettre :

08:00 – Simulations d'attaque et d'extraction ;
10:00 – Ultime révision des éventuels imprévus de la mission ;
12:00 – Pause déjeuner ;
13 : 00 – Tours de piste, longueurs de bassin, musculation.

Comme souvent, nous nous sommes exercés sans supervision d'un instructeur, et nous n'avons pas vu la colonelle Wollstone. Elle devait être en train de peaufiner les détails de la mission. Après une douche rapide, nous avons fait une courte pause, le temps de regagner le dortoir et de vérifier notre paquetage.

À 15 : 53, je me suis rendu en salle de débriefing. Nous devions y retrouver la colonelle Wollstone qui allait nous faire part d'éventuelles modifications stratégiques, en fonction des conditions météorologiques, des mouvements de troupes ennemies.

Contrairement à ses habitudes, elle n'était pas encore sur place. Me suis assis patiemment. Les autres m'ont rejoint.

À 16 : 08, elle est apparue dans l'encadrement de la porte. Quelque chose semblait différent dans son allure, dans son regard. Nous nous sommes aussitôt mis au garde-à-vous. Elle s'est rendue lentement au pupitre et a dit :

– Repos, soldats.

Je rapporte ensuite du mieux que je les ai retenus les termes qu'elle a prononcés :

– Unité LX, bonjour. Je vois à vos yeux que vous êtes tous prêts à en découdre. Je suis fière de votre implication. Grâce à vous et au programme Médusa, nous avons équilibré les forces en jeu dans cette guerre qui ravage le continent depuis plus de soixante ans. Grâce à vous, nous avons su repousser les assauts ennemis, et même prendre l'avantage dans certaines zones stratégiques.

Elle a marqué une courte pause, avant de dire :

– Cependant, je suis au regret de vous annoncer qu'en haut lieu, après une réunion entre les dirigeants de nos deux pays, une décision a été prise.

Elle s'est tue et a jeté un œil sur sa feuille, comme pour y chercher une information précise :

– Le cessez-le-feu a été décrété. Vous ne partirez pas sur le front aujourd'hui.

Je n'ai pas compris ce que cela signifiait. Après un nouveau moment de silence, LX45 s'est redressée et a demandé :

– À quand le départ est-il reporté, colonelle ?

– Je l'ignore. D'après les données que l'on m'a transmises, il est fort probable que la mission soit tout simplement annulée. La guerre est terminée.

Elle a laissé passer un temps et a précisé :

– C'est une bonne nouvelle.

LX45, toujours debout, mains derrière le dos, a fixé la colonelle et a interrogé :

– Allons-nous quand même être affectés au maintien de l'ordre ou à l'aide au reconditionnement et au rapatriement du matériel ?

– Négatif, LX45. Nous avons essuyé des pertes dans les attaques des dernières semaines, mais les forces restantes suffiront à conduire la démilitarisation des secteurs de conflit.

45 s'est rassise mécaniquement, sans broncher. La colonelle a expliqué :

– Je sais à quoi vous pensez. Des années durant, vous avez été formés au combat, et l'on vous annonce maintenant que l'objectif pour lequel vous vous êtes préparés si assidûment n'existe plus. Vous vous demandez donc quelles fonctions vont vous être assignées.

Nous n'avons rien répondu. Nous attendions en effet de nouvelles instructions.

– Le gouvernement a décidé qu'il n'était plus utile de dépenser autant d'argent dans le programme Médusa. Nous ne collecterons plus d'autres enfants. Quant à vous, vous allez être immergés dans la vie civile. Vous avez tous seize ans. Vous serez donc affectés dans des établissements scolaires pour y suivre un cursus adapté.

Je n'ai pas compris ce qu'on exigeait de nous.

– Pouvez-vous préciser la consigne, colonelle ? Vous nous demandez de rejoindre la vie civile en attendant une nouvelle guerre ?

Elle m'a regardé droit dans les yeux, et a dit :

– Il n'y en aura pas d'autre, LX18. Vous ne ressentez pas les émotions et les sentiments comme la plupart des gens, mais ça n'a pas été considéré comme un obstacle à votre incorporation dans la vie civile. Vous serez toujours logés dans cette base, mais vous intégrerez des écoles où vous assimilerez, comme les jeunes de votre âge, des savoirs et des compétences qui vous conduiront, un jour, à exercer un métier hors du monde militaire. Est-ce clair ?

– Oui, colonelle ! avons-nous tous crié d'une seule voix.

La colonelle s'est saisie d'une pile de cahiers rouges préparés sur une table et les a distribués à chacun d'entre nous. Puis elle est revenue au pupitre et a dit :

– Le docteur Simov a conscience que cette nouvelle peut être perturbante, même si vous n'êtes pas en capacité de ressentir de la déception. Il aimerait donc étudier l'impact de cet... événement sur vous. Consignez régulièrement dans ce cahier les pensées et le déroulé détaillé de vos journées. Nous ferons rapidement un premier point pour observer l'évolution de votre incorporation dans la vie civile. Vous recevrez prochainement un dossier contenant toutes les informations nécessaires pour votre entrée au lycée. En attendant, vous pouvez défaire votre paquetage. Vous n'en aurez plus besoin. Rompez.

Nous avons regagné nos quartiers.

Nous intégrerons le lycée choisi par nos supérieurs le 4 décembre. Il faut que je me renseigne sur ce qu'est un lycée et ce qu'on y pratique.

04.12 – ARRIVÉE DANS MA NOUVELLE AFFECTATION

06:30. Réveil par les coups de sifflet du lieutenant Lazlo.

– Bien, les dégénérés, votre formation à la vie civile est terminée ! On a fait ce qu'on a pu, mes gars et moi, pour vous familiariser avec les usages des humains, leurs coutumes, leurs habitudes, leurs loisirs. Autant vous le dire clairement : vous êtes encore loin du compte ! Aujourd'hui, les membres de votre unité vont être répartis dans différents lycées de la ville. La colonelle Wollstone vous rejoindra après le lever des couleurs. Alors, ne traînez pas, et faites bonne figure…

Pendant que je préparais mes affaires, il est venu à ma rencontre :

– Quelque chose me dit que ça va pas tourner rond, avec toi, LX18.

Je brossais mes chaussures sans rien répondre. Il a abattu sa main pour arrêter mon geste et a déclaré :

– Y a un truc qui cloche chez toi, petite fouine. Je t'ai à l'œil !

J'ai dit :

– Bien reçu, lieutenant.

J'ai du mal à comprendre pourquoi il me trouve différent des autres membres de mon unité. Il pensait m'avoir vu sourire, il y a quelques jours. Mais auparavant déjà, alors que nous étions assignés à la réparation d'une canalisation, il m'avait pris à partie. Il aurait juré m'avoir entendu siffler un air. C'est rigoureusement impossible, à mon sens. Il fait erreur.

J'ai rejoint les autres dans la cour pour le lever des couleurs. Puis la colonelle Wollstone nous a dit quelques mots :

– Unité LX, j'ai appris par le ministère une terrible nouvelle.

Elle s'est interrompue, a sorti un mouchoir avec lequel elle s'est essuyé les yeux. Nous étions au garde-à-vous et avons attendu qu'elle continue :

– Le gouvernement a pris une décision. C'est un avertissement qu'il nous envoie. Ce qui commence aujourd'hui n'est pas une nouvelle vie pour vous. C'est d'abord et avant tout un test. Si vous arrivez à montrer que vous pouvez faire partie de la société malgré votre incapacité émotionnelle, nous trouverons des solutions pour vous réorienter. En revanche, si l'intégration se passe mal, si vous êtes en conflit avec les civils, l'État vous choisira une autre voie.

Nous attendions des explications, mais elle n'en a pas donné. Elle s'est contentée de conclure :

– N'échouez pas, je compte sur vous.

Nous avons pris avec elle le bus de la caserne. C'est la première fois que nous nous rendons dans une zone non militaire.

Après plusieurs arrêts durant lesquels la colonelle a accompagné quelques-uns de mes compagnons, nous sommes arrivés à notre lieu d'affectation, LX45 et moi.

Lycée Mary Shelley, situé au nord-est de la ville.

Il s'étend sur une superficie d'environ deux hectares. C'est un emplacement peu stratégique. Pas de mirador ni de barbelés. Trois points d'accès non sécurisés. Presque aucune caméra de surveillance. Je comprends pourquoi les civils ont tant besoin de nous pour être protégés. D'après mes renseignements, le lycée compte mille deux cents élèves, répartis en trente classes.

Comme moi, LX45 a renoncé à sa tenue militaire. Avons dû opter pour des vêtements moins confortables, mais plus utiles pour nous fondre dans la masse.

Le proviseur est venu nous accueillir. Patronyme: Strauss. Environ un mètre soixante-cinq pour cent dix kilos, type eurasien. Signe particulier: calvitie prononcée. Il s'est posté à la grille d'entrée, a serré la main de la colonelle qui lui a remis nos dossiers. Il prenait garde de ne pas diriger les yeux vers nous.

– J'espère qu'ils ne poseront pas de problèmes, lui a-t-il déclaré.

– Vous pouvez leur faire confiance.

Il nous a fait signe de le suivre dans le bâtiment principal. Nous n'avons pas cillé. Je me suis tourné vers la colonelle, qui a hoché imperceptiblement la tête. Alors seulement, nous avons obéi.

La matinée était déjà bien avancée quand, après une visite rapide de l'établissement, il nous a laissés dans la cour.

– Pour l'instant, c'est la récréation, nous a dit M. Strauss. Je vous ai ajoutés en seconde 5. Voici votre emploi du temps. Je compte sur vous pour ne pas faire de vagues.

Je m'apprêtais à me positionner de manière à avoir une bonne visibilité en attendant l'heure du cours quand LX45 a proposé:

– Notre cours de sciences aura lieu en B224. On pourrait partir en reconnaissance avant de rallier notre salle.

Il fallait monter un étage, traverser une passerelle et emprunter un couloir en L. J'en ai profité pour peaufiner ma connaissance du terrain. Peu d'endroits où se mettre à couvert, des ouvertures larges et peu sécurisées. Nous avons avisé des casiers vétustes, des espaces verts mal entretenus. Nous avons enfin rejoint notre destination. Il n'y avait personne encore. Nous nous sommes postés devant la porte, sans rien dire.

Une sonnerie molle a retenti, indiquant la reprise des cours. Des individus se sont précipités sans ordre dans les couloirs, agités et rieurs. J'ai dénombré douze filles et quatorze garçons. L'un d'eux nous a observés, les sourcils froncés, avant de nous interroger :

– Vous êtes qui, vous ? Des nouveaux ?

Le regard braqué devant moi, les mains croisées derrière le dos, je n'ai pas décroché un mot. J'attendais que l'enseignant se présente et expose lui-même la situation.

L'individu a semblé plus animé à l'idée que je ne réponde pas à sa question, il s'est emporté. Cheveux noirs, teint mat. Il était pourvu d'une stature plutôt correcte, mais manquait manifestement d'agilité dans ses mouvements. Moi, en revanche, je suis formé à plusieurs techniques de combat, dont le krav-maga et le jiu-jitsu. J'ai été entraîné à me battre à mains nues avec un paquetage de quarante kilos sur le dos et dans un état de fatigue avancé. Je savais que je n'avais rien à craindre de lui. Une jeune fille lui a demandé :

– Qu'est-ce qui se passe, Dimitri ?

– Y a deux nouveaux guignols et ils ne veulent pas desserrer les dents, on dirait.

Un autre a haussé les épaules :

– Fous-leur la paix, c'est des Altérés. T'as pas entendu ? On les envoie au lycée, maintenant.

– Quoi ? Mais pour quoi faire ? Ces neuneus à la gâchette facile vont tout faire péter à la moindre occasion !

Un autre encore nous a demandé, en reculant d'un pas :

– Vous êtes armés ?

– Négatif, a répondu 45.

Très vite, un attroupement s'est formé autour de nous. Comme moi, 45 ne bronchait pas. Mais elle ne semblait pas intéresser le dénommé Dimitri. L'enseignante est arrivée. Petite carrure, grandes lunettes, cheveux en bataille. Signe particulier :

yeux vairons. Elle avançait à pas modérés comme si elle ignorait où elle devait aller. Elle a ouvert aux élèves qui ont envahi la salle sans la saluer. Nous avons attendu que tout le monde ait déserté le couloir et nous nous sommes annoncés.

– Matricules LX18 et LX45. Nous sommes affectés dans cette classe, madame.

Elle a sursauté et a reculé.

– Comment ça, « affectés » ?

Elle n'avait apparemment pas été prévenue, il a donc fallu expliquer la situation. Indécise, elle a fini par nous accorder la permission d'entrer et nous a placés au fond de la salle, sans juger utile de nous présenter aux autres. Les regards se sont braqués sur nous, en silence, avant que le professeur ne demande de sortir le matériel. Assis dans la rangée voisine, Dimitri me fixait toujours et a profité du brouhaha des élèves qui s'installaient pour m'adresser à nouveau la parole :

– Comme je ne suis pas soldat, si je te frappe, tu ne vas pas répliquer. Si ? Après tout, vous devez protéger les civils, c'est votre mission, non ?

Je n'ai rien répondu, guettant le retour à l'ordre général et le début du cours. Il s'agissait d'une leçon de géologie. Le contenu était très approximatif par rapport à ce que nous avions appris à la base.

Dimitri a fini par se désintéresser de moi, mais il me lançait régulièrement des œillades. Il me paraît utile de signaler qu'à la fin de la séance, il m'a barré le passage vers la sortie. N'ai pas réagi.

Une jeune fille s'est alors approchée. Élancée, épaules légèrement voûtées, cheveux bruns relevés en un chignon rapide. Signes particuliers : grain de beauté à droite, sur le cou. Elle a dit :

– Les gens comme vous sont pas les bienvenus ici.

Nous sommes restés un moment silencieux. Quand

l'enseignante a demandé la raison de ce rassemblement, Dimitri s'est tourné vers sa camarade :

– Allez, Philo, on se barre, va ! Ils tiendront pas quinze jours, de toute façon.

Mais en me laissant la voie libre, au moment où je passais à sa hauteur, il a murmuré, de manière à ce que je sois le seul à entendre :

– Vous avez intérêt à dégager vite fait…

06.12 – POINT SUR LES PREMIERS CONTACTS AVEC LES ÉLÈVES

Les premiers jours, les élèves nous ont assaillis de questions sur notre entraînement :

– Tu as déjà tué quelqu'un ?

– Vous utilisez quelle arme, au combat ?

– Qu'est-ce que tu choisis entre sauver un enfant et trois vieillards ?

Je ne percevais pas l'intérêt de ces questions, mais je m'en tenais au protocole, qui stipulait qu'on ne devait rien dévoiler de notre vie militaire. Constatant que nous gardions le silence, ils ont fini par prendre leurs distances et nous éviter.

De tous les enseignants, seul M. Lorenzini, le professeur principal, a daigné nous présenter officiellement aux autres. Environ un mètre quatre-vingt-quinze, assez fin. Signes particuliers : voix grave, élocution lente. Tout en parlant, il ôtait et replaçait constamment le bouchon du feutre qu'il avait en main.

Avant qu'il ne termine ses explications, Dimitri a pris la parole :

– Si j'ai bien compris, monsieur, on les appelle des « Altérés » parce qu'ils ont subi une modification génétique et hormonale, dans le but de ne plus ressentir les émotions comme nous. C'est bien ça?

– Tout à fait, Dimitri.

– Donc, peut-on vraiment les considérer comme des êtres humains? En biologie, on a appris que même les animaux étaient capables d'empathie.

Je n'ai pas identifié le ton de sa voix. Il semblait en pleine réflexion.

– Ce n'est pas le débat, Dimitri. Mais merci de nous avoir exposé ton point de vue. Pour tout vous avouer, cette décision d'intégrer les Altérés parmi nous m'a surpris au départ. Je ne sais pas si c'était la solution la plus judicieuse. Néanmoins, ça ne va pas m'empêcher d'appliquer le principe que je mets en pratique dans chacun de mes cours: ne laisser personne sur le bord de la route. Ils ont droit à leur chance, comme chacun d'entre vous. Sans eux, nous serions sans doute toujours en guerre. Témoignons-leur notre gratitude en les acceptant parmi nous.

Ce discours a été accueilli par des murmures désapprobateurs. 45 a levé le doigt et a attendu docilement qu'on lui donne la parole. Elle avait suivi le module de communication avec les civils et a donc saisi l'occasion d'apaiser la situation:

– Rappelez-vous que notre priorité a toujours été la sécurité des populations. Tout notre entraînement visait à vous protéger. Rassurez-vous, nous avons complètement conscience que ces circonstances peuvent être déstabilisantes, nous comprenons vos interrogations...

– Je ne vois pas trop ce que tu peux comprendre de ce qu'on ressent, ai-je entendu fuser du côté de la fenêtre.

– Ouais, c'est clair, a renchéri une autre voix, nasillarde.

LX45 n'a pas poursuivi ses explications. Comme la réserve générale persistait, le professeur a soupiré et décidé de revenir à son cours.

Pendant un travail de groupes, il nous a pris à part et a déclaré :

– Ne vous faites pas d'illusions. La population apprécie les Altérés tant qu'ils n'occupent que la ligne de front et les bases militaires. Nos concitoyens vont chercher à vous humilier, vous harceler, vous mépriser. Montrez-leur que vous valez mieux. Par exemple, arrêtez de vous isoler pendant la récréation. Vos camarades sont perplexes en vous voyant au garde-à-vous dans la cour, à attendre la sonnerie comme des automates. Mêlez-vous aux autres !

Je n'ai pas compris la consigne. Les autres se dissipent, rient. L'agitation nuit à l'ordre, et rien ne m'amuse. L'enseignant nous a aussi demandé de veiller à ne pas rester ensemble, avec 45. Selon lui, cela va nous aider à nous incorporer. Je le considère comme mon supérieur hiérarchique, j'ai donc obtempéré. Il m'a indiqué une place vacante, à côté d'une élève. Quand je me suis assis, les autres ont émis un bruit que je n'ai pas su interpréter. Ils semblaient conserver une stratégie défensive, comme si je m'apprêtais à les attaquer d'un instant à l'autre.

Ma nouvelle voisine s'est un peu agitée sur sa chaise :

– Monsieur, il y a d'autres places…

Il lui a répondu :

– Tu me surprends, Philomène. Il y a de la place aussi en vie scolaire, si tu préfères.

Elle a poussé un grand soupir et s'est replongée dans sa lecture. Au bout de plusieurs minutes, comme je ne bougeais pas, elle a fermé brusquement son livre et s'est tournée vers moi :

– Tu me mets en stress, à rester immobile comme une statue !

– D'accord. Désolé.

– « Désolé. » On t'a dressé à sortir ça dès que tu ne comprends pas quelque chose ?

Je n'ai pas répondu. Au bout d'un long silence, elle a dit :

– Moi, c'est Philomène. Mes amis m'appellent Philo.

– Je sais. J'ai catalogué tous les élèves de la classe. Moi, c'est LX18, et comme je n'ai pas d'amis, on m'appelle LX18.

– D'accord… Alors, tu t'intègres ?

– Négatif.

Elle a pouffé. Je n'ai pas compris ce qui pouvait être drôle.

– Je viens d'une autre ville, et au début, personne ne me parlait ici.

– C'est différent.

Elle a hoché la tête, puis a déclaré :

– Je n'aime pas l'idée de vous savoir dans ce lycée, je hais tout ce qui touche de près ou de loin à la guerre. Je pense que tu comprendras vite que tu n'as pas ta place parmi nous. Mais je vais quand même te donner un conseil : je crois que vous devriez commencer par vous trouver des noms, des vrais !

– Je transmettrai ce conseil à ma coéquipière, mais mon nom me convient parfaitement.

– Avoue que c'est bizarre. Tu imagines quelqu'un de la classe expliquer à ses parents : « Je vais voir mon ami LX18 », ou : « Hé, LX18 ! Ça te dit d'aller au cinéma ? »

Je lui ai répondu que je ne saisissais pas où était le problème. Elle a fini par déclarer :

– Bon sang, t'es vraiment limité, toi ! Alors, laisse-moi réfléchir… Moi, on m'appelle toujours Philo et pas Philomène.

– Entre les membres de notre unité, nous nous permettons de nous servir de nos numéros. Quand nous travaillons avec des équipes différentes, nous nous devons d'utiliser nos matricules complets. Il est donc possible de m'appeler 18.

– Oui… Je ne suis pas très convaincue. Tu pourrais plutôt essayer LX, et même l'écrire H-É-L-I-X. Hélix, ça rassemble à un vrai prénom.

– Bien reçu, Philomène.

Elle a échangé avec Dimitri des signes dont je n'ai pas saisi la signification. Le cours a repris. Le professeur parlait d'un texte rédigé par un certain Jean Racine. Un empereur devait choisir entre accomplir son devoir en régnant sur Rome ou partir vivre avec une reine étrangère.

L'instructeur insistait sur l'intensité de ce dilemme. Je ne concevais pas en quoi il pouvait y avoir la moindre difficulté dans cette situation. On doit suivre son devoir.

Quand j'ai retrouvé 45, je lui ai transmis le conseil donné par Philomène, à propos de nos dénominations. Elle a dit :

– Cela paraît judicieux. Je vais y réfléchir.

– Je préfère conserver mon matricule, ai-je précisé.

Nous avons aussi décidé de ne plus rester ensemble en journée afin de ne pas attirer l'attention sur nous. Je ne vois pas comment cela pourrait influencer positivement l'opinion des civils à notre égard, mais je vais suivre cette stratégie.

15.12 - ÉLÉMENTS NOTABLES (COURS D'EPS ET D'ANGLAIS)

Cours d'EPS.

Les installations sont sommaires et il paraît clair que l'instructeur – un mètre quatre-vingts, forte pilosité, bonne carrure mais ventripotent – ne fait lui-même que peu d'exercice.

Au programme: quatre cents mètres haies, avec passage en plusieurs groupes. J'ai réalisé le meilleur temps en distançant largement tous mes concurrents. Je pensais obtenir l'approbation des élèves et de l'enseignant. Mais celui-ci s'est contenté de remplir les cases d'un tableau sur une feuille. Dimitri m'a légèrement bousculé en prenant place sur la ligne de départ et a déclaré:

– Tu veux quoi, le dégénéré? Une médaille?

Je me suis assis sur un banc, observant les performances de mes camarades. Dimitri continuait de me toiser. Il pressait une détente dans le vide en pointant dans ma direction. Je ne crois pas qu'il ait déjà tenu une arme entre les mains, mais n'ai pas fait de commentaire.

45 est arrivée troisième de son groupe. Je suis allée la rejoindre alors qu'elle s'étirait après l'effort. J'ai déclaré:

– Ce n'est pas du tout à la hauteur de tes résultats à l'entraînement.

Elle s'est redressée, s'est assurée que personne ne nous écoutait et m'a répondu:

– Il faut prouver que nous sommes capables. Mais ils ne seront pas satisfaits s'ils nous voient meilleurs qu'eux.

Je n'y avais pas songé. 45 identifie décidément mieux que moi les stratégies humaines. Sans rien ajouter, elle est allée se joindre à un petit attroupement.

Pendant la récréation, j'ai pris la résolution de me mêler aux autres, moi aussi. Je me suis approché d'un groupe de quatre individus qui braillaient, rivés à des images qui défilaient sur un téléphone. J'ai dit:

– Bonjour.

Ils n'ont pas réagi, alors j'ai précisé:

– En principe, vous devez répondre: « Bonjour. »

– Euh, ouais... salut.

– Quelle est votre occupation?

Ils m'ont regardé en silence, comme si j'avais parlé une langue étrangère. Puis l'un d'eux a fini par murmurer:

– C'est... un jeu vidéo...

Je ne comprenais pas son ton hésitant. Il a continué:

– Tu veux... essayer?

Il m'a expliqué sur quels boutons appuyer pour avancer, tourner, sauter. Il s'agissait d'atteindre un objectif le plus rapidement possible en évitant les obstacles colorés et les pièges explosifs qui se dressaient au dernier moment sur son passage, le tout sur une musique très répétitive.

Le parcours entamé, j'ai fait progresser le personnage sans embûches jusqu'à la ligne d'arrivée. Le rythme et les difficultés augmentaient au fur et à mesure de mon avancée, mais ce n'était pas un problème pour moi. À la fin, l'écran a affiché, appuyé par une mélodie synthétique: « Nouveau record! »

Je n'ai pas compris ce qu'il y avait d'amusant dans cette pratique, mais je pensais, encore une fois, que cette victoire allait me valoir des compliments. Lorsque j'ai rendu le jeu à mon camarade, il s'est contenté de déclarer à ses comparses :

– Bon, allez, on bouge…

Cours d'anglais.

Avons vu *La vie est belle,* réalisé en 1946 par Frank Capra. Nous l'avons regardé en version originale et je n'ai eu aucune difficulté à saisir le sens de ce qui se disait. Je ne comprends pas pourquoi ces gens ont accepté d'être filmés, et je me demande si certains d'entre eux ne se sont pas laissé duper, car il y a dans ce reportage des éléments qui ne sont pas vraisemblables.

Ainsi, un homme ressort indemne d'une chute dans une rivière glacée et agitée par les courants. Et plus tard, ses proches ne le reconnaissent plus.

Je me suis tourné vers les élèves de ma classe, et c'est ce qui m'a paru plus intrigant encore. Certains regardaient, inexpressifs, mais j'ai identifié des sécrétions lacrymales sur les joues de certains autres. Je n'ai pas compris ce qui leur arrivait.

Dans le bus qui nous ramenait à la caserne, j'ai fait la réflexion suivante à 45 :

– Tu as remarqué que, dans les dernières minutes de la diffusion, un banquier a volé une forte somme d'argent et n'a pas été appréhendé par la justice ?

Elle a acquiescé :

– Oui. Ce documentaire était assez étrange.

J'écris ces lignes à quelques minutes de l'extinction des feux. Bientôt, nous ferons le point avec la colonelle sur ces premiers temps parmi les humains. Je pense que, grâce à mon attitude jusqu'à présent, j'obtiendrai la satisfaction de mes supérieurs.

18.12 – PREMIER BILAN DE LA MISSION EN COURS

Hier, le lieutenant Lazlo est venu nous voir durant notre entraînement.

– Les dégénérés, je regrette presque le temps où vous passiez vos journées ici à vous préparer aux missions… Avec les gars, on a ouvert les paris. Si vous êtes capables de neutraliser des ennemis enragés, nager pendant seize heures, survivre à des nuits polaires et ne pas manger pendant soixante-douze heures, vous devriez pouvoir vous en sortir au lycée. Ça, c'est ce que les autres pensent. Moi pas. Je suis même carrément certain que vous allez bien vous planter. Et le jour où ça arrivera, vous savez ce qui vous attend ? Une petite piquouse envoyée par le gouvernement, et *bye-bye* !

Nous n'avons rien dit. Il nous a laissés reprendre notre entraînement. Après avoir terminé, nous nous sommes rendus dans la salle commune pour une réunion avec la colonelle.

Objet : rapport général sur nos premiers contacts avec les civils. Elle a demandé si certains rencontraient des difficultés dans leur intégration.

J'aurais eu des éléments à signaler. J'avais du mal à maintenir mon entraînement régulier : cela risquait d'impacter ma condition physique. D'autre part, nous restions assez isolés. J'avoue enfin que je ne suis pas à l'aise sans mon uniforme ni une arme à ma ceinture. Mais je n'ai rien dit. Personne n'a émis la moindre remarque.

Nous attendions tous de bonnes nouvelles, mais rien à signaler. La guerre ne semblait pas près de reprendre. Les négociations allaient bon train. La colonelle a aussi fait une annonce :

– Le gouvernement veut éviter tout dérapage et a pris à ce titre une mesure que je trouve drastique. Mais nous sommes des militaires et notre mission est de nous plier aux ordres. Chacun d'entre vous recevra, à intervalles réguliers, une note d'intégration : cette note évaluera votre capacité à vous fondre dans la vie civile. À chaque échéance, ceux qui obtiendront un total inférieur à 50/100 seront déclassés. Est-ce clair ?

– Oui, colonelle !

Je n'ai pas compris tout de suite ce qu'elle entendait par « déclassés ». Avec le recul, je crois qu'elle voulait dire « éliminés ». Ainsi, l'alternative est simple : soit nous réussissons à nous mêler aux civils, soit nous mourons.

D'après la colonelle, cette note tiendra compte des remarques de nos professeurs, du proviseur, ainsi que des soldats réguliers qui nous encadrent lorsque nous sommes à la caserne. Dans une semaine, je saurai quelle note on m'a attribuée.

Aujourd'hui, avons aussi reçu un petit livre, de dix centimètres de hauteur sur sept de largeur. Il est intitulé : *Guide des émotions*. Comptant à peine une trentaine de pages, il expose une définition rapide de chacune d'elles et des signes clairs pouvant nous aider à détecter si quelqu'un est triste, heureux, surpris, en colère, ou s'il est sous le coup d'autres ressentis plus subtils dont je n'ai pas saisi la nuance. Chaque émotion est illustrée par un pictogramme, qui reprend les caractéristiques les plus visibles : forme de la bouche, courbe des yeux, teint, gestuelle, allure générale.

Il nous a été demandé de le conserver sur nous.

Je me suis posté dans la cour cet après-midi et j'ai observé les autres en gardant le livre en main, cherchant à identifier ce que pouvaient éprouver quelques-uns de mes camarades.

Je pense que mes progrès seront lents.

Autre fait notable: cela fait plusieurs fois que je repère, à mon arrivée au lycée, un individu assis sous un abribus. Environ cinquante ans, grand et plutôt de bonne stature. Signes particuliers: béquille pour compenser une claudication de la jambe gauche et marque de brûlure sur le côté droit du visage. Une barbe clairsemée la dissimule en partie.

Vêtu d'un large manteau, il attend le bus parmi d'autres usagers. Rien d'anormal à signaler dans son attitude. Pourtant, il semble m'épier.

Cette fois-ci, j'en ai parlé à 45, qui n'a rien relevé de suspect.

– Notre entraînement nous a poussés à être toujours sur nos gardes, mais les statistiques montrent que le risque est quasi nul.

J'ai approuvé d'un signe de tête, mais une fois le portail du lycée franchi, je me suis posté dans une encoignure de manière à pouvoir observer sans être vu. Il fallait que je vérifie qu'il montait bien dans le bus. 45 m'a laissé faire et est allée rejoindre ses nouvelles fréquentations qui l'ont accueillie d'une accolade. J'aimerais réussir ma mission d'intégration aussi bien qu'elle.

Le bus s'est arrêté dans un crissement, me coupant toute visibilité. Après quelques instants d'incertitude, l'individu est apparu à la vitre, s'asseyant avec effort sur son siège. À cause d'un mauvais reflet, je ne suis pas sûr de moi, mais il m'a semblé qu'il me fixait, comme si son regard parvenait à me débusquer jusque dans ma cachette.

Ce n'est peut-être qu'une fausse alerte, mais je vais redoubler de vigilance.

21.12 – TENTATIVE D'INTÉGRATION

Notre professeur principal, M. Lorenzini, a convaincu un groupe d'élèves de nous inviter, LX45 et moi, à une soirée chez une fille de la classe. Elle donnait cette fête pour marquer le début des vacances scolaires. Lorsqu'on m'a demandé si je désirais y aller, j'ai répondu que, si c'était ce qu'il fallait faire, je m'y rendrais. LX45 pense que ça sera très bénéfique pour notre note d'intégration.

Nous nous sommes présentés à l'adresse indiquée à 20:00, horaire qu'on nous avait signifié. C'était une maison de ville dans un quartier peu fréquenté. Elle comptait deux étages, un vaste terrain et une piscine, couverte pour l'hiver.

Une fille d'un mètre soixante-cinq, teint clair et visage oblong, est venue nous ouvrir. Signe particulier : longs cheveux roux. Depuis notre arrivée au lycée, nous n'avions jamais eu l'occasion de nous parler.

– Moi, c'est Carla. C'est chez mes parents ici, ils sont absents pour quelques jours. Alors, c'est donc vous ?

45 a tendu trois gros sachets plastique, remplis de sucreries bariolées. Carla s'en est saisie.

– Des paquets de bonbons, c'est sympa !

– Nous avons cru comprendre que les élèves du lycée apprécient les aliments à haute concentration glycémique.

Elle a marqué un temps d'arrêt, puis:

– Comment vous vous appelez, déjà?

LX45 n'a pas trahi l'ombre d'une hésitation avant de répondre:

– Victoria.

Je l'ai dévisagée. Elle ne m'avait pas informé qu'elle s'était choisi un nom civil. Profitant de mon silence, Carla a proposé à 45 d'aller boire un rafraîchissement et elles sont parties toutes les deux. Resté seul, je me suis posté dans un coin, en observation.

Les invités arrivaient peu à peu, le plus souvent par groupes. Des dispositifs audio situés dans différentes pièces diffusaient de la musique aux paroles pas toujours compréhensibles. Devant une table pleine de ravitaillement, on remplissait des verres. Un peu plus loin, on remuait lentement sur un espace dégagé. Des garçons manœuvraient ostensiblement pour attirer l'attention des filles, du moins c'est ce que j'en ai déduit à la manière dont ils s'épiaient. Cette stratégie n'était d'ailleurs pas vraiment efficace. La zone que j'occupais restait vide.

Philomène est arrivée avec Dimitri. J'ai noté qu'ils se tenaient la main. D'après ce que j'avais étudié durant le module de préparation à la vie civile, c'était le signe qu'ils se fréquentaient. Ça ne m'avançait pas beaucoup de l'avoir remarqué, car je ne comprends pas ce que cela signifie. Comme beaucoup, ils avaient endossé des vêtements encore moins confortables que ceux qu'ils portent d'ordinaire pour aller au lycée. Elle avait appliqué du rouge sur ses lèvres, du rose sur ses joues, et une substance brillante dans ses cheveux. Je n'ai pas saisi l'intérêt.

Ce que je comprends de la vie en société: après avoir examiné les civils, la manière dont ils se comportent, dont ils se parlent, dont ils se regardent, j'en déduis qu'ils ne sont pas là pour voir, mais plutôt pour être vus. Ils prêtent attention à la façon dont ils rient, dont ils tiennent leur verre. Ils ne s'écoutent pas vraiment les uns les autres et se répondent le plus possible par un mot fin qui, d'après leur stratégie, émerveillera les autres. Les discours qu'ils échangent restent subjectifs et ne contiennent généralement aucune information utile. Ce sont des jugements de valeur souvent critiques au sujet de jeux vidéo, de compétitions sportives, de leurs enseignants ou de leurs parents. Capter l'attention de l'auditoire, surtout du sexe opposé, est manifestement leur objectif prioritaire.

Un peu en retrait, assise sur une banquette, 45 discutait avec un garçon. Elle lui a touché l'épaule. Je n'ai pas compris ce qu'elle faisait. J'ai voulu la rejoindre, mais Philomène est venue à ma rencontre, Dimitri l'ayant laissée pour échanger avec un groupe près du poste de ravitaillement.

– Tiens, Hélix, qu'est-ce que tu fais là ? Je n'imaginais pas te croiser à une fête entre lycéens !

– On m'a dit de venir.

Elle a gobé une olive et a commenté :

– Je ne sais pas qui est l'idiot qui a eu cette idée, mais s'il pense qu'on va vous adopter sous prétexte que vous débarquez à une fête…

Comme j'ignorais quoi répondre, je me suis contenté de répéter :

– On m'a dit de venir.

– Bon, si tu restes dans un coin en attendant que ça se passe, ça n'a pas trop d'intérêt, tu ne crois pas ?

Comme je ne répliquais rien, elle m'a demandé :

– Tu bois quelque chose ?

– Avez-vous vraiment le droit de consommer de l'alcool ?

– Eh ben… tu sais mettre l'ambiance, toi. Allez, en piste, l'artiste ! On va rigoler.

Sans attendre ma réponse, elle m'a pris la main et m'a entraîné avec elle. Je me suis laissé faire. Dans le module que nous avions suivi, on avait évoqué la danse comme un passe-temps, un rituel de séduction. On nous avait aussi expliqué que les civils aiment se rendre au cinéma, vaste salle où l'on diffuse sur un écran des simulations, ou encore au restaurant, une sorte de cantine publique permettant d'ingérer des rations qui ne sont pas en conserve. Mais, pour rien de tout cela, nous n'avions eu accès à des mises en situation.

– Fais comme moi, a-t-elle déclaré.

Et elle a commencé à remuer les bras et les hanches en se plaçant parfois sur la pointe des pieds. À d'autres moments, elle tournait sur elle-même, se penchait d'un côté, de l'autre, puis me faisait à nouveau face. C'était loin d'être aussi difficile que certaines prises de combat rapproché. Après une phase d'observation, je l'ai imitée. J'ai reproduit exactement ses gestes. Pourtant, au bout de quelques secondes, elle s'est arrêtée et m'a regardé en silence, avant d'éclater de rire :

– Tu fais des mouvements, ce n'est pas danser !

Je ne voyais pas ce qu'elle voulait dire par là. J'allais lui demander de préciser sa consigne quand Dimitri est arrivé.

– Philo, qu'est-ce que tu fais ?

– J'essaye de décoincer le nouveau !

– Laisse tomber, va, c'est peine perdue. Les copains nous attendent pour un jeu, dans le bureau.

Elle a détourné son regard et s'est éloignée avec lui. Debout au milieu de la piste, je me sentais trop exposé. J'ai tenté un repli au niveau du poste d'observation que j'occupais plus tôt, mais un groupe de criards s'en était emparé entre-temps. Alors, j'ai battu en retraite dans le jardin. Comme il faisait froid, il n'y avait presque personne. Une surface carrelée était éclairée par un spot sur le mur, je me suis donc éloigné dans un secteur plus reculé. Sans réfléchir, je me suis accroupi près d'un arbuste, j'ai ramassé un peu de terre humide et m'en suis marqué le visage.

Ainsi confondu avec l'ombre fraîche, plus personne ne pouvait me voir.

Je les observais à travers la fenêtre, dans l'ambiance chaude et bruyante. Ils riaient, se racontaient des choses que je n'entendais pas. À un moment, Philomène a appuyé sa tête contre la vitre, un verre à la main, en regardant les autres danser. Elle a fini par s'éloigner en direction d'un groupe.

Après presque une heure, toujours immobile dans le noir, j'ai avisé une fille qui sortait dans le jardin. C'était Carla, notre hôtesse. Elle ne m'a pas remarqué. Elle a récupéré quelques boissons stockées dans une caisse en bois, sans doute entreposées là pour être maintenues au frais.

Un garçon est venu à sa rencontre. Je l'ai reconnu : il se prénomme Amir. Fait partie de ma classe. Teint basané, un mètre soixante pour environ soixante-quinze kilos. Plutôt maladroit et empoté, il semblait avoir pour intention de lui parler, mais cherchait ses mots.

Dimitri a déboulé à son tour et a déclaré :

– Qu'est-ce que tu veux à Carla, toi ? Et qui a bien pu t'inviter à cette fête, d'abord ?

Amir a bafouillé quelque chose, et Dimitri, sans en tenir compte, a piqué son épaule avec son index. Il s'agissait visiblement d'une forme d'intimidation.

– Alors, mon gros, c'est pour quand, ce régime ?

Amir a protesté :

– Je ne suis pas gros… Ma mère dit que je suis juste un peu dodu.

Dimitri s'est arrêté et est parti d'un grand rire. D'une voix lasse, Carla a déclaré :

– Laisse tomber, Dimitri, rentrons.

Mais il a insisté, sans quitter Amir du regard. Cette fois, c'est de sa main entière qu'il l'a poussé.

Je me suis glissé derrière Dimitri, jugeant bon de l'avertir avant d'intervenir :

– D'après ce que je vois, tu n'es pas en cas de légitime défense, je t'ordonne donc de laisser cet individu tranquille.

À nouveau, Dimitri a éclaté de rire en se tournant vers moi. J'ai bien reconnu, à la manière dont il me regardait, qu'il était en train de me jauger pour savoir s'il avait des chances de me battre. J'ai noté quant à moi une plaie en cours de cicatrisation sur sa lèvre inférieure. Apparemment, il était du genre à aimer en découdre.

Il a bombé le torse, puis a esquissé un signe d'apaisement, avant, soudain, de lancer un poing contre moi. Mais j'étais resté sur mes gardes. Je n'ai eu aucun mal à esquiver le coup, et ai profité de son mouvement pour le déstabiliser : une simple prise dans le sens de son geste l'a fait pivoter et tomber près d'une chaise en métal. Dans sa lourde chute, il a renversé un pot de fleurs de jasmin qui s'est brisé sous le choc.

Nos modules de préparation à la vie civile ne m'ont pas vraiment servi pour savoir ce que je devais faire en pareille circonstance. Après une hésitation, je lui ai tendu la main pour l'aider à se relever, mais il l'a repoussée énergiquement.

Carla s'est inquiétée :

– Pars, tu vas me causer des ennuis !

J'ai obtempéré, tandis que Dimitri se redressait péniblement. Je n'ai pas cherché 45 et ai quitté les lieux.

Dehors, je me suis retrouvé seul, laissant derrière moi le bourdonnement de la musique. Le trottoir était désert à cette heure tardive. Un vent de nord-ouest, assez frais, soufflait à contresens de ma marche. Il ne m'a fallu que quelques instants pour sentir que quelqu'un me suivait : dès le premier coin de rue, je me suis caché et me suis accroupi, prêt à bondir sur mon assaillant.

Quand j'ai entendu son pas approcher, je me suis jeté devant lui, pour finalement freiner mon geste. C'était Amir. Après un sursaut et un mouvement de recul, il m'a dit :

– Tu as filé vite. Merci d'avoir tenu tête à cette brute ! Je commençais à avoir peur pour moi.

Je n'ai rien répondu, m'avançant à nouveau dans la nuit noire, mais il a poursuivi :

– Tu pourrais m'apprendre quelques-unes de tes prises, histoire que je sache me défendre ?

– Vu ta corpulence, tu n'arriverais même pas à maîtriser les bases.

Il n'a rien dit pendant quelques secondes, avant de remarquer :

– Eh ben, le tact n'est pas une compétence qu'on t'a enseignée, à l'école militaire...

Puis il a ri :

– Mais j'avoue, je crois pas pouvoir devenir Jackie Chan un jour !

J'ignorais de qui il voulait parler, et cette conversation me paraissait vide de sens. J'ai bifurqué à droite, il m'a emboîté le pas.

– Qu'est-ce que tu penses de Carla ?

– Je ne comprends pas la question.

– Cette fille, c'est une vraie bombe, non ?

– Une bombe ?

– Ouais, un canon, si tu préfères.

Je crois qu'il a perçu que ses propos me laissaient perplexe, alors, il a expliqué :

– Ben, tu la trouves pas absolument magnifique ? Genre, qu'elle éclipse, à elle seule, toutes les autres filles de la soirée ? Dimitri n'a pas tout à fait tort, j'ai réussi à m'introduire chez elle sans être invité : je ne pouvais pas manquer l'occasion de la voir !

J'ignorais où il voulait en venir. Il a continué :

– Je suis fou amoureux d'elle depuis l'école primaire. Je suis en train de monter un plan pour la séduire, je sens que c'est le moment de me déclarer. En cours, elle prend soin de ne jamais me regarder, c'est pas un signe, ça ? C'est sûr, je vais préparer un grand déballage. J'ai failli me lancer ce soir, mais ce n'est pas plus mal que ce gros balourd soit intervenu, il faut que je peaufine ça. Je dois passer chez le coiffeur la semaine prochaine. Avec la tignasse que j'ai, dès que ça pousse trop, ça boucle dans tous les sens…

J'ai fini par l'arrêter :

– Merci de me laisser tranquille.

Puis, j'ai couru jusqu'à la caserne, sans me retourner.

Maintenant que j'écris le déroulement de cette soirée, je crois qu'on peut dire que cette tentative d'intégration a été un échec.

24.12 – EN POSTE À LA CASERNE

Deux semaines de repos. La ville est calme ; c'est une sorte de tradition à cette période. Ce que j'ai compris de Noël : c'est un temps durant lequel les civils se réunissent pour ingérer des rations qui risquent de les rendre malades, s'offrir des présents qu'ils n'apprécieront sans doute pas, et s'invectiver en famille en abordant des sujets sur lesquels ils ne sont pas d'accord. Je n'ai pas saisi l'intérêt.

Quoi qu'il en soit, nous allons passer ces quelques jours entre frères et sœurs d'armes. J'ai pu reprendre l'entraînement avec plus d'intensité. Je sens que c'était nécessaire.

Pour la première fois de mon existence, la colonelle Wollstone nous a infligé une punition collective. Les réguliers en ont de temps à autre. Nous, jamais. Nous ne désobéissons pas aux ordres. Mais LX04, un Altéré affecté dans un autre lycée que le mien, s'est battu avec un élève en plein cours. L'enseignant s'est blessé l'arcade sourcilière en cherchant à les séparer. La colonelle veut donc nous montrer que nous ne pouvons nous permettre le moindre débordement dans la vie civile.

LX04 est un camarade très compétent. Expert en tir, il a toujours fait preuve d'une conduite exemplaire, et ses résultats sont très satisfaisants. C'est un atout majeur, en mission comme à l'entraînement. Si un soldat tel que lui a pu se retrouver impliqué dans une bagarre en plein cours, ce genre d'incident peut arriver à chacun d'entre nous.

Nous avons écopé d'un lourd travail d'entretien. Il s'agissait de nettoyer et de réparer une conduite d'égout percée, au fond de la caserne, non loin du grillage sud. Il neigeait, et trois heures complètes nous ont été nécessaires pour accomplir la tâche. Pendant cette corvée, j'ai parfois regardé LX04. Malgré une blessure au poignet, il s'activait comme les autres. Je l'ai aidé à diriger une brouette pleine de terre boueuse. Nous nous sommes fixés un moment, sans rien dire.

On nous a ensuite signifié que nous retournerions en salle de réunion sans passer par les douches.

Après notre installation pour le débriefing, la colonelle nous a demandé si d'autres parmi nous avaient rencontré des difficultés d'intégration. Personne ne s'est manifesté. J'ai une liste d'éléments qui échappent à ma compréhension, mais ça ne m'a pas semblé pertinent de les mentionner. Différentes habitudes humaines me paraissent étranges. Par exemple :

– Ils aiment acheter des vêtements neufs, alors que leurs armoires en sont pleines à craquer ;

– Ils se plaignent du temps qu'il fait, alors qu'ils ne peuvent rien y faire ;

– Ils appliquent de la couleur sur leurs cheveux, sur leurs ongles, ou font tracer des dessins indélébiles sur leur peau ;

– Ils se réunissent, mais pour s'isoler chacun sur son téléphone ;

– Ils disent « À tes souhaits » à quelqu'un qui éternue ;

– Ils prennent davantage soin de leurs animaux domestiques que de certains de leurs congénères qui dorment dans la rue ;

– Ils s'asseyent sur des bancs pour ne rien y faire, et certains jettent des miettes de pain à des volatiles qui les harcèlent.

La colonelle a laissé la place au docteur Simov, qui nous a demandé nos cahiers. Il comptait les parcourir dans la journée et nous les rendre le soir. C'était basé sur le volontariat, mais je n'ai pas vu d'inconvénient à transmettre le mien.

Enfin est venu le moment de nous annoncer nos notes d'intégration. La colonelle a expliqué qu'elle avait consulté nos enseignants, les proviseurs des lycées qui nous accueillaient, et reçu des rapports établis par les soldats réguliers. J'avais l'impression que sa voix tremblait. Elle a laissé passer un long silence, avant de se saisir d'un dossier et de nous mettre au garde-à-vous.

– Ce dossier contient vos notes d'intégration pour cette période. Je vais afficher les résultats sur le tableau de la salle commune. Veillez toujours à faire mieux pour le mois prochain. Je compte sur vous. Malheureusement, cinq parmi vous n'ont pas obtenu la moyenne et, comme le protocole l'exige, ils seront reclassés. La décision est à effet immédiat, et…

Elle semblait avoir du mal à s'exprimer, pour une raison qui m'échappait. Elle a fini par se ressaisir et a lancé :

– Je vais maintenant convoquer les cinq membres concernés. Vous suivrez le lieutenant Lazlo. LX23, vous n'avez pas obtenu la note requise. LX34, vous n'avez pas obtenu la note requise. LX39, vous n'avez pas obtenu la note requise. LX75, vous n'avez pas obtenu la note requise. LX92, vous n'avez pas obtenu la note requise.

À son appel, mes frères et sœurs d'armes se sont placés derrière le lieutenant Lazlo, puis ils sont tous sortis.

Nous avons consulté nos résultats sur le grand tableau blanc. Mon score est assez médiocre, 56/100. 45 arrive à 69/100. Ensuite, nous avons repris les exercices et les entraînements. Séries de pompes, d'abdominaux. Saut à la corde. La colonelle a expliqué que cela n'allait pas vraiment nous servir, mais que c'était pour aider à la transition.

Nous échangeons peu avec mes camarades. J'ai couru quinze tours de piste, sur ce sol que j'ai foulé sur des centaines de kilomètres, été comme hiver. Suivre ce parcours bien tracé et fermé me permet de maintenir mon mental en ordre. Je travaille ma rigueur, ma concentration, ma résistance. Nous ne sommes pas encadrés par des instructeurs. Un volontaire se propose toujours spontanément pour tenir le chronomètre. Ainsi, même le lieutenant Lazlo nous laisse nous entraîner tranquillement.

Nous ne nous sommes interrompus qu'un bref instant, le temps de voir une épaisse fumée s'échapper par le toit du bâtiment. 45 a simplement commenté :

– L'incinérateur est en marche.

Plus tard, nous nous sommes exercés au stand de tir, large espace à ciel ouvert. À un moment, 87 a quitté sa ligne. C'est un des membres les plus costauds de notre régiment, mais il se débrouille très bien aussi en stratégie. Il a été affecté dans un autre lycée que le mien, je n'ai pas demandé lequel. Il s'est approché de moi et a baissé la tête pour me parler.

– Quelque chose à signaler dans ta vie parmi les civils, 18 ?

J'ai tiré sur la cible, placée à cent mètres, et j'ai rechargé mon arme sans le regarder. Le froid engourdissait mes doigts, mais j'étais à peine ralenti dans ma manœuvre.

– Négatif, ai-je répondu. Et toi, 87 ?

Il a attendu un instant. Un coup d'œil furtif m'a permis de constater une blessure récente à son cou et un hématome au niveau de son front, qu'il essayait de cacher à l'aide de ses cheveux. Je me suis demandé si, comme LX04 qui nous avait valu une punition collective, il ne s'était pas trouvé dans une altercation avec un élève de son école. Il a déclaré :

– Je suis les ordres, mais cette affectation ne me convient pas. Je n'ai pas les compétences pour cette vie.

J'ai repensé à ces quelques jours au lycée, à la soirée chez

Carla, à la distance persistante des civils à notre égard. Au fond de moi, je partageais son point de vue, mais je ne l'avais jamais formulé à voix haute: en prononçant de tels mots, on n'était pas loin de la désobéissance, ce que je ne pouvais concevoir.

– La guerre recommencera peut-être, ai-je déclaré en prenant le temps de viser.

C'était ma stratégie. Attendre qu'un nouveau conflit éclate pour pouvoir faire ce pour quoi j'ai toujours été fait: défendre nos couleurs au combat. Il a murmuré:

– Les négociations sont en bonne voie. A priori, les hostilités sont bel et bien terminées. Je crois que l'état-major envisage de proposer nos services à d'autres nations, mais malgré nos performances, elles se méfient de nous. Les forces de l'ordre aussi sont réticentes à l'idée d'avoir des militaires dans leurs rangs.

J'ai tiré une nouvelle fois, imperturbable. Je n'avais pas de plan B pour l'instant. Il a continué:

– Je n'oublie pas que, pendant notre mission, tu m'as porté secours alors que j'étais gravement blessé.

– C'était mon devoir, 87.

– Mes chances de survie étaient minces, et me venir en aide n'était pas l'option la plus judicieuse.

Je n'ai rien répondu. Maintenant que je raconte cette scène, je comprends qu'il avait raison. Au cours de cette première mission, quand je l'avais trouvé avec une large plaie à l'abdomen, j'avais choisi de ne pas atteindre immédiatement mon objectif prioritaire, mais de lui administrer les premiers soins et de déclencher sa balise de détresse. Je ne sais pas pourquoi.

– Je te livre une information à garder pour toi, a-t-il repris. Il y a un endroit. Pour les gens comme nous. J'ai évalué que tu pourrais faire une excellente recrue. Tu pourrais nous rejoindre.

Il a déposé, à côté de mon chargeur, un minuscule papier roulé de façon particulièrement serrée.

Il a conclu, avant de s'en aller:

– Je pense que l'état-major est au courant, mais a choisi de fermer les yeux. Il sait que c'est bon pour nous.

Je me suis discrètement emparé du papier et l'ai glissé dans ma poche, sans regarder. Je préférais terminer l'entraînement. Avant de me laisser, il a ajouté :

– 18, prends bien soin de ton arme.

Une heure plus tard, nous avons rangé le matériel, puis enchaîné sur un temps de travail scolaire. Nous devons autant que possible nous assurer un niveau convenable, ce qui nous garantira une meilleure intégration dans la vie civile. J'ai réalisé quelques exercices de mathématiques, révisé un peu d'histoire, et j'ai terminé la lecture de *Bérénice*, de Racine. Je n'ai rien compris. Sur une centaine de pages, les personnages discutent d'une décision prise pour ainsi dire dès le début : Titus choisit d'abandonner Bérénice pour régner sur Rome. Tout aurait pu tenir en quelques lignes.

Ce n'est qu'avant de me coucher, en m'attardant un peu dans les sanitaires, que j'ai déroulé le papier de 87, qui contenait ceci :

svbx amqruv rvaewinjfiie
eickqyr eavd fgisk
hmnxf helj leldis

Un bruit m'a fait lever la tête, et j'ai immédiatement rangé la feuille dans une poche de mon pantalon, avant de me diriger vers le dortoir.

Après l'extinction des feux, j'ai réfléchi à ce que j'avais entrevu rapidement. Ce doit être un message codé, visiblement, avec le chiffrement de Vignère. Nous l'avons étudié, en cryptographie. Impossible à comprendre sans un mot-clé qui sert de guide de lecture.

87 a dû glisser cette information lors de notre conversation.

14.01 – NOUVEL ORDRE DE MISSION (DONNÉ PAR M. LORENZINI)

Trois semaines se sont écoulées avant que je ne parvienne à en savoir davantage sur le message remis par 87. J'ai fini par comprendre que le mot-clé nécessaire pour le décrypter tenait dans l'étrange recommandation qu'il m'avait faite, au moment de me quitter :

– Prends soin de ton arme.

« Arme »

Grâce à cette information, j'ai pu procéder au déchiffrement. 87 m'indiquait une adresse dans le secteur nord-ouest, et un horaire : 22 : 00.

Si je veux en apprendre davantage, je devrai m'y rendre un soir, mais je consacre le plus clair de mon temps aux devoirs et aux entraînements.

J'ai toujours autant de mal à comprendre les usages des civils de mon lycée. Ils ne savent pas obtempérer à un ordre simple, n'écoutent pas les consignes, se plaignent de tout et de rien, affirment à la moindre occasion être exténués de leur journée. Ils pensent qu'il est normal d'avoir de l'eau au robinet, de la nourriture dans leurs assiettes. Visiblement, ils n'ont jamais eu à creuser leur propre trou pour dormir, après une marche de trente-six heures.

Ce matin, arrivé au lycée, j'ai jeté par réflexe un coup d'œil en direction de l'arrêt de bus, mais depuis la reprise des cours, je n'ai pas repéré l'homme au visage brûlé. Soit je me suis trompé en croyant y voir une menace, soit il a gagné en discrétion.

Je me suis posté comme d'habitude devant la salle en attendant Mme Hernandez, notre professeure d'histoire. J'ai observé les élèves qui passaient. J'ai l'impression depuis quelque temps que le *Guide des émotions* m'est un peu moins nécessaire pour comprendre les sentiments qui habitent leurs regards. Je le maîtrise d'ailleurs suffisamment pour réaliser que l'attention que je porte aux civils a tendance à les mettre mal à l'aise.

Soudain, une main s'est abattue sur mon épaule et j'ai aussitôt exécuté une prise de retournement qui a fait basculer mon adversaire à terre. Suffoquant, Amir a levé les bras en signe de reddition.

– T'as perdu la tête ? C'est comme ça que tu réagis quand on veut te saluer ?

– Désolé, me suis-je excusé en l'aidant à se remettre debout. J'ai pensé à une attaque. Réflexe de soldat.

– Relax, man. Je sais pas si t'as remarqué, mais on n'est pas sur un champ de bataille, là…

Il a frotté son dos endolori, tandis que Mme Hernandez arrivait. Femme sans âge, aux cheveux clairsemés et aux lunettes épaisses. Elle a commencé le cours en expliquant aux élèves :

– Bien, personne ne l'ignore : nous ne sommes plus en guerre. Si vous suivez un peu l'actualité, vous avez pu constater que le gouvernement multiplie les mains tendues et les réunions au sommet en vue d'une paix durable. Vous allez découvrir une situation nouvelle, puisque ce conflit faisait rage depuis plus de soixante ans, bien avant votre naissance. Quelqu'un peut-il m'énoncer les premières raisons qui l'ont déclenché ?

Un long silence s'est installé. Comme personne n'a levé le doigt, l'enseignante a choisi de désigner un élève au hasard, qui est resté mutique, puis elle a interrogé quelqu'un d'autre :

– Philomène, qu'en pensez-vous ?

Avachie sur sa table, Philomène a gonflé les joues, sans doute pour signifier qu'elle ignorait elle aussi la réponse. Devant l'impatience appuyée de la professeure, elle a détourné son regard et croisé le mien.

– Je ne sais pas, a-t-elle fini par dire en se mordant la lèvre inférieure. Il faudrait demander à Hélix, il l'expliquerait sûrement mieux que moi.

Aussitôt, les yeux ont convergé vers moi. Sans hésitation, je me suis mis au garde-à-vous et ai déclaré :

– J'ignore pourquoi nous avons été en guerre, madame. Ces données n'ont jamais fait partie de notre formation.

Ils ont ensuite sollicité 45, qui n'a pas su répondre non plus. Alors, tout le monde a éclaté de rire, sans que je comprenne vraiment pourquoi. Mme Hernandez a dû procéder à plusieurs avertissements avant d'obtenir un retour à l'ordre, puis elle a précipitamment repris son cours, comme pour rattraper le retard.

Plus tard, en français, j'ai continué à repenser à l'hilarité que nous avions déclenchée, 45 et moi, sans parvenir à en percer le mystère. Quand la sonnerie a retenti, j'ai regretté de m'être laissé distraire ; à cause de cette histoire, je n'avais pas suivi grand-chose de la séance. J'ai rassemblé mes affaires, mais M. Lorenzini nous a demandé de rester, Philomène et moi. Il m'a alors donné une consigne qu'encore maintenant j'ai du mal à saisir :

– La direction souhaite proposer à mes élèves de participer à un concours de théâtre organisé par la ville. Il s'agit, par groupes de deux, de choisir un extrait d'une pièce et de le jouer sur scène. Ceux qui parviendront à convaincre le jury pourront intégrer un parcours de formation avec option théâtre l'an prochain.

– Waouh, c'est génial ! s'est exclamée Philomène. Il faut que vous m'inscriviez !

– C'est ce que j'ai dit à M. le proviseur. J'ai cependant une condition, Philomène. J'aimerais que nous impliquions davantage les Altérés dans les projets que nous menons. Ce serait une belle occasion de les inclure dans la vie civile. Si tu veux concourir, il te faudra donc être en binôme avec LX18.

Elle m'a regardé avec des yeux ronds.

– Ne t'en fais pas, lui a précisé M. Lorenzini, c'est surtout toi que le jury viendra observer.

Puis il s'est tourné vers moi :

– Qu'est-ce que tu en penses, LX18 ?

– Je ne saisis pas ce qui m'est demandé.

M. Lorenzini a expliqué :

– Tu vas avoir plusieurs mois pour t'entraîner à réciter devant les autres un extrait du livre de Racine que nous étudions. Il faudra le rendre « vivant ». C'est un texte qu'on peut lire et qu'on peut aussi jouer.

– C'est-à-dire ?

– Dans la vie de tous les jours, les gens vont de temps à autre observer des personnes qui, le temps d'une soirée, font semblant d'être quelqu'un d'autre et de parler comme lui.

Durant mon entraînement militaire, nous avons déjà reconstitué des scènes de combat ou simulé des attaques, mais il s'agissait surtout d'opérations stratégiques, afin d'être plus efficaces en situation réelle.

– Je ne vois pas l'intérêt, monsieur.

Il a soupiré :

– Il faut le faire, c'est tout. Tu obtiendras ainsi un bonus pour ta note d'intégration. Surtout, tu rendras un grand service à Philomène. Tu sais, nombreux sont ceux qui pensent que vous avoir acceptés en ville n'était pas une bonne idée. C'est là aussi une occasion de leur prouver qu'ils ont tort, tu ne crois pas?

Sans plus de commentaire, il s'est éloigné pour effacer le tableau. Philomène m'a alors déclaré:

– Écoute, à propos de ce qui s'est passé en histoire...

– Eh bien? ai-je demandé.

– C'est... Enfin... Bon, laisse tomber. Pour ce projet théâtre, d'accord, on va travailler ensemble. Je choisirai une scène dans *Bérénice*, puisqu'on est en train de l'étudier. Je t'avoue que ça ne m'emballe pas beaucoup. J'aimerais vraiment qu'on puisse réaliser une bonne prestation, c'est important pour moi. Tu penses que tu peux faire un effort, y mettre un peu de... « sensibilité » ?

– Affirmatif.

Elle a levé les yeux au ciel.

– Ça commence bien!

À mon avis, si elle a fait ce commentaire, c'est qu'elle se sent très confiante sur nos chances de succès.

17.01 – RÉFLEXIONS SUR MON ABSENCE DE RÉSULTATS

Comme souvent depuis quelques semaines, Amir s'est assis à côté de moi en cours de français. Je crois bien qu'il compte sur moi pour le protéger au cas où il aurait encore des ennuis. Dimitri et ses amis le provoquent régulièrement. Amir prétend que c'est par jalousie, parce qu'il est exceptionnel, mais j'aurais tendance à penser que l'explication réside ailleurs. Il s'accommode de mon indifférence, il y trouve même un avantage hors pair : je ne suis pas cruel comme savent l'être les autres élèves. À la moindre occasion, il me parle de son stratagème pour séduire Carla. Je n'ai droit à aucun détail, mais il m'assure que ce plan est infaillible. J'ai renoncé à lui signifier que ses états d'âme me dépassent complètement. Après tout, il a le mérite de ne pas se ranger à la désapprobation générale en acceptant de me fréquenter. C'est appréciable.

45, en revanche, ne m'adresse plus la parole, sauf quand les circonstances l'y obligent. Elle s'arrange, depuis quelques jours, pour que nous ne fassions plus les trajets ensemble. M. Lorenzini lui a rendu une rédaction pour laquelle elle a obtenu une très bonne note, là où j'ai lamentablement échoué. Le sujet consistait à imaginer les pensées d'un homme dessiné sur une toile. Dos au spectateur, il fait face à un ciel nuageux. Je ne vois pas l'intérêt de peindre ainsi un personnage sans montrer son visage, ni le représenter en action. Aucune possibilité d'en faire le signalement ni d'émettre des hypothèses sur ses intentions.

– Persévère, m'a encouragé M. Lorenzini en me rendant ma copie. Tu vas finir par y arriver.

Mais visiblement, mon travail est loin d'être à la hauteur des attentes. J'ai besoin de données tangibles. Je ne comprends pas comment 45 parvient à aussi bien se mêler aux humains. Si ma prochaine note d'intégration n'est pas satisfaisante, je serai incinéré. 45, elle, devrait obtenir un excellent résultat.

Elle ne veut désormais être appelée que par son nom civil : Victoria. Son objectif est clairement de s'assimiler aux lycéens et de faire oublier qu'elle est une Altérée. Je ne lui en fais pas le reproche ; elle s'acquitte très bien de sa mission. De plus, j'ai la conviction que, quoi qu'il arrive, nous resterons, elle et moi, coéquipiers, partenaires, unis par la fraternité militaire. Au vu de tout ce que nous avons traversé ensemble, rien ne pourra nous éloigner l'un de l'autre.

Je n'ai pas pris le temps de lui demander si elle aussi s'était vu remettre un papier par 87. Un de nos enseignants était absent aujourd'hui, ce qui nous a libérés plus tôt. Tout à l'heure, lorsque j'aurai terminé mon compte rendu, je me rendrai peut-être au lieu indiqué.

M. Lorenzini a consacré la dernière partie du cours à évoquer la question de l'orientation scolaire. Les élèves doivent réfléchir au métier qu'ils exerceront plus tard. Quand mon tour est venu, j'ai répondu que je ne savais pas encore vers quel cursus j'allais me diriger. Par chance, c'était aussi le cas de beaucoup de mes camarades. Ceux qui avaient une idée songeaient pour leur part à travailler dans le commerce, la comptabilité ou l'histoire.

– Pourquoi pas ? a commenté l'enseignant. Mais il faut avoir conscience que cela exige quelques années d'études.

J'avais du mal à saisir ces choix d'orientation. En cas de situation critique, on aurait plus besoin d'un mécanicien, d'un infirmier ou d'un agriculteur que d'un commercial ou d'un comptable.

Autre fait notable de la journée : Philomène est venue me trouver pour que l'on répète ensemble la scène de *Bérénice*. Travail peu concluant.

Nous avons profité d'une salle de cours vide pour nous entraîner. Elle a posé ses affaires, noué ses cheveux en chignon, jeté son chewing-gum, puis m'a demandé mon livre pour retrouver le passage. Quand elle l'a pris entre ses mains, j'ai perçu qu'elle ressentait quelque chose, sans savoir quoi au juste. Peut-être un certain agacement.

J'ai tenu à l'informer :

– J'ai lu la pièce.

– Ah, c'est une bonne chose, tous les élèves de la classe ne peuvent pas en dire autant. Et tu as aimé ?

– C'est-à-dire ?

Elle a marqué un temps et a reformulé :

– Tu as compris ?

– Négatif. Mais comme l'ordre était de la lire jusqu'au bout, c'est ce que j'ai fait.

Elle a passé la main sur son front, et a parlé, comme pour elle-même :

– Non, mais qu'est-ce que je fiche ici ?

Puis elle m'a expliqué d'un ton raffermi :

– Bon. Titus aime Bérénice, mais il ne peut pas l'épouser, car c'est une reine étrangère. Jusque-là, ça va ?

– Affirmatif.

– Il doit choisir entre répondre à l'appel du devoir en régnant sur Rome ou fuir ses obligations pour vivre son amour avec Bérénice, mais ce serait manquer à son honneur.

– Si son devoir lui dicte de gouverner, je ne vois pas au nom de quoi il hésite. Je ne comprends pas le tragique. Chacun décide de son destin. On ne s'engage pas dans un combat perdu d'avance.

– Et pourquoi pas ?

Comme je n'arrivais pas à trouver les mots pour lui expliquer, elle a renoncé :

– Bon, répétons la scène. Tu te souviens qu'ici Bérénice choisit de rompre, mais sans y parvenir vraiment.

Elle a rapidement cherché sa page, et sans quasiment la consulter, a déclamé :

– *Eh bien, régnez, contentez votre gloire…*

Je n'ai pas écouté la suite. J'attendais que mon tour de parler arrive. Quand elle s'est tue, j'ai enchaîné :

– *J'espère qu'un jour la triste renommée*
Vous fera confesser que vous étiez…

Elle m'a interrompu :

– STOP ! Arrête tout, Hélix ! Tu récites ça comme une fiche de consignes pour piloter un tank. Ça ne te choque pas ?

– Négatif. Et je ne sais pas conduire un tank. Ma spécialité, c'est le combat rapproché.

Comme elle ne répondait pas, voulant bien faire, je lui ai demandé :

– Je ne comprends pas pourquoi les lignes ne sont pas remplies.

Elle a semblé mettre du temps à saisir le sens de ma phrase.

– Ce sont des vers, Hélix. Ça permet de rythmer les répliques, de leur donner une dimension plus musicale, une pulsation, grâce à la construction et aux rimes.

Je ne percevais pas l'intérêt de découper ainsi le texte et d'y ajouter cette répétition de sons.

La sonnerie a retenti, et Philomène s'est contentée de ranger ses affaires. Il me semblait que quelque chose n'allait pas, indépendamment de ce travail à préparer. J'aimerais lui faire plaisir, car je constate que c'est une des rares élèves à m'adresser la parole, même si elle y est contrainte et forcée à cause de cette épreuve de théâtre.

J'ai conscience que l'échéance n'est pas pour tout de suite. Pourtant, je ne me pense pas suffisamment compétent pour mener à bien cette tâche. Je ne sais pas comment réciter les mots d'autres personnes, agitées par des problèmes qui me sont étrangers. Je vais quand même faire un effort. Philomène dit que lire plus d'ouvrages en tout genre devrait m'aider.

Je vais mettre ce plan à exécution.

En attendant, il se fait tard, et c'est le moment idéal pour quitter la caserne. Tout le monde a éteint dans le dortoir, sauf moi.

Je vais enfin découvrir ce qui se cache à l'endroit dont 87 m'a parlé.

18.01 – LES ACTIVITÉS DE 87

Hier soir, je me suis rendu à l'adresse transmise.

Par précaution, je n'en ai informé personne, et ai quitté l'enceinte du quartier général sans être vu. Il fallait éviter quelques caméras et des gardes, mais je connais si bien les lieux que ça ne m'a pas posé problème.

Emportant avec moi l'équipement minimal pour parer aux imprévus, j'ai choisi de rallier le point de rendez-vous en passant par les ruelles sombres, en contournant les secteurs fréquentés, en m'arrêtant au moindre bruit suspect. À certaines intersections, il m'a semblé voir, tapies dans l'obscurité, des silhouettes qui avançaient dans la même direction que moi. Elles étaient discrètes, mais mon entraînement m'a appris à traquer ces présences cachées dans l'ombre. J'ai redoublé de prudence et ai poursuivi ma progression, jusqu'à une zone industrielle abandonnée.

J'ai fini par aviser ma destination. Il s'agissait d'une sorte de hangar de briques rouges, un vieil entrepôt, vide en apparence. Je me suis posté en face, en reconnaissance.

J'ai extirpé de mon sac une paire de jumelles pour observer ma cible. Aucune lumière ne filtrait des verrières ternies par le temps. Des formes furtives se glissaient par intervalles jusqu'à une porte, côté nord-ouest. Elles échangeaient brièvement avec un gardien, puis la porte se refermait sur elles.

Après être resté un moment posté là, je me suis décidé à rejoindre l'entrée. J'avais dû être repéré, car un garçon massif a ouvert sans me donner l'occasion de frapper. Il m'a toisé et m'a demandé mon matricule.

Ce n'était pas quelqu'un de mon unité, mais j'ai vu que c'était un Altéré comme moi. Il a hoché la tête quand je me suis présenté et m'a laissé passer. À l'intérieur, une foule de mes semblables attendaient devant une estrade improvisée à la hâte. Nous devions être au moins une cinquantaine, éclairés par des ampoules discrètes. J'ai reconnu LX87, un peu plus loin, et quelques-uns de mes frères et sœurs d'armes. Les autres devaient être rattachés à des casernes différentes de la mienne.

Certains étaient occupés à réparer de vieux appareils de musculation, d'autres achevaient de peindre à la bombe les vitres pour ne laisser percer aucune lumière vers l'extérieur.

Mais la majorité attendait, en échangeant parfois quelques chuchotements.

87 m'a abordé. Il se trouvait en compagnie d'un autre garçon, plus fin, mais visiblement très agile.

– LX18, tu t'es enfin décidé à nous rejoindre. C'est bien. Je te présente KY02. Viens avec nous.

Je leur ai emboîté le pas sans poser de question et nous sommes sortis du hangar, tandis que d'autres groupes s'éloignaient à leur tour, dans différentes directions.

– On a hérité d'un bon secteur aujourd'hui, a commenté KY02 pendant que nous nous enfoncions dans des ruelles obscures.

– C'est vrai qu'on devrait avoir de quoi faire, a répondu 87. Allons-y doucement, c'est la première fois pour LX18.

J'ai approuvé d'un signe de tête.

– Suis nos instructions et tout ira bien, a assuré KY02.

Au bout de deux kilomètres, alors que nous étions engagés dans une rue étroite, 87 a levé le poing et nous nous sommes immobilisés. Un bruit provenant d'une rue adjacente lui avait fait tendre l'oreille. Nous avons repéré en effet une Toyota grise à l'approche, avec de fortes poussées d'accélérateur. Au lieu d'adopter un trajet rectiligne, elle ondulait sur la route, frôlant les véhicules stationnés, emportant parfois dans sa course un rétroviseur trop exposé. Alors qu'elle arrivait à notre hauteur, nous avons entraperçu le conducteur et ses passagers. Ils étaient cinq en tout. Grosses parkas noires, cheveux hirsutes, yeux enfoncés. L'un d'eux a lancé une bouteille vide contre la façade d'un immeuble, juste en face de nous.

– Ils sont ivres, a commenté KY02. Rattrapons-les avant qu'il y ait des blessés.

Et, d'un même mouvement, nous les avons pris en chasse, coupant à travers un square. Sans nous consulter, nous nous sommes séparés pour augmenter nos chances d'interception. 87 s'est enfoncé dans une rue piétonne, KY02 a continué sa course sur la chaussée tandis que, de mon côté, j'empruntais un escalier qui contournait la voie principale. Une fois en haut, j'avais une vue plongeante sur la ville.

Je me suis placé debout sur la rambarde et me suis jeté dans le vide. Après avoir tourné un petit levier sous mon sac, les ailes de mon planeur se sont aussitôt déployées. J'ai ajusté leur inclinaison pour survoler le quartier endormi et rapidement repéré notre véhicule à la trajectoire erratique. Profitant d'un vent ascendant, j'ai repris un peu de hauteur, afin de déterminer mon point de contact. Je me suis alors laissé tomber en piqué et, par une manœuvre de retournement, j'ai donné un grand coup, pieds joints, sur le pare-brise, avant de me réceptionner sans dommage sur le bord de la route. L'impact a surpris le chauffeur. Hors de contrôle, le véhicule a fait une embardée, brisant dans sa course une barrière de sécurité. Dans un bruit de moteur en surrégime, il a plongé dans le fleuve. Mes camarades m'ont rejoint. La Toyota s'enfonçait dans l'eau noire. Déjà, on n'en voyait plus que le toit.

– Aucune trace des occupants, a commenté 87. Ils sont toujours à l'intérieur.

– Ils seront morts dans cent vingt secondes, a estimé KY02 en ôtant ses rangers.

Nous avons plongé tous les trois. Pendant qu'ils se chargeaient des passagers, j'ai progressé jusqu'au conducteur. La portière semblait bloquée, soit par la fermeture électrique, soit par la violence du choc, et il a fallu que je tire de toutes mes forces pour la faire céder. Après un ultime effort, elle a fini par s'ouvrir, libérant le peu d'air encore présent dans l'habitacle. Les yeux révulsés, le conducteur se débattait pour se détacher. Non content d'épuiser l'oxygène qui lui restait, il m'empêchait de l'aider et me donnait même des coups. Il a ensuite sombré dans l'inconscience. Comme la voiture était maintenant au fond de l'eau et que je ne voyais presque plus rien, j'ai dégainé mon couteau et, à tâtons, ai cherché la ceinture de sécurité. J'ai fini par la sentir sous mes doigts et l'ai sectionnée. Le corps du conducteur a basculé en avant.

J'étais presque à bout de mes réserves d'air, mais je me doutais que ses chances de survie seraient bien minces si je me rendais à la surface pour happer une goulée. Sans comprendre pourquoi, j'ai pris le risque inconsidéré de ne pas l'abandonner. Calant son corps sur une épaule, j'ai pris appui sur le capot de la voiture pour accélérer ma remontée. La lumière des réverbères me paraissait peu à peu plus intense, mais l'effort me coûtait trop. Desserrant les dents, j'ai laissé échapper de l'air, l'eau glacée s'est aussitôt infiltrée dans ma bouche. Déjà, mes mouvements étaient moins vigoureux, j'avais l'impression de ne plus avancer. Si j'arrivais à hisser la victime jusqu'à la surface, elle serait sauvée. Notre objectif est de protéger les civils.

À cet instant, une certitude m'est venue. Je ne m'étais pas entraîné durant des années pour mourir dans le froid lors d'une banale mission de sauvetage. Instinctivement, j'ai puisé dans mes dernières réserves pour battre des jambes, et nous avons gagné le rivage.

Dans un ultime effort, j'ai poussé son corps sur le bord du fleuve. 87 et KY02 traînaient d'autres occupants en sécurité sur la berge, et s'assuraient qu'ils étaient sains et saufs. Encore étourdi par le manque d'oxygène, il a fallu que j'effectue sur le conducteur une manœuvre de réanimation. Au loin, des sirènes de police commençaient à se faire entendre. Après quelques secondes, le chauffeur a eu un soubresaut, puis a recraché l'eau qui encombrait ses poumons. Il a pris quelques secondes pour respirer, regardant autour de lui, avant de demander :

– Où est Dave ?

J'ai levé les yeux sur KY02, qui a secoué la tête. Nous avions pu sauver seulement trois personnes. Vu le temps écoulé depuis le début de l'opération et la température glaciale de l'eau, il était inutile de se donner la peine de secourir la quatrième. À notre silence, le conducteur a réalisé que son ami était mort. Avec les forces qui lui restaient, il a hurlé :

– Salauds ! Pourquoi vous avez pas pu le sauver ?

– Il n'avait aucune chance de survie, a expliqué KY02.

Alors, seulement, le conducteur nous a scrutés, et je crois avoir discerné, à la lueur des lampadaires, qu'il comprenait que nous étions des Altérés.

– Salauds ! Bande de salauds ! Bande d'attardés !

– Filons, a murmuré 87.

Le conducteur s'est agrippé à ma jambe, mais je n'ai eu aucun mal à lui faire lâcher prise. J'ai reculé, tout en l'observant, gisant et gémissant.

Tandis que les sirènes et les lumières des secours envahissaient les lieux, nous avons disparu dans la nuit.

28.01 – MISSION THÉÂTRE: NOUVELLE APPROCHE

J'ai rejoint plusieurs fois la Brigade des Altérés. C'est le nom qu'ils se sont donné. À défaut de faire la guerre, nous pouvons au moins nous engager dans une autre lutte: celle contre le crime. Certes, c'est en dehors des lois, mais nous mettons tout de même ainsi nos compétences au service de la Nation. Je suis enfin à nouveau utile. La plupart du temps, nous nous contentons de quadriller des secteurs sensibles au cas où un incident se produirait. Néanmoins, parfois, nous sommes assignés à des missions plus spécifiques. Certains Altérés collectent des informations qui concernent des menaces potentielles ou des criminels que la police n'a pas réussi à appréhender par les moyens légaux. C'est là que nous intervenons. Dans l'ombre, nous lui rendons la tâche plus facile.

Nous avons, par exemple, empêché un vieil homme de se faire voler sa voiture et mis fin à des bagarres entre bandes rivales. Un autre soir, attirés par des éclats de voix, nous avons neutralisé un mari qui portait la main sur sa femme. À ce propos, je ne m'explique pas pourquoi on peut choisir de vivre avec quelqu'un qui veut vous faire du mal. C'est sans doute plus compliqué que ce que je peux en saisir.

Quoi qu'il en soit, ce n'est pas vraiment le champ de bataille auquel j'ai été préparé, mais il faut bien s'adapter.

C'est d'autant plus important que, de jour, je ne parviens pas à m'habituer à cette vie civile, alors que déjà deux mois se sont écoulés depuis la fin de la guerre.

45, au contraire, a franchi un cap supplémentaire en s'intégrant à un groupe. On a vu en elle un atout de taille pour l'équipe de foot féminin. Nous ne nous parlons presque plus.

Je passe beaucoup de temps avec Philo. Amir et elle sont pour ainsi dire les seules personnes qui m'adressent vraiment la parole.

Philo me donne des ouvrages à lire, elle pense que ça peut m'aider. Docile, je m'exécute. J'ai déjà traité :

Hamlet et *Roméo et Juliette*, de Shakespeare
La Vie est un songe, de Calderón
Hernani, de Victor Hugo

Je lis ces pièces comme un message dont je saisis les mots, mais dont l'esprit me parviendrait brouillé, tel un écho ou à travers des bruits parasites. Par exemple, Juliette et Roméo s'aiment, bien qu'appartenant à des clans ennemis. Ils mettent pourtant chacun fin à leurs jours, ce qui me paraît incohérent. Ce que j'ai compris du suicide : vous êtes en bonne santé, vos capacités motrices et intellectuelles sont parfaitement intactes, et vous décidez quand même de vous donner la mort, sans cause extérieure à défendre, sans objectif tangible à atteindre. Il y a dans ce concept quelque chose qui me dépasse.

M. Lorenzini, mon professeur principal, est venu me complimenter pour mon travail en général. Il a remarqué que j'obtenais d'excellents résultats en éducation physique et sportive, dans les matières scientifiques, en langues vivantes et en géographie. Dès lors qu'il s'agit d'apprendre et de retranscrire des informations, je ne rencontre pas de souci particulier.

– Ce qui touche au domaine artistique et littéraire te pose davantage problème, a-t-il admis, mais tu compenses par ailleurs. Continue de me prouver que j'ai eu raison de miser sur toi. Et au fait, cette scène de *Bérénice* avec Philomène, ça avance ?

– Impeccable, ai-je assuré.

Ce n'était pas totalement vrai, mais ça m'a semblé la réponse la plus stratégique à donner. Comme nos répétitions au lycée ne sont pas probantes, Philo, après beaucoup d'hésitations, m'a proposé de nous entraîner chez elle. Elle se dit que nous obtiendrons de meilleurs résultats dans un environnement différent. D'après elle, me rendre moins obtus s'annonce difficile, mais pas impossible.

Je me suis présenté pour la première fois à son domicile en début d'après-midi. En attendant que quelqu'un ouvre, j'ai tourné la tête en direction du bout de la rue. À une centaine de mètres, il m'a semblé qu'un individu me fixait. J'ai eu la sensation fugace que c'était l'homme au visage brûlé. Cela faisait un moment que je ne l'avais pas vu rôder près du lycée, mais que pourrait-il bien venir faire dans cette partie de la ville ? Je me trompais sans doute. J'allais me précipiter pour en avoir le cœur net quand la mère de Philo a ouvert la porte.

C'était une femme aux cheveux grisonnants, vaguement camouflés par un foulard dont les couleurs contrastaient avec la pâleur de sa joue. Elle tenait un pinceau, encore imbibé de bleu.

– Bonjour, madame. Je suis Hélix. Je viens travailler avec votre fille.

Elle m'a fait entrer en m'invitant d'un geste, et a appelé Philo.

– Un charmant jeune homme pour toi, Phiphi !

Puis elle s'est tournée vers moi :

– Est-ce que tu veux de la tarte aux pommes ?

– Non, merci, madame.

J'ai quadrillé la pièce du regard : un certain désordre régnait, tout en bibelots inutiles, photos accrochées au mur. Encore une habitude humaine dont j'ai du mal à saisir l'intérêt : exhiber le visage de ses semblables, en particulier ceux que l'on voit tous les jours chez soi. J'ai remarqué aussi plusieurs toiles colorées, parfois déposées à même le sol, aux formes abstraites. Je n'ai pas demandé de quoi il s'agissait.

Quand Philo est descendue, sa mère a répété :

– Quel charmant jeune homme ! Comment se fait-il que tu n'en aies pas parlé avant, Phiphi ?

Philomène s'apprêtait à répondre quand j'ai expliqué :

– Je suis un soldat de la Nation, madame, et j'ai intégré ce lycée depuis quelques mois seulement, lorsque la guerre a pris fin.

Son teint a alors changé, se faisant plus blafard.

– Tu veux dire… que tu es un… Altéré ?

Elle a compris mon silence comme une affirmation, et elle s'est mise à trembler, serrant son pinceau au risque de le briser. Philomène l'a entourée de ses bras, pendant qu'elle se balançait en fermant les yeux, en marmonnant des paroles inaudibles.

Au bout de quelques secondes, elle s'est redressée et a annoncé :

– Je vais rentrer chez moi, maintenant.

Philo a placé ses deux mains sur les épaules de sa mère et a déclaré :

– Tu es déjà chez toi, maman.

Celle-ci a marqué un temps, avant de répondre :

– Mais oui, que je suis bête ! Est-ce que vous voulez de la tarte aux pommes ? Je vais vous en préparer une.

Elle s'est dirigée vers la cuisine d'un pas décidé. Philomène m'a regardé d'un air sombre et a menacé :

– Pas de commentaire, d'accord ?

Puis elle m'a fait monter dans sa chambre.

La pièce était plutôt sobre ; des murs peints en beige, sans fioritures. Sur une commode s'étalaient des animaux en papier de différentes couleurs. Malgré les angles et les formes sommaires, on devinait ici un cygne, là une chouette ou une grenouille. Remarquant que je les observais, elle a expliqué :

– Ce sont des origamis, des pliages japonais. Ça m'aide quand j'ai besoin de me vider la tête.

– À quoi ça sert ?

– Si tout devait toujours servir à quelque chose, la vie serait bien triste, tu ne crois pas ?

Je n'ai pas répondu, car je ne voyais pas l'intérêt de faire quoi que ce soit d'inutile. Elle a cependant précisé :

– Tu sauras qu'au Japon, on enseigne l'art de l'origami aux enfants. On a noté que ça augmente la concentration, la dextérité, la rigueur, la représentation dans l'espace. Ce n'est donc pas si inutile que ça en a l'air…

Puis elle a continué :

– Ma mère est un peu bizarre. Excuse-la.

– Elle a affirmé qu'elle allait nous servir de la tarte alors que j'avais décliné sa proposition. Et elle a fait comme si elle habitait ailleurs. Était-ce de l'humour ?

Elle a secoué la tête. J'ai repris :

– Elle a eu un accident ? J'ai remarqué son foulard. On dirait qu'il cache une cicatrice.

Elle a semblé ne pas savoir quoi répondre, puis a avoué :

– Tu n'es sans doute pas au courant, mais il y a quelques années, un mouvement de contestation a fait sortir beaucoup de monde dans la rue. On doutait du bien-fondé de cette guerre, qui coûtait énormément, en argent comme en vies humaines, et qui n'en finissait pas. De nombreuses manifestations ont éclaté, très vite réprimées par les forces de l'ordre. C'est au cours de l'une d'elles que ma mère a reçu un choc à la tête. Ça a endommagé une partie de son cerveau. Depuis, elle n'est plus tout à fait pareille…

– Ton père est mort ce jour-là.

Je crois bien qu'elle a eu l'air surprise.

– Comment… ?

– J'ai remarqué qu'avant de gagner la cuisine, son regard s'est attardé sur un portrait, au-dessus de la commode de l'entrée. C'est ton père, j'imagine. Vous avez des traits communs : la forme des yeux, la ligne des lèvres.

Elle a hoché la tête. Je crois qu'elle était triste. Je ne sais pas pourquoi les gens s'affligent quand l'un d'eux décède. On naît, on vit, on meurt. C'est dans l'ordre des choses. Pas de quoi se réjouir ni se désoler.

– Tu as déjà rencontré tes parents ? a-t-elle demandé.

– Les membres du programme Médusa sont conçus par insémination artificielle de femmes volontaires, qui acceptent de donner leurs enfants à la belle patrie. Mes parents, ce sont chacun des individus qui composent notre glorieuse Nation.

– Tu as bien appris ta leçon, on dirait. C'est triste, de n'avoir jamais connu sa vraie mère. Moi, je vis sous le même toit qu'elle, et pourtant je ne la reconnais plus. J'ai l'impression d'avoir perdu mes deux parents, ce jour-là. J'avais huit ans quand c'est arrivé, et depuis, elle passe des heures à peindre. Parfois, elle me regarde avec un vide dans les yeux, elle semble ne pas savoir qui je suis…

L'heure défilait et nous ne nous étions toujours pas attelés à la tâche. Je l'ai interrompue :

– On ne devait pas s'occuper de cette scène de théâtre ?

Philomène a marqué un temps d'arrêt. Une émotion est passée sur son visage, mais je ne suis pas parvenu à l'identifier.

– Oui, tu as raison. Je ne sais pas pourquoi je te raconte tout ça, après tout. Tu n'y comprends rien. Tu as déjà été sur un champ de bataille. Pas moi. Et pourtant, moi, je connais l'horreur de la guerre. Pas toi. Mais reprenons.

Nous avons travaillé un moment sur notre texte, réfléchi à

la gestion de l'espace sur scène, à la gestuelle la mieux adaptée. Elle m'a proposé des exercices d'articulation étranges, censés m'aider à mieux placer ma voix. Par exemple, dire très vite: «Seize chatons dans cinq chaussons chuchotent une chanson sur six chiens.» J'ai été conçu pour savoir démonter et remonter une arme en moins d'une minute, mais prononcer ces phrases rapidement, cela va au-delà de mes compétences.

Comme le soir tombait, j'ai pris mes affaires et me suis dirigé vers la porte.

– On va avoir du boulot, a-t-elle conclu.

– Tu es tout de même confiante?

– Non. Mais disons que la bonne nouvelle, c'est qu'on a encore un peu de temps.

Avant de partir, je me suis arrêté devant le portrait de son père. Je me suis tourné vers elle et lui ai déclaré:

– À mon sens, lorsqu'on fait face à une situation complexe, il faut faire la différence entre ce qui est à notre portée et ce qui ne dépend pas de nous. Parfois, il arrive des choses qu'on préférerait éviter, il y a toujours des imprévus. Dans ces cas-là, on a deux options: se rejouer le scénario idéal qu'on attendait ou avancer avec les cartes qu'on a en main. Et tu me parais pleine de ressources, Philo.

Elle est restée impassible durant un long moment, puis m'a fait signe de patienter. Elle a regagné sa chambre et est revenue avec un des origamis posés sur son bureau. Elle me l'a tendu. C'était une sorte de cygne.

Alors, après ce que je crois avoir perçu comme une hésitation, les commissures de ses lèvres sont remontées. Elle souriait.

Et je l'ai imitée.

03.02 – IDENTIFICATION D'UNE NOUVELLE MENACE

Nouveau bilan avec la colonelle. Elle nous a donné nos notes d'intégration. Quelques-uns ont progressé, mais la plupart ont stagné. Comme moi. Je suis à 55/100. Une dizaine de mes camarades ont vu leur note chuter, et trois sont passés sous la moyenne. La colonelle les a appelés :

– LX10, vous n'avez pas obtenu la note requise. LX29, vous n'avez pas obtenu la note requise. LX96, vous n'avez pas obtenu la note requise.

Je crois qu'elle était triste en les regardant s'aligner derrière le lieutenant Lazlo. Quand la fumée de l'incinérateur s'est échappée du bâtiment principal, j'ai préféré quitter la caserne. Je ne sais pas pourquoi. J'ai erré en ville jusqu'au soir.

J'ai repensé à l'homme au visage brûlé qui m'observait de l'abribus, en face du lycée, et peut-être non loin du domicile de Philomène. Il me semblait l'avoir revu encore à deux ou trois reprises, j'avais presque envie de le mentionner lors du bilan avec la colonelle. À la réflexion, je ne suis pas certain que ce soit lui. Il faut, je crois, que je me fasse à l'idée que les menaces ne sont pas tapies à tous les coins de rue, quand on évolue dans la vie civile.

À la nuit tombée, j'ai rejoint la Brigade. Avant même que je ne pénètre dans le bâtiment où se réunissaient ses membres, KY02 est venu à ma rencontre, les poings serrés.

– Tu as entendu la rumeur ? Des groupes s'en prennent à nous.

Comme je ne comprenais pas ce qu'il voulait dire, il m'a expliqué :

– Nos sorties nocturnes commencent à faire parler d'elles, mais au lieu de nous féliciter pour le travail accompli, des individus se rassemblent à différents endroits de la ville et patrouillent eux aussi. Non pas pour combattre le crime, mais pour nous arrêter, nous.

– On ne fait pourtant rien de mal.

– Ce serait même plutôt le contraire : on maintient l'ordre public. Il faut croire que toutes les occasions sont bonnes à prendre pour en découdre avec des Altérés. Ensuite, ils se vantent de leur sale boulot sur les réseaux sociaux.

– Je ne comprends pas cette hostilité. Nous sommes les alliés de la Nation et c'est grâce à notre engagement que la guerre est désormais terminée.

– Ils nous admiraient tant que nous mourions pour eux sur le champ de bataille, mais maintenant qu'il s'agit de vivre parmi eux, c'est une autre histoire.

Il avançait d'un pas rapide, prêt à bondir, jetant des regards autour de lui comme s'il savait que l'ennemi se tapissait là, quelque part. Je lui ai demandé ce qu'il proposait, concernant ces groupes qui nous voulaient du mal.

– C'est simple, a-t-il décidé. Qu'ils nous provoquent, et ils vont comprendre à qui ils ont affaire. Voilà qui devrait calmer leurs ardeurs.

87 nous a rejoints et nous avons entamé une ronde dans un quartier nord de la ville. Le vent était froid pour la saison, la pluie commençait même à tomber. J'ai songé un moment que

le mauvais temps allait décourager nos adversaires et nous dispenser d'en découdre. Mais au moment où cette idée se formait dans mon esprit, nous avons entendu :

– Y en a trois, là !

Le moins qu'on puisse dire, c'est qu'ils ne sous-estimaient pas notre puissance de frappe : ils étaient au moins une dizaine contre nous. Costauds, mais manifestement peu entraînés. Je crois avoir compris à leur regard que, pour eux, tout ça n'était qu'un divertissement.

– On devrait tenter une négociation, ai-je soufflé à 87.

– S'ils voulaient négocier, a-t-il rétorqué, ils ne seraient pas là. Ils ont conscience que nous sommes en sous-effectif.

Ils semblaient en effet se délecter d'avance à l'idée de nous mettre une raclée. L'un d'eux a meuglé :

– Hé, les dégénérés ! Retournez donc vous faire déchiqueter sur vos champs de mines !

Nous avons serré les poings.

– Montrons-leur un peu ce qu'on sait faire, a grincé KY02 en se ruant sur l'un d'eux.

87 lui a emboîté le pas. De mon côté, j'ai eu un instant d'hésitation. Ce n'étaient pas des criminels à proprement parler, juste des désœuvrés qui trompaient l'ennui en nous affrontant, sans même comprendre qui nous étions. Mais quand l'un d'eux m'a envoyé un pavé qui m'a atteint à l'épaule, puis un crochet du droit, je n'ai pas eu d'autre choix que de répliquer. Je l'ai mis à terre en une prise et l'ai averti de ne pas se relever.

Pour éviter que la situation ne dégénère, j'ai dégainé une grenade fumigène. Le bruit de la goupille que je venais de retirer a suffi à en faire fuir certains, puis la fumée blanche qui nous a entourés en a désorienté d'autres, qui ont jugé plus raisonnable de battre en retraite. Un récalcitrant a tout de même tenté une attaque au cran d'arrêt. Ça ne valait pas un couteau de combat mais, bien utilisé, on pouvait en attendre des dégâts.

Il a cependant commis une erreur tactique en jetant un regard en arrière pour appeler du renfort. En deux coups, j'avais retourné son arme contre lui, et enfoncé la lame dans sa cuisse d'un geste sec.

– Je viens de trancher ton artère fémorale, lui ai-je expliqué. Soit tu insistes et tu meurs vidé de ton sang, soit tu cours te faire soigner tant que tu le peux encore.

Dans un grognement de rage et de douleur, il est parti en boitant.

La pluie tombait de plus en plus fort, sans que cela ne nous perturbe. Soudain, une lumière s'est allumée dans un immeuble proche, et j'ai prévenu mes partenaires :

– Ne traînons pas ici. Retraite !

Mais KY02 venait de recevoir une bouteille sur le front, et il paraissait contrarié qu'un simple civil ait réussi à l'atteindre ainsi. Quand je l'ai empoigné pour l'entraîner avec moi, il a pivoté et m'a asséné un formidable coup à l'estomac. J'ai vacillé sous le choc.

Un autre appartement s'est éclairé, tandis que des sirènes de police se faisaient entendre. 87 a tonné alors :

– Repos, soldat !

À ces mots, KY02 s'est radouci, et après un dernier regard sur celui qui gisait à terre en se tenant les côtes, il a pris la fuite. Nous avons à notre tour déserté les lieux, moi encore plié en deux par le coup que je venais de recevoir.

Une fois à l'abri, 87 a toisé KY02 comme s'il était son supérieur.

– Qu'est-ce que c'était que ça, soldat ?

KY02 a lâché un crachat de sang et a tamponné sa blessure avec sa manche : il s'était ouvert l'arcade sourcilière gauche. J'ai fiché une lampe-torche entre mes dents et me suis attelé à lui faire un pansement de fortune.

– Ils nous en veulent, à nous particulièrement, a-t-il rétorqué. Pas pour ce qu'on a fait, mais juste pour ce qu'on est. Tu as vu la manière dont ils nous regardent tous ? Tu entends leurs injures sur notre passage ? C'est comme ça tous les jours, depuis la fin de la guerre. On nous avait assuré qu'on se souviendrait de nous comme de ceux qui avaient sauvé la Nation. Où sont-ils, ceux qui sont censés nous acclamer ?

Il a dégagé sa tête avant que je puisse ajuster complètement son pansement, puis a ajouté :

– Tu n'aurais pas dû utiliser de grenade pour les disperser, 18. Ils méritaient qu'on les mette à terre. Un par un.

– Tu t'égares, a repris 87. C'est une réaction d'humain que tu as eue là. Toute notre vie, nos supérieurs nous ont rabaissés, et maintenant tu perds le contrôle parce que c'est un civil qui t'insulte ? À quoi bon ? Tu veux t'acharner sur eux ? C'est ce qu'ils attendent, pour mieux nous traiter de dégénérés. Et tu te rends compte que, dans ton aveuglement, tu as frappé un Altéré, un frère ?

KY02 m'a regardé. J'ai su qu'il n'allait pas s'excuser, mais ses yeux disaient qu'avoir porté la main contre moi était une erreur. Il n'avait pourtant pas complètement tort dans le fond. La Nation entière, à travers les médias et la voix du gouvernement, avait salué l'effort de l'armée et des Altérés. Après la signature de l'armistice, deux jours de fête avaient été décrétés et on parlait de nous en héros. Mais depuis, nous ne recevons plus le moindre signe de gratitude ni de considération. D'ailleurs, lors des célébrations, les soldats réguliers ont défilé sur les grandes avenues de la ville. Pas les Altérés. Je perçois, à présent seulement, que ce n'est pas très juste.

Nous nous sommes séparés sans rien ajouter, moi encore affaibli par le coup qu'il m'avait donné. KY02 m'a probablement fêlé une côte.

Maintenant que je raconte cette soirée, je sens vaguement que quelque chose a changé, j'ai du mal à comprendre quoi. Tout est trop confus, j'avance en plein brouillard.

Au moment où j'écris ces lignes, à l'aide d'une petite lampe-torche pour ne pas déranger mes camarades dans le dortoir, un élément étrange attire mon regard.

Un lit est vide.

Celui de LX04.

Il n'est visiblement pas rentré à la caserne.

07.02 – NOUVEL AFFRONTEMENT AVEC DES ANTI-ALTÉRÉS

Ce matin, alors que le lieutenant Lazlo réveillait le dortoir à coups de sifflet en donnant des coups de pied contre les cadres de lit, mon regard s'est aussitôt porté sur le couchage de LX04. Personne. Après avoir éclusé sa litanie d'insultes réglementaires, le lieutenant n'a pas tardé à s'arrêter devant cette place vide.

– Quel est le crétin qui n'a pas retrouvé le chemin de la caserne, hier soir ?

– LX04, lieutenant, a répondu celui qui occupait le lit du dessus.

– Quelqu'un a-t-il une explication à son absence ?

Tout le monde s'est tu. Alors, malgré le fait qu'il hochait la tête, je crois avoir discerné sur son visage une sorte d'embarras.

– Que cette information reste entre ces murs, a-t-il commandé en sortant à grands pas.

Dans le réfectoire, alors que nous avalions un petit déjeuner rapide, j'ai demandé à 45 et 87 :

– Il n'y a pas cours aujourd'hui. Est-ce qu'on ne devrait pas partir à sa recherche ?

– On n'en a pas reçu l'ordre, a riposté 87.

Le débat semblait clos. Je me suis efforcé de passer cette journée comme l'exigeait mon quotidien si réglé, mais l'image de ce lit vide me revenait régulièrement en tête. Je ne parvenais pas à m'en défaire. À ma connaissance, 04 n'avait pas intégré la Brigade, mais il avait peut-être fait une mauvaise rencontre avec un groupe d'anti-Altérés.

J'aurais aimé au moins aller quadriller le secteur de son lycée, à tout hasard, mais Amir tenait à m'emmener dans un endroit où des gens paient cher pour ingurgiter plus de sucreries qu'ils ne peuvent en contenir, et ressentir des émotions fortes, assis dans de grandes machines qui les secouent dans tous les sens pour leur donner envie de vomir.

Il appelle ça une « fête foraine » : montagnes russes, château hanté, bateau pirate fixé à des systèmes de bascule. Il a passé son temps à hurler à côté de moi, sans que j'en comprenne la raison. Il a semblé en tout cas déçu de me voir rester si placide face à toutes ces attractions.

Il a proposé ensuite que je l'accompagne chez lui pour regarder un film, mais j'ai préféré décliner l'offre.

– Je rentre à la caserne, ai-je annoncé. À demain, au lycée.

En réalité, j'ai aussitôt rejoint mes compagnons de la Brigade. S'il y avait un moyen de me débarrasser de toutes les tensions accumulées, c'était sans aucun doute auprès d'eux. Et j'allais peut-être pouvoir en apprendre davantage sur la disparition de 04.

J'ai salué mes partenaires nocturnes et nous nous sommes rapidement mis en route. Le froid semblait crisper le visage des rares passants que nous croisions. Ils n'avaient visiblement pas bénéficié de notre entraînement, qui nous avait habitués à être pleinement opérationnels quelles que soient les conditions météorologiques. KY02 et LX87 n'avaient pas eu d'information sur 04, mais j'ai eu confirmation qu'il n'avait pas été approché par les membres de la Brigade. Même s'il aurait fait un très bon élément, il avait attiré trop de lumière sur lui en se battant au beau milieu d'un cours.

Nous nous sommes postés à un emplacement signalé comme potentiellement dangereux.

– On y a repéré des criminels qui se revendent là des objets volés, a expliqué LX87.

KY02, qui n'avait presque pas décroché un mot depuis le début de notre avancée, fixait le vide devant lui. J'ai proposé :

– Attendons qu'ils soient absorbés par leurs échanges, nous profiterons de l'effet de surprise.

Ceux que nous avions ciblés commençaient à se rassembler, portant des marchandises dans de grands sacs de sport. 87 a levé le poing pour nous signifier de ne pas intervenir tout de suite.

Tout à coup, un bruit s'est fait entendre derrière nous. J'ai cru d'abord à des complices postés là pour nous prendre à revers. Mais il s'agissait de cinq individus cagoulés, qui marchaient lentement dans notre direction. Les voleurs les ont remarqués et ont immédiatement détalé.

– Un groupe d'anti-Altérés, a annoncé LX87 qui s'est redressé à découvert.

La fente de leur cagoule ne laissait voir que des yeux remplis de haine. On distinguait clairement ceux qui étaient prêts à en découdre de ceux qui ne voulaient que profiter du spectacle.

– Faites attention, ai-je fait remarquer. Ils sont mieux équipés que la dernière fois.

En effet, s'ils ne portaient pas d'arme à feu, ils n'étaient pas pour autant venus les mains vides : ils s'étaient procuré des machettes, de longs couteaux et des barres de fer. Ils approchaient maintenant à vive allure, apparemment pressés d'en découdre.

– On devrait battre en retraite, ai-je suggéré.

– Pas question, a fulminé KY02. Notre entraînement nous donne l'avantage.

– Je ne redoute pas la défaite. Nous ne devons pas blesser de civils. Ce ne sont pas des hors-la-loi avérés.

On ne pouvait pas neutraliser tout individu sous prétexte de comportement séditieux à notre encontre.

– Vouloir faire du mal à un Altéré n'est donc pas un crime, pour toi ? a rétorqué KY02.

Au lieu de lui répondre, j'ai préféré m'adresser à nos opposants pour freiner leur élan :

– Dispersez-vous. Il n'y aura pas d'autre avertissement.

Ils n'ont pas desserré les dents et se sont jetés sur nous.

J'ai esquivé une attaque, repoussé un adversaire que 87 avait projeté dans ma direction pour que je l'assomme. Mon camarade a eu un éclair dans le regard, comme une surprise de constater que je n'avais pas réagi comme il était prévu que je le fasse. Quelque temps auparavant, nous aurions été complètement coordonnés, l'un achevant le geste de l'autre. Mais en cet instant, je ne voyais pas le sens de cette violence.

Puis, alors que 87 s'était penché pour contrer une nouvelle offensive, je me suis retrouvé nez à nez avec l'un des individus cagoulés. Il arborait un couteau de combat. Il était rapide, mais assez imprécis dans ses attaques. Il voulait m'atteindre, sans néanmoins savoir où il aurait été plus stratégique de frapper. Finalement, il a brandi son arme en direction de ma poitrine. J'ai bloqué son mouvement en plaçant mon avant-bras au niveau de son poignet. La lame s'est arrêtée à quelques centimètres de mon visage.

Il m'a alors asséné un coup de genou à l'abdomen, réveillant ma blessure aux côtes, mais il était trop tard : j'avais déjà récupéré son couteau. Sous l'effet de la douleur, j'ai tailladé au hasard, touchant son bras gauche.

Il a hurlé et a pris la fuite. Ceux de ses comparses qui

n'avaient pas encore détalé, constatant leur échec, ont peu à peu cédé du terrain, avant de renoncer et de s'éparpiller dans la nuit.

En les regardant filer, LX87 a passé la main sur son visage couvert d'ecchymoses.

– Ils étaient hargneux, il faut le leur accorder. Mais je pense que cette leçon va les calmer.

Il est allé inspecter la zone pour vérifier l'absence de danger, pendant que KY02 m'aidait à me redresser.

– Tu ne t'étais pas encore remis de ta blessure. Tu n'aurais pas dû patrouiller ce soir.

À mon retour à la caserne, je suis resté un moment dans les sanitaires, fixant mon reflet dans le miroir, les mains agrippées au rebord du lavabo.

Quelque chose a changé.

Avec la Brigade, nous faisons des rondes, nous empêchons des agressions, nous œuvrons dans l'ombre pour la paix civile, malgré les attaques des anti-Altérés. Pourtant, après avoir neutralisé un criminel ou remporté une bataille, je ne ressens plus de satisfaction à l'idée d'avoir accompli mon devoir. Je suis moins concentré. Je reçois des coups qui m'infligent des blessures – certes superficielles – alors que d'ordinaire je n'ai aucun mal à les éviter.

Je ne comprends pas ce qui m'arrive.

21.02 – SORTIE SCOLAIRE

Ce matin, la professeure d'histoire, Mme Hernandez, a organisé une sortie au musée de l'Immigration. Dans le bus qui nous emmenait, j'ai beaucoup réfléchi à mes moments de faiblesse lors de mes escapades nocturnes. Sans doute que mes efforts d'adaptation à la vie civile, en impactant mon entraînement, me rendent moins performant et efficace sur le terrain.

J'ai hésité à confier mes préoccupations à 45, assise un peu plus loin avec ses coéquipières footballeuses : elle réussit si bien sa mission d'intégration que je ne veux pas la compromettre. 87 m'a expliqué que c'était d'ailleurs la raison pour laquelle il n'avait jamais cherché à l'incorporer dans la Brigade.

En allant rejoindre Dimitri au fond du bus, Philo m'a fait un signe de tête qui ressemblait, mais je n'en suis pas certain du tout, à un salut amical. Lui continue ses commentaires désapprobateurs, mais ne me provoque plus directement. Il a dû finir par comprendre que s'il comptait me battre, ce ne serait pas dans un combat régulier.

Amir, en s'installant lourdement à côté de moi, m'a sorti de mes pensées.

– C'est aujourd'hui que je tente ma chance avec Carla ! J'ai besoin de conseils, mon pote.

– Quels conseils veux-tu que je te donne ? Je croyais que tu avais un plan que tu peaufines depuis des mois.

Il a hésité un moment, avant d'avouer :

– Ben… en fait non ! Non mais, tu l'as bien regardée ? Elle est clairement au-dessus de ma zone. Ça fait des semaines que je retourne le problème dans tous les sens. À part me jeter à l'eau avec de grandes chances de me planter royalement, je ne vois pas trop quoi faire.

Je me suis souvenu du *Guide des émotions* et j'ai perçu qu'Amir recherchait des encouragements : j'ignorais absolument quelles paroles il était convenu de prononcer en pareille situation. Je me suis donc contenté de dire :

– Tu vas y arriver.

J'avais conscience que ce n'était pas grand-chose, mais il a souri. J'ai quand même ajouté :

– Si tu sais ce que tu dois faire, je ne comprends pas pourquoi tu ne le fais pas. Si tu es sûr de ce que tu ressens, tu ne dois pas hésiter à tout lui avouer.

– On voit que tu ne t'es jamais pris de râteau, toi…

– En effet. Une fois, à l'entraînement, on a essayé de me frapper avec une pelle, mais j'ai réussi à parer le coup. Cela dit, je ne saisis pas le rapport avec ta situation.

– Se prendre un râteau, quoi ! Une veste, si tu préfères !

J'ai secoué la tête. Il a insisté :

– Se prendre un vent ? Se faire rembarrer ? Manger un stop ? Tu connais pas non plus ?

Devant mon air navré, il a levé les yeux au ciel. Puis, comme nous arrivions, nous avons rejoint le groupe qui descendait du bus.

Au musée, nous avons commencé par analyser une large frise chronologique, accrochée à un mur, qui expliquait les invasions mises en œuvre ou subies par le pays, et le mélange de populations qui en avait découlé. Tout ne s'était pas fait en temps de guerre, ce qui m'a permis d'apprendre de nouvelles notions par rapport à l'enseignement pourtant très complet qu'on m'avait inculqué à l'école militaire.

De tout ce que nous avons pu observer, entre les photos en noir et blanc de voyageurs misérables, les objets dérisoires qu'ils emportaient, les maquettes des embarcations de fortune qui les emmenaient vers d'autres terres, je crois que ce qui a le plus attiré mon attention, c'est le sort réservé aux Amérindiens par les envahisseurs européens.

– Certains colons avaient envisagé de cohabiter avec eux, a expliqué Mme Hernandez, mais trop nombreux étaient ceux qui ne considéraient pas les indigènes comme des êtres humains. Pour eux, ils n'avaient pas véritablement d'âme, on pouvait donc les exploiter, les utiliser sans aucune culpabilité.

Je me suis demandé si on pouvait en penser autant de moi, et de l'ensemble des Altérés.

L'enseignante nous a ensuite laissés arpenter les diverses salles, avec un questionnaire à remplir.

– Souhaite-moi bonne chance, a chuchoté Amir en suivant Carla qui s'éloignait vers un renfoncement où l'on diffusait des vidéos d'archives.

Au bout de quelques minutes, tandis que je m'étais positionné face à une large mosaïque de visages photographiés en noir et blanc (des civils de tous âges ayant traversé les frontières de différents pays), Philo m'a rejoint :

– Tu t'en sors ?

– Je connais déjà la plupart des événements racontés ici. Mais je m'interroge.

– À propos de quoi ?

– Je ne m'étais jamais demandé pourquoi l'armée, dans ces pays, n'assure manifestement pas son rôle de protection des citoyens. Parfois, c'est même elle qui persécute les civils. Ce n'est pas juste.

Elle m'a regardé intensément, avec un air de surprise, et elle s'apprêtait à répondre quand Dimitri l'a interrompue dans son élan :

– Encore avec ce guignol ? Si ce n'était pas un handicapé émotionnel, je commencerais à m'inquiéter !

Elle a ri :

– Dimitri, tu n'as pas à t'en faire !

J'ai cherché dans sa phrase des signes d'ironie, mais je n'en ai pas trouvé. Il l'a enlacée. Elle s'est laissé entraîner sans broncher.

Un peu plus tard, j'ai croisé Amir. Je lui ai demandé où il en était avec Carla, mais il ne s'est pas donné la peine de s'arrêter, s'éloignant à grandes enjambées, le visage rouge et les yeux rivés au sol. Quand j'ai voulu le rejoindre, Mme Hernandez, qui circulait parmi nous de salle en salle, a annoncé à plusieurs reprises :

– On se réunit à l'accueil dans quinze minutes, terminez vite !

Comme je finissais de cocher sur ma fiche les réponses aux deux dernières questions, j'ai repéré Dimitri qui marchait dans ma direction. Son attitude semblait changée. Évitant mon regard, il a passé la main dans ses cheveux et a hasardé :

– Écoute, je sais que j'ai pas été très sympa avec toi, jusqu'à présent. J'aimerais rectifier le tir. Tu serais d'accord ?

– Affirmatif.

Il a levé le pouce en signe d'assentiment.

– Super. Alors, j'aurais besoin d'un service, tu m'accompagnes ? Y a un truc dans les vidéos diffusées là-bas, je suis sûr que tes conseils m'aideraient, pour le questionnaire.

J'ai hoché la tête et lui ai emboîté le pas. Je songeais que si l'opinion de Dimitri à l'égard des Altérés pouvait changer, d'autres imiteraient son exemple, car il avait une certaine influence sur ses camarades. J'avais tout d'abord cru saisir qu'il leur inspirait du respect. Mais je comprends maintenant que c'est peut-être davantage de la crainte. Nous sommes arrivés dans la salle plongée dans l'ombre, celle-là même où Amir avait suivi Carla une heure plus tôt.

Dès que je suis entré, quatre bras m'ont empoigné et poussé contre le mur où l'on projetait des images en noir et blanc de migrants transportés par bateaux. En faisant volte-face, j'ai été aveuglé par la lumière du vidéoprojecteur. Mes assaillants ont profité de ce désavantage pour me rouer de coups. Je suis resté à terre un moment, immobile, encaissant de mon mieux. J'ai senti ma blessure aux côtes se réveiller, mais je n'ai pas bougé, plaçant mes mains de manière à au moins protéger mon visage.

Je n'ai pas un instant réfléchi à une stratégie de riposte. Je n'ai pas d'explication. L'image de Philo riant un peu plus tôt occupait seule toute ma pensée.

« Tu n'as pas à t'en faire », avait-elle assuré à Dimitri.

Je n'avais pas compris pourquoi elle avait prononcé ces mots, et je ne comprenais pas davantage pourquoi ils me perturbaient tant. Ils tournaient en boucle en moi et me faisaient un effet étrange. Comme si on me frappait sans pourtant me porter le moindre coup.

J'ai fini par les chasser de mon esprit, puis, profitant d'une accalmie due à un moment de fatigue de mes adversaires, je me suis redressé sur mes coudes et ai lancé mon pied de toutes mes forces sur le visage de l'un d'eux. Les deux autres, surpris, ont détalé, tandis que, à nouveau sur mes jambes, je faisais face à Dimitri qui plaquait les mains sur son nez en sang.

J'ai voulu le laisser là et ai commencé à m'éloigner. Mais alors, j'ai remarqué qu'un bandage dépassait légèrement de sa manche. Une blessure sur son avant-bras gauche. Elle s'était rouverte sous l'effet de notre altercation, et la gaze s'imbibait maintenant, prenant la forme linéaire d'une estafilade. Exactement le type de blessure que j'avais infligée à un anti-Altéré cagoulé, il y a quelques soirs. Plus je regardais cette fine ligne rouge, plus il me semblait la reconnaître. La conclusion était claire: Dimitri nous en voulait au point d'intégrer ces groupes qui cherchaient à nous nuire.

Sans réfléchir, je lui ai asséné un grand coup de poing à l'estomac, qui l'a fait basculer en arrière, puis un nouveau coup de pied, qui lui a fait lâcher un grognement de douleur. J'allais continuer, mais Mme Hernandez a surgi de nulle part.

– Qu'est-ce qui se passe ici?

Je me suis aussitôt mis au garde-à-vous. Dimitri s'est redressé péniblement et a repris son souffle.

– Je ne comprends pas, madame, il est fou! Je regardais tranquillement la vidéo et il s'est jeté sur moi!

Il a chaviré puis a crié:

– Que quelqu'un m'aide, je sens que je vais faire un malaise!

Trois camarades se sont spontanément portés à son secours et l'ont emmené vers un banc un peu plus loin.

– Est-ce que c'est vrai? Parce que si c'est le cas, a prévenu l'enseignante, tu vas avoir de très gros ennuis. Dis-moi la vérité.

Tous les élèves me regardaient en silence. 45 m'a observé à son tour. Elle guettait un signe de ma part pour prendre ma défense, mais je n'ai pas voulu la compromettre et j'ai secoué imperceptiblement la tête pour lui signifier de ne pas intervenir. J'ai croisé les yeux bruns de Philo, qui attendait aussi que je parle. L'enseignante a répété son injonction en haussant le ton, mais mes lèvres sont restées scellées.

Je n'avais pas besoin du *Guide des émotions* pour déchiffrer le mépris et le dégoût qui s'affichaient sur tous les visages.

– Allez, tout le monde dans le bus! a décrété le professeur. Nous réglerons ça avec M. le proviseur Strauss.

Sur le chemin du retour, je me suis isolé à l'avant, près d'une fenêtre, tandis que la plupart des élèves s'affairaient autour de Dimitri. Amir s'enfermait lui aussi dans le silence.

Apparemment, il digérait son échec avec Carla. Maintenant que j'y repense, je vois bien qu'au moment de me faire sa proposition, Dimitri affichait un sourire goguenard qui ne pouvait laisser présager qu'un traquenard. Je ne suis décidément pas encore suffisamment compétent pour reconnaître ces duperies-là.

45 est venue me trouver à la sortie du bus. Avant de s'adresser à moi, elle s'est assurée que personne n'était posté aux alentours.

– Je n'ai pas provoqué cette bagarre, ai-je expliqué.

– Je le sais bien. Ce Dimitri cherche une occasion de te nuire depuis un moment. Malgré tout, la colonelle ne va pas apprécier cet incident.

– Peu importe. Si je dois être puni, c'est que ce sera mérité.

– Écoute, ce n'est pas de ça que je voulais te parler. Tu n'as pas dû avoir la nouvelle. À propos de la réunion.

– Négatif.

– 21:30. Dans trois jours. On m'a donné une adresse. C'est un rassemblement secret. L'information ne passe que d'un Altéré à l'autre.

– Pourquoi cette réunion ? Et qui l'organise ?

– Je t'ai transmis les seuls éléments que j'ai en ma possession.

Puis, comme si elle craignait que l'on soit vus ensemble, elle s'est rapidement éloignée pour rejoindre ses amis.

22.02 – CONVERSATIONS AVEC PHILOMÈNE ET AMIR

J'ai quitté le lycée tard dans l'après-midi. Entretien avec M. Strauss au sujet de mon altercation avec Dimitri. Il n'est pas revenu en classe, prétendant avoir besoin de plusieurs jours de repos pour se remettre des coups que je lui ai donnés. Je sais très bien où j'ai frappé et avec quelle force: ce que je lui ai infligé n'exige pas une si longue période de rétablissement. Cette bagarre me vaut un conseil de discipline, qui aura lieu dans une semaine et qui débouchera peut-être sur mon exclusion du lycée. D'ici là, une mesure conservatoire m'interdit de me présenter en cours.

À la sortie du bureau du proviseur, Philo m'attendait. Elle m'a demandé des éclaircissements sur ce qui s'est passé avec Dimitri.

– Si je dois être renvoyé, ai-je deviné, tu ne pourras pas réaliser ta prestation théâtrale. C'est pour ça que tu t'en inquiètes.

– Pas du tout! a-t-elle répliqué, visiblement agitée. J'ai seulement envie de connaître la vérité. C'est sûr que Dimitri peut être idiot parfois, et ça m'agace, bien qu'on ait de bonnes raisons de ne pas apprécier la présence des Altérés en ville. Mais je ne voudrais pas non plus que tu sois puni à tort, ce ne serait pas juste.

Nous nous sommes dirigés en silence vers la cour.

– Je ne sais pas, a-t-elle poursuivi, je trouve qu'on progresse sur la pièce, et aussi... enfin, c'est bizarre, mais j'aime bien échanger avec toi.

J'ai l'impression qu'elle avait du mal à me l'avouer, comme si c'était honteux.

– Tu es différent de l'idée que je m'étais faite de toi à ton arrivée au lycée.

– Je ne pense pas que ton attachement soit réel, ai-je répondu froidement. Tu l'as dit toi-même à Dimitri : il n'a pas à s'en faire.

Elle a semblé sidérée par ma remarque.

– Mais comment tu pourrais...

Je n'ai pas écouté la fin de sa phrase. J'avais entraperçu Amir qui passait à vélo, au carrefour. Nous ne nous étions pas parlé depuis la sortie au musée et sa tentative avec Carla. J'ai profité de l'occasion et me suis précipité pour le rattraper, laissant Philo seule sur le trottoir.

Quand il a vu que je le coursais, il a crié :

– J'ai pas envie de papoter, Hélix !

Et il a redoublé d'efforts. Mais il avait beau pédaler, je n'ai pas eu trop de mal à me hisser à sa hauteur.

– Laisse-moi tranquille ! a-t-il continué. De toute façon, tu es à pied, tu ne vas pas pouvoir me coller pendant longtemps.

– Si tu maintiens cette allure, je suis capable de courir à côté de toi pendant environ quatre-vingt-treize minutes.

Il a soufflé bruyamment et a répété :

– J'ai pas envie de parler, Hélix !

– Pourquoi ?

– Parce que personne ne peut rien pour moi, pardi !

– Pourquoi ?

Je sentais qu'il commençait à fatiguer, et il a lâché, dans un soupir :

– Je vais finir tout seul, inutile comme une canette vide !

– Pourquoi ?

– Ah, j'en peux plus de tes pourquoi, j'ai plus de jambes !

Il s'est finalement arrêté sur un trottoir, a laissé tomber son vélo et s'est penché pour reprendre haleine, les mains plaquées sur les genoux. Puis, il m'a observé et a commenté :

– Bon sang, mais tu ne transpires même pas ! T'es une vraie machine.

– Ton attitude révèle que les résultats de tes efforts avec Carla n'ont pas été concluants. Qu'est-ce qui s'est passé ? Qu'est-ce que tu lui as dit ?

Il a gratté le sol de la pointe de ses baskets sales, et a fini par marmonner :

– Rien.

– Comment ça, rien ?

– Rien, j'te dis.

– Mais si tu n'as pas essayé, comment peux-tu être si sûr que tu n'as aucune chance avec elle ?

– Ben, je me suis approché d'elle, j'ai voulu lui parler, et là… elle m'a demandé qui j'étais ! On est dans la même classe, je suis allé à une fête chez elle, et elle ne sait pas qui je suis ! Elle ne m'a jamais remarqué…

Nous nous sommes tus un moment. J'ai convoqué mes souvenirs du *Guide des émotions*, mais aucun ne me donnait d'indice sur le discours à tenir.

– Tu vas y arriver, lui ai-je assuré.

Il n'a pas semblé convaincu. Pourtant, ce n'était pas un de ces mensonges sociaux, comme j'en ai tant observé chez les humains, qui disent « ça va » juste pour qu'on les laisse tranquilles, ou sourient à des personnes qu'ils n'aiment pas. J'ai fini par ajouter :

– Bon, il faut mettre en place une vraie stratégie. Quelles sont tes réserves ?

– Hein ?

– Tes munitions. Ta force de frappe. En situation difficile, on doit commencer par faire l'inventaire de ses atouts.

Il a eu l'air de chercher longtemps, puis son regard s'est illuminé.

– Je me débrouille pas trop mal en dessin !

– Excellent ! Ça me donne une idée... Rejoins-moi demain à 15 : 00 à la caserne, j'ai quelque chose à te montrer. Je ne dis pas qu'elle va tomber dans tes bras, mais au moins elle saura qui tu es.

Il a hoché la tête, plutôt satisfait, a voulu me taper sur l'épaule, avant de se raviser, se souvenant que, la dernière fois qu'il avait tenté ce geste, il s'était retrouvé à terre.

Il a fait mine de sourire franchement, mais j'ai cru déceler en même temps une certaine amertume sur son visage.

– Prendre des conseils de séduction de la part d'un Altéré... on voit bien que je suis au désespoir ! Bon, et toi alors, une exclusion te pend au nez, il paraît ?

– J'accepterai ce que la hiérarchie décidera.

– Oui, mais toi, qu'est-ce que tu voudrais ?

J'étais bien en peine de répondre, et il m'a fallu un moment pour discerner, comme à travers une brume, quelle option avait ma préférence.

– Je crois... que j'aimerais rester. Je commence à m'habituer à cet endroit. Et puis, il y a le concours de théâtre de Philo. Je voudrais qu'elle le remporte.

Alors, il a souri de nouveau et demandé, en imitant ma voix :

– Pourquoi ?

23.02 - CORVÉES À LA CASERNE

Je suis resté au quartier général toute la journée, pendant que mes compagnons se rendaient chacun dans son lycée. La colonelle Wollstone m'a convoqué dès sept heures.

Elle m'attendait, assise derrière son large bureau en chêne. Sur les murs couraient de vastes étagères sur lesquelles étaient entreposées différentes roches et fioles remplies de sable : des fragments de sols méthodiquement collectés aux quatre coins du monde, partout où la guerre l'avait envoyée. Elle en avait rapporté de toutes ses opérations extérieures. Pour la première fois, je me suis demandé pourquoi elle avait tenu à garder ces souvenirs de missions. C'était un condensé de vingt années d'interventions, de loyauté exemplaire, d'un dévouement sans faille à l'institution militaire.

Dès que je suis entré, elle s'est levée et m'a à peine laissé le temps de la saluer avant de me déclarer :

– Cet esclandre est une honte, LX18. Pour vous, mais aussi pour moi qui vous ai formé, et pour toute la communauté des Altérés que vous venez de traîner dans la boue par votre geste. Vous accepter dans la vie civile a provoqué des polémiques dans toutes les assemblées. Croyez bien que ce type d'incidents va donner du grain à moudre à nos détracteurs ! Avez-vous seulement songé à votre note d'intégration ? Si jamais…

Elle s'est interrompue, se servant un verre d'eau comme pour se calmer.

– L'opinion publique se méfie des Altérés, chacun de vous doit montrer l'exemple, LX18 !

– Oui, colonelle !

– Toute votre unité subira une punition collective. Mais puisque vous avez été momentanément exclu du lycée, vous nettoierez tous les sanitaires du troisième, maintenant que vous avez du temps, soldat !

– Oui, colonelle !

– Le quatrième et le cinquième aussi ! Rompez, soldat.

Je me suis exécuté. Il m'a fallu une bonne partie de la journée pour venir à bout de ma corvée. De temps en temps, j'ai croisé quelques gradés, des réguliers, qui ont proféré en passant des insultes à mon égard, conscients pourtant que l'impact sur moi en serait nul. C'était un divertissement comme un autre, après tout. À bien y réfléchir, c'était même très sain pour eux de se soulager d'un excès d'agressivité sur quelqu'un de spécialement conçu pour l'encaisser sans broncher.

Tout en décrassant les lavabos, les cuvettes, et en lavant les sols à grande eau, j'ai repensé au lycée et au conseil de discipline qui m'attendait. Je ne sais pas au juste quelle stratégie adopter. Le respect des faits voudrait que je déclare n'avoir attaqué que par légitime défense, mais Dimitri soutiendrait le contraire et c'est fatalement lui qu'on croirait. Une parole d'Altéré vaudra toujours moins que celle d'un humain, même s'il s'agit d'un abruti fini. La colonelle a raison. Nous avons suffisamment mauvaise presse auprès de l'opinion publique, il faut que je fasse de mon mieux pour servir notre cause.

Vers 15:00, j'ai prétexté un trajet vers le local poubelle pour passer le poste de garde et retrouver Amir. Il m'attendait assez loin, craintif à l'idée de s'approcher de la caserne. Nous avons longé la clôture par l'ouest, jusqu'à arriver au mur d'enceinte, haut de trois mètres. Je me suis arrêté et lui ai demandé :

– Qu'est-ce que tu en penses ?

Devant son air dubitatif, j'ai dû préciser :

– Je parle de ce mur. Les gardiens ne passent pas par ici, donc tu peux y venir quand tu veux.

– Je ne comprends pas. Pour quoi faire ?

– Eh bien, c'est évident. Pour faire un portrait géant de Carla !

Ses yeux se sont écarquillés.

– Tu veux dire… ?

J'ai hoché la tête. Il a caressé le mur vide, comme il aurait effleuré une page blanche.

– Mais c'est légal ? Je pensais que respecter les règles, c'était sacré pour toi !

– On va dire que ça reste entre nous. J'ai remarqué en cours que tu avais des bombes de peinture dans ton sac, j'imagine que tu ne les trimballes pas pour te faire les muscles.

– Je ne sais pas trop, a-t-il hésité, le regard pourtant brillant.

– Ça me paraît plutôt simple, ai-je insisté. Tu fais un joli portrait d'elle. Ensuite, tu as différentes options. Plan A : tu trouves un moyen de la faire venir ici sans lui dire pourquoi, ce qui lui fera une très belle surprise. Plan B : tu te contentes de lui envoyer en photo un bout de ton dessin, ce qui l'intriguera et lui donnera sans doute envie de le voir tout entier. Plan C : tu lui envoies la photo complète, en lui expliquant que tu as vraiment dessiné son portrait sur un mur. Elle ne voudra pas te croire et tiendra à le voir de ses propres yeux. Le plan A est bien sûr le meilleur, mais il va te falloir une bonne dose d'audace. Après, si le plan C a tes faveurs, je peux servir d'intermédiaire, à moins que le côté mystérieux du plan B te plaise. Sinon, on improvisera un plan D avec…

– Hein ? Attends, je m'y perds un peu, là…

J'ai renoncé :

– Bon, tu feras au mieux ! Je te laisse réfléchir, il faut que j'y retourne.

Je suis reparti tandis qu'il restait planté devant le mur, songeur.

Peu de temps après m'être remis à la tâche, j'ai été interrompu par le lieutenant Lazlo, venu me trouver avec deux soldats réguliers.

– Alors, il paraît que tu fais du grabuge en ville ?

Tout en me toisant, il a posé son pied sur le bord du seau rempli d'eau usée. Comme je ne répliquais pas, il l'a fait basculer et le contenu s'est déversé sur le sol. Pour la première fois, je me suis demandé pourquoi il se plaisait tant à nous humilier à la moindre occasion.

J'ai nettoyé sans rien répondre, tandis qu'ils éclataient tous les trois d'un rire gras.

– T'as perdu ta langue, l'attardé ?

Je me suis redressé, les poings serrés à m'en faire blanchir les phalanges. Je n'étais pas loin de me jeter sur lui. J'ai vu alors une surprise passer dans ses yeux.

– Qu'est-ce qui te prend ? Ne me fixe pas comme ça ! Dégénéré, a-t-il ponctué comme un crachat.

Sur la défensive, ses acolytes observaient la scène sans rien dire.

– Vas-y, m'a-t-il défié, attaque-moi si tu l'oses, que je te colle une raclée. Je me défends mieux qu'un petit péquenaud de lycéen dans ton genre.

Pendant un instant, j'ai bien cru que j'allais le frapper, certain qu'il ne verrait rien venir. Au dernier moment, je me suis détendu et ai lancé, très lentement :

– Seize chatons dans cinq chaussons chuchotent une chanson sur six chiens.

Il s'est figé, abasourdi, tandis que je répétais cette phrase, de plus en plus vite. Les deux réguliers se regardaient, ahuris, presque effrayés. Lazlo m'ordonnait de me taire, mais j'ai continué.

– Seize chatons dans cinq chaussons chuchotent une chanson sur six chiens. Seize chatons dans cinq chaussons chuchotent une chanson sur six chiens…

Les syllabes fusaient de ma bouche, nettes, rythmées, fluides. Philomène serait fière de moi, c'est certain.

À bout d'arguments, Lazlo a fini par m'interrompre en m'envoyant son poing en pleine figure. Au même instant, une voix a tonitrué à l'entrée des sanitaires :

– Lieutenant Lazlo !

Nous nous sommes tous mis au garde-à-vous devant la colonelle. Un dossier sous le bras, elle l'a longuement toisé avant d'ordonner :

– Il me semble que vous avez des rapports à rédiger. J'exige de les avoir sur mon bureau dans une heure.

– Oui, colonelle.

Après lui avoir adressé un regard servile, il s'est éloigné avec ses acolytes.

Elle a fait les cent pas, tandis que je me tenais toujours au garde-à-vous, puis, son ton a gagné en douceur :

– Je ne veux pas vous perdre, 18. Ni vous, ni aucun des membres de cette unité. Vous êtes comme ma propre famille. Or, quand un Altéré fait scandale, c'est une occasion de plus pour le gouvernement de vous pousser vers l'élimination pure et simple. Vous ne savez pas ce que vous représentez pour eux, vous n'avez pas idée de ce que votre existence leur renvoie. C'est un combat de tous les jours, pour moi, de vous protéger.

J'ai eu l'impression que sa voix était moins dure qu'elle ne l'aurait souhaité, comme si elle avait laissé paraître malgré elle une souffrance, une inquiétude, une peur. Elle s'est approchée de moi et m'a observé pendant un long moment, avant de se détourner tristement.

Quand elle a fait volte-face, le dossier qu'elle tenait a glissé à terre. Avant qu'elle ne le ramasse, j'ai eu le temps de lire ce qui était écrit sur l'étiquette : LX04. Elle a bien vu que j'avais compris, car elle m'a avoué :

– Je sollicite les autorités pour retrouver votre compagnon.

– Pourquoi ne pas organiser nos propres recherches ?

– Comme sa disparition a eu lieu en dehors de la caserne, c'est la police qui doit s'en charger. Mais l'enquête piétine. Je ne crois pas, à dire vrai, que les forces de l'ordre se donnent tous les moyens de découvrir ce qui lui est arrivé. Pour certains, ça n'en vaut pas la peine. Ce qui m'inquiète, c'est que, depuis, deux autres disparitions sont à déplorer, dans différentes villes du pays. Je crains qu'il n'y en ait d'autres. Je ne suis pas autorisée à lancer ma propre enquête. Si jamais certains parmi vous avaient dans l'idée de tirer cette affaire au clair sans m'en informer, je ne pourrais pas le cautionner…

Elle s'est tue un instant avant d'achever :

– Mais je pourrais le comprendre.

– Bien, colonelle.

Une heure plus tard, les toilettes étaient dans un état de propreté irréprochable. Il ne me restait plus qu'à ranger le matériel. Pourtant, je n'ai pas bougé. Je suis demeuré songeur, pendant un long moment, sans vraiment saisir ce qui occupait mes pensées. Mon esprit vagabondait, lui si habitué à suivre le chemin tout tracé pour lui.

Finalement, je suis allé chercher dans la salle commune le feutre qu'on utilisait pour notifier les informations générales sur un grand tableau blanc. Je suis retourné aux sanitaires, j'ai choisi au hasard une porte de toilettes, et j'ai inscrit :

JE
SUIS
VIVANT

Après avoir lentement écrit chaque lettre, avec soin, comme pour saisir le poids de chacune d'elles, j'ai fixé mon œuvre. J'ai toujours vécu dans cette caserne, et du plus loin que je me souvienne, je n'ai jamais vu la moindre dégradation. Étonnamment, je n'avais pas le sentiment d'avoir fait quelque chose de mal. J'ai longtemps contemplé mon court message, puis je suis allé vider mes seaux d'eau et ranger les serpillières dans la dépendance à côté du bâtiment.

C'est alors que mon attention a été attirée par une silhouette, de l'autre côté de la grille. Avec stupeur, j'ai reconnu Philo. J'ai hésité puis me suis approché d'elle.

– Tu peux avoir des ennuis en débarquant ici, l'ai-je avertie à travers les losanges de fer.

Sans tenir compte de ma remarque, elle a entrepris de faire passer trois livres par un minuscule interstice entre deux barreaux. L'espace était si restreint qu'il fallait les glisser un par un, en forçant un peu. Sans rien dire, je les ai rapidement fourrés à l'intérieur de mon treillis, avec le même empressement que si je venais de m'emparer d'objets défendus. Puis elle s'est mise à me parler de sa journée au lycée, comme s'il n'y avait rien de plus normal au monde, et m'a demandé si je travaillais toujours mon texte malgré mon exclusion.

– Oui, je l'apprends. Je lis aussi. J'ai continué *Cyrano de Bergerac*.

– Qu'est-ce que tu en penses, pour l'instant ?

– Que si Cyrano aime Roxane, mais s'arrange pour qu'elle soit avec Christian, ce n'est pas un sacrifice admirable, mais plutôt une forme de lâcheté.

Elle a souri, a patienté un instant, voyant que le soldat à l'entrée nous dévisageait de son poste de garde. J'ai jeté un coup d'œil au mirador, mais la sentinelle perchée en haut de la tour ne semblait pas s'intéresser à nous. J'en ai éprouvé une sorte de soulagement. Elle était là, aussi inattendue qu'un violon très précieux dans une armurerie. J'avais presque peine à me convaincre que sa présence était réelle.

Elle a repris :

– J'ai une théorie sur toi.

Elle m'a fixé intensément et, pour la première fois, je me suis rendu compte que je me sentais vulnérable quand elle me dévisageait ainsi. Elle a continué :

– Tu n'éprouves rien de particulier ?

– Si. De la fatigue. J'ai passé plusieurs heures à nettoyer les toilettes du bâtiment.

– Ce n'est pas ce que je veux dire. Je pense que le fait d'avoir quitté l'école militaire et d'avoir intégré la vie commune te transforme un peu plus chaque jour. Tu as été conçu pour ne ressentir ni empathie, ni affection, ni tristesse, mais je crois que c'est en train de changer. C'est complètement dingue et je ne vois pas comment c'est possible, mais peut-être que les altérations génétiques et hormonales que tu as subies ne t'ont pas totalement rendu incapable de sentiments. C'est surtout ta vie de soldat qui doit en être responsable.

J'ignorais quoi répondre. Elle a poursuivi :

– J'ai beaucoup réfléchi à tout ça et j'ai une proposition à te faire.

Il me semble bien que je me suis figé en entendant cette phrase, sans que je puisse me l'expliquer. J'étais suspendu à ce qu'elle disait. Après une inspiration, elle a annoncé :

– On pourrait trouver un moyen de te faire rencontrer ta mère.

Je n'ai pas compris ce qu'elle voulait dire par là.

– Qui ?

– Ta mère. Je veux dire, ta vraie mère.

– Négatif. Je ne crois pas que la colonelle le permettrait.

Elle a placé ses mains sur le grillage, comme pour mieux s'accrocher à son idée.

– J'ai un oncle qui travaille dans l'administration militaire. Je suis sûr que tu as un dossier, quelque part au ministère. Il pourrait retrouver le nom de ta mère biologique et…

– Négatif.

– Mais…

– Ne me parle plus de ça.

Et je me suis éloigné au pas de course vers le bâtiment principal.

24.02 - RÉUNION SECRÈTE

Les trois livres que Philo m'a prêtés sont : *Le Marchand de Venise*, *Lorenzaccio* et *Faust*. J'ai presque tout lu entre hier et aujourd'hui, en quelques heures seulement. Il m'a suffi pour cela de rogner sur mon temps d'entraînement et de faire preuve d'efficacité dans mes corvées. J'ai fait quelques pauses durant mon travail de rangement pour revenir aussi sur certains passages de *Cyrano de Bergerac*. À la réflexion, j'admire de plus en plus le personnage principal. Sans doute parce que c'est un combattant hors pair. Fréquenter tous ces textes m'aide à saisir un peu mieux la scène de *Bérénice*.

Je crois que je commence à percevoir comment les humains, parfois, en dépit de toute raison, sont prêts à tout sacrifier, tout détruire, y compris eux-mêmes, pour vivre une expérience étrange, ineffable, incertaine et inconstante : l'amour. Ce que j'en ai compris : pas grand-chose, mais je le vois comme une sorte de gaz hallucinogène, qui déforme la réalité en l'enjolivant, et qui provoque chez celui qui l'inhale une forte addiction.

Bref, si j'avais la capacité de ressentir, c'est un sentiment dont je me méfierais.

Comme je suis encore exclu de cours, j'ai passé ma matinée à nettoyer et réparer les machines de la salle de musculation.

C'est étrange de parcourir ces vastes salles, de traverser la cour, d'arpenter les allées du dortoir, sans rencontrer aucun de mes frères d'armes, alors que, d'ordinaire, nous sommes toujours ensemble ici. Les lits métalliques superposés attendaient leur propriétaire, personne ne tenait plus le réfectoire, la piste d'entraînement était vide. Cette caserne, avec son mirador, ses bâtiments symétriques, ses couloirs rectilignes, a été conçue sans fioritures, de manière rentabilisée et optimisée. Tout y est utile et vise la plus grande praticité. Je m'y suis toujours senti à l'aise. Pourtant, aujourd'hui, quelque chose dissone.

Je suis retourné examiner la porte des toilettes sur laquelle j'avais écrit mon message. J'ai constaté que l'inscription « je suis vivant » avait été effacée. Je suis resté un moment silencieux devant cette porte à nouveau blanche, propre, immaculée. Je crois que je comptais sur quelqu'un, qui que ce soit, pour ajouter tout simplement : « moi aussi ». Personne, dans mon unité, n'y a fait allusion. C'est comme si ce message n'avait jamais existé. Je n'ai aucun mal à avouer dans ces pages que c'est moi qui l'ai écrit, car je ne pense plus remettre un jour mon cahier au docteur Simov. Plus les semaines passent, plus je réalise que sa curiosité à notre égard a quelque chose d'inquiétant. Il ne semble rien voir d'autre en nous que des animaux de laboratoire, des sujets d'expérimentation.

Après mes corvées, j'ai enfilé mes vêtements civils. Malgré l'interdiction, j'ai quitté discrètement la caserne pour me rendre au lycée des Pierres Vives. C'est là que LX04 avait été affecté.

Le lycée est constitué de vieux bâtiments en pierre de taille, qui lui donnent l'apparence d'un monastère renfermant plusieurs cloîtres. Je ne sais pas comment il m'est possible d'avoir relevé ce détail, étant donné que je n'y connais rien en architecture. Je l'ai peut-être lu dans un livre.

J'ai interrogé des élèves et des membres de l'équipe sur la

disparition de mon camarade, mais je n'ai rien pu obtenir de concluant. Un vieil homme, à l'accueil, m'a cependant laissé entendre que 04 se retournait souvent en franchissant l'enceinte de l'établissement, comme s'il redoutait d'être suivi. Voilà qui me paraît un peu maigre.

En revenant à la caserne, sans réfléchir, je me suis posté devant le grillage, à l'heure exacte où Philo avait fait son apparition la veille. Pourquoi ? Je l'ignore. Peut-être, après tout, pour attendre le retour de 45. Elle savait où se tiendrait la réunion secrète prévue aujourd'hui. J'imaginais que beaucoup de membres de mon unité avaient dû être mis au courant. Pourtant, personne n'en parlait.

J'ai aperçu 45 au loin, qui descendait du bus. Au lycée, je note qu'elle porte son sac sur une seule épaule, mais dès qu'elle arrive au quartier général, elle le replace correctement. Quelque chose, dans sa démarche et dans son regard, semble changer. Il n'en reste pas moins que c'est toujours aussi étrange pour moi de la voir avec des vêtements civils. Une pensée m'a alors frappé : LX45 a un corps de jeune fille. Certes, ses jambes ont la force nécessaire pour mettre à terre un adversaire plus grand qu'elle, mais, pour la première fois, j'en ai remarqué les formes. La manière dont ses cheveux courts venaient fouetter l'ovale de son visage, à chacun de ses pas, ses yeux d'un bleu intense que soulignaient ses pommettes saillantes, ses lèvres légèrement charnues. Tout cela avait sans conteste de quoi séduire. J'avais tout à coup l'impression que je ne l'avais auparavant jamais vraiment regardée.

Elle est allée jusqu'à se procurer une robe et des chaussures à talons. C'est un duo plutôt douteux sur le plan fonctionnel, mais assez pertinent pour s'intégrer. Ainsi accoutrée, elle pourrait passer pour une fille comme les autres. Pour ma part, j'étais soulagé de retrouver mon treillis ces jours-ci, même si je constate qu'il me serre un peu.

45 m'a salué, est allée changer de tenue, puis nous nous sommes rendus ensemble à la cantine. Quand je lui ai confié que je travaillais sur la disparition de 04, elle a haussé les épaules.

– Sa bagarre en plein cours a dû lui valoir quelques ennemis. Tout le monde nous déteste de toute façon.

Après cet échange, nous n'avons presque pas parlé. J'ai l'impression parfois que nous ne sommes plus du même monde. Elle devait penser à son groupe d'amis, à ses coéquipières de foot si ravies de l'avoir trouvée. Moi, je ne fréquente qu'Amir, qui me suit vraisemblablement surtout parce que personne d'autre ne daigne lui adresser la parole, et Philo qui ne s'intéresse à moi qu'à cause de son épreuve de théâtre. Maintenant que j'y songe, je ne comprends toujours pas la proposition qu'elle m'a faite hier. Je ne vois pas du tout ce qu'elle gagnerait à me faire rencontrer ma mère biologique.

Je ne vois pas non plus l'utilité de discuter avec cette femme. Elle a eu suffisamment de sens patriotique pour confier à l'État l'enfant qu'elle avait porté. Elle a donc tout mon respect, mais je ne sais pas ce que je pourrais attendre d'autre d'une entrevue avec elle.

LX45 a tapoté sa montre de son index. Il était temps. Elle se tenait devant son plateau-repas, auquel elle n'avait pratiquement pas touché. Je n'avais pas beaucoup mangé non plus. La curiosité était plus forte que la faim.

À la nuit tombée, nous nous sommes glissés hors du quartier général, telles des ombres. D'après 45, le lieu de rendez-vous était un bâtiment désaffecté, situé sur un ancien camp militaire.

– Comment as-tu obtenu l'information ? lui ai-je demandé.

– Quelle que soit l'identité de celui qui organise cette rencontre, il s'est donné du mal pour qu'elle reste confidentielle. Je n'ai rien pu apprendre d'autre que l'endroit et l'heure. Celui qui m'a renseignée n'en savait pas davantage.

– La colonelle a fait allusion aux Altérés qui créent des conflits avec les civils. C'est peut-être pour aborder cette question qu'on nous réunit, ai-je hasardé.

– Ou peut-être pour évoquer les problèmes causés par la Brigade des Altérés.

Elle était donc au courant de l'existence de ces activités clandestines.

– Comment en as-tu entendu parler ? lui ai-je demandé.

Elle m'a répondu froidement :

– C'est un groupe d'Altérés qui patrouillent la nuit dans les quartiers sensibles pour appréhender des criminels et maintenir l'ordre. Ils croient faire ainsi ce pour quoi ils ont été conçus et entraînés, mais je pense qu'à terme cela va nuire à notre espèce. Notre mission consiste à nous intégrer au mieux parmi les humains. On m'a bien proposé de me rallier à la Brigade. Évidemment, j'ai refusé.

J'attendais le moment où elle allait fatalement me demander ce qu'il en était de mon côté, mais elle a poursuivi :

– D'après les rumeurs, il est aussi question que les Altérés fassent sécession.

– Tu veux dire que nous nous installions tous sur un territoire neutre, coupés des civils ?

– Affirmatif.

– Ce n'est pas une option à négliger. Peu s'en sortent aussi bien que toi dans leur intégration. Tu parviens à te lier d'amitié avec les humains, alors que la plupart nous tolèrent à peine.

Elle n'a rien répondu et a accéléré le pas. Je crois que j'aurais aimé de sa part des conseils de stratégie pour mieux m'assimiler, mais j'ai compris qu'elle ne souhaitait pas aborder le sujet. C'est dans un silence pesant que nous avons rejoint le point de rendez-vous.

Le camp était en apparence désert. Les anciennes clôtures, ouvertes et défoncées par endroits, ne protégeaient plus rien.

L'immeuble délabré n'était pas sécurisé et même les portes avaient été enlevées. Les murs, couverts de graffitis pacifistes, étaient éclairés par des projecteurs grésillants. Une faible lumière rouge au-dessus d'une entrée indiquait cependant une activité à l'intérieur.

En me retournant, j'ai constaté qu'un groupe d'Altérés nous avait rejoints, une quinzaine sans doute. Impossible d'évaluer leur nombre exact, car les tenues sombres des derniers rangs se confondaient avec la nuit.

Nous avons tous gagné le bâtiment, furtivement. 45 a marqué un temps d'hésitation et m'a murmuré :

– Ça pourrait être un piège, tendu par les anti-Altérés.

Ce n'était pas mon intuition. Maintenant que nous étions là, autant aller au bout, pour en avoir le cœur net.

Une fois entrés, nous nous sommes trouvés dans une vaste pièce, où l'on avait dressé une estrade. Alors que nous semblions au complet, nous avons remarqué qu'une porte dérobée s'ouvrait, puis, après quelques secondes, une silhouette a surgi de l'ombre.

Machinalement, nous nous sommes tous mis au garde-à-vous.

Si invraisemblable que cela puisse paraître, c'était la colonelle qui se tenait devant nous. La mâchoire tendue et la démarche raide, elle s'est lentement dirigée vers l'estrade et nous a retourné notre salut. Je ne comprenais rien. Si cette réunion était organisée par la colonelle, pourquoi l'avoir planifiée dans le plus grand secret, loin de la caserne ?

Elle nous a longuement regardés avant de déclarer d'une voix forte, qui a résonné contre les murs délabrés :

– Merci d'avoir répondu si nombreux à l'appel. Avant toute chose, il est évident que tout ce qui va se dire ici doit demeurer strictement confidentiel. Je compte sur votre dévouement. L'enjeu est de taille.

Elle a laissé passer un temps avant de poursuivre :

– Comme vous le savez, je n'ai pas eu personnellement d'enfant. C'est peut-être pour cette raison que je vous ai toujours considérés, dès le début du programme, comme des êtres de ma famille. Les autres humains, dans leur immense majorité, ne vous voient pas ainsi. Ils ont, pour la plupart, vite oublié le service que vous avez rendu à la Nation. Sans vous, nous n'aurions assurément pas pu gagner la guerre, et vous voilà pourtant sommés maintenant de vous plier aux exigences d'un quotidien qui n'est pas fait pour vous. Les négociations portent leurs fruits, tous les médias s'en extasient, et chacun se félicite de voir une nouvelle ère s'ouvrir. Et peu importe au citoyen le nombre d'Altérés éliminés car jugés incapables de s'adapter à la vie civile.

Elle s'est tue. J'ai l'impression que c'était sous le coup d'une émotion. Mais elle a rapidement repris contenance pour ajouter :

– Cependant, certains de mes contacts m'ont informée, preuves à l'appui, que tout n'était que façade. Au moment où je vous parle, l'ennemi, sous couvert d'amitié et de volonté de dialogue, prépare une attaque ici même, dans la capitale, et s'apprête à frapper le pays en plein cœur. Je n'ai encore aucun détail à vous livrer. Pour l'heure, mes agents de liaison travaillent d'arrache-pied pour déterminer où et quand aura lieu cette attaque.

Nous buvions ses paroles, soupesant la vérité qui nous était ainsi subitement dévoilée.

– J'ai tenté d'informer le président. Il n'a pas daigné me croire, a-t-elle repris. L'ennemi lui a fourni trop de signes tangibles de paix. Après bien des réflexions, j'en suis alors venue à la conclusion que mon devoir était, certes, d'abord d'obéir au gouvernement, mais par-dessus tout de protéger le peuple. Et ce peuple a besoin de vous.

Elle a laissé infuser quelque temps son discours en chacun de nous. J'étais stupéfait de découvrir que l'ennemi nous avait dupés depuis le départ.

– Vous êtes de ceux qui ont obtenu les meilleurs résultats aux tests d'aptitude, c'est pourquoi vous êtes si précieux, a-t-elle lancé. Mais sachez que vous avez le choix. Je comprendrais que certains parmi vous préfèrent s'en tenir à la consigne : s'intégrer dans la vie civile. Néanmoins, si vous souhaitez vous engager pour protéger la nation en péril, je vous en offre l'occasion. Ceux qui sont prêts à me venir en aide, un pas en avant !

Le mouvement a été unanime. Tout le monde s'est aussitôt exécuté. Elle a hoché la tête, visiblement émue.

– Bien. Il reste maintenant le plus important : identifier plus précisément la menace. Ce ne sera pas une mince affaire, je ne vous le cache pas. Je vais faire l'impossible pour en apprendre davantage, et ce dans les meilleurs délais. Il se peut que l'ennemi se soit immiscé au sein même de la population, guettant le bon moment pour frapper. Pour l'heure, demeurez vigilants. Nous sommes des sentinelles. En sortant, vous remarquerez de grands bacs noirs contenant des téléphones. Prenez-en chacun un, et gardez-le précieusement. Ne vous en servez en aucun cas pour appeler. En temps et en heure, vous recevrez de nouvelles instructions. Le peuple ne mesure pas l'ampleur de votre dévouement, mais sachez que, pour ma part, je le tiens en haute estime. Merci pour votre engagement.

Sans un mot, l'assemblée s'est éparpillée. Nous avons récupéré chacun un téléphone et nous nous sommes dispersés dans la nuit. En regagnant la caserne, j'avais l'impression que tout prenait forme.

Maintenant que j'écris, l'image de l'homme au visage brûlé me revient en mémoire. Je ne me suis pas trompé en le considérant comme une menace potentielle. C'est sans doute un agent posté ici par l'ennemi pour repérer et surveiller nos activités.

Je ne manquerai pas d'être encore plus vigilant et de le capturer la prochaine fois que je le verrai.

29.02 - CONSEIL DE DISCIPLINE

Aujourd'hui a eu lieu mon conseil de discipline. Je m'y suis rendu escorté du lieutenant Lazlo, censé représenter l'institution militaire et jouer le rôle de responsable légal. Durant tout le trajet, il a bruyamment soupiré et s'est plaint de moi. Les réguliers, je le comprends de mieux en mieux, ne sont décidément pas les mieux placés pour défendre les intérêts des Altérés.

Dimitri, accompagné de son père, m'attendait dans le bureau du proviseur Strauss. Ni l'un ni l'autre n'a répondu à mon bonjour. La pièce, vaste et agrémentée de quelques plantes, sentait l'encaustique. M. Strauss et M. Lorenzini sont entrés, ainsi que quelques personnes que je ne connaissais pas.

L'entretien s'est déroulé sans qu'on me consulte d'aucune manière. Bien que je sois le principal intéressé dans cette affaire, toute l'assemblée semblait avoir oublié que j'étais là. À dire vrai, je n'écoutais que par bribes, et je ne tenais pas même compte des coups d'œil malveillants que me lançaient Dimitri ou son père, un homme chauve à la forte carrure, qui arborait une gourmette à son poignet velu. Dimitri avait la tête baissée et faisait le dos rond. Il paraissait moins fier en présence de son géniteur. Ce dernier tapotait nerveusement la table de ses gros doigts, pour signifier son agacement et son impatience. Mon regard revenait régulièrement à ses mains. Des mains habituées à fermer le poing, à n'en pas douter.

Leur discussion courait non pas tant sur ma bagarre avec Dimitri que sur le statut des Altérés en règle générale. Tous avaient conscience que des incidents avaient éclaté un peu partout dans le pays à la suite de notre intégration dans la vie civile. Certains se demandaient si, pour autant, nous devions être chassés du système.

– Soyez sûrs, a déclaré solennellement le proviseur après un long préambule, que nous prenons très au sérieux la situation des Altérés dans notre belle communauté. Cette mission, d'une importance capitale, nous invite à nous engager, tous ensemble, en amont comme en aval, pour faire de cette situation une opportunité plutôt qu'une sanction. Tout enjeu fort demande des convictions fortes. En effet, adopter une attitude d'accueil n'empêche pas la plus grande fermeté quand celle-ci est nécessaire. Cet incident est certes regrettable et nous en tirons aujourd'hui les conclusions qui s'imposent. Bien évidemment, cela fait partie des défis qu'il nous faut relever avec confiance et vous pouvez compter sur nous pour…

J'ai cessé d'écouter. J'ai l'impression que, chez les civils, plus on monte dans la hiérarchie administrative et politique, plus les discours sont creux. Des formules alambiquées, qui vident les mots de leur sens et dessinent des réalités qui n'existent pas. Chez les militaires, au contraire, chaque phrase est au service d'une information claire ou d'un ordre précis.

Au bout de plusieurs minutes, c'est finalement le lieutenant Lazlo qui m'a sorti de mes pensées.

– As-tu compris ce que nous venons de dire ?

Comme je ne décrochais pas le moindre mot, M. Strauss a répété lentement, comme s'il employait une autre langue :

– Nous allons vous donner une dernière chance. Par contre,

à la première incartade, ce sera l'exclusion pure et simple. Est-ce clair, cette fois ?

Par réflexe, j'ai failli répondre : « Affirmatif », mais je me suis ravisé à temps. J'ai articulé, un « Oui, monsieur le proviseur », en imitant le ton de reconnaissance attendu dans ces circonstances.

– Je pense, a sèchement ordonné Lazlo, que tu peux présenter des excuses officielles à celui que tu as blessé.

Le père de Dimitri a émis un jappement et grogné :

– S'excuser ? Est-ce qu'il sait seulement ce que ça veut dire ?

J'ai fait mine de n'avoir rien entendu et ai obtempéré.

– Je m'excuse.

– Soyez plus précis, jeune homme, a aboyé M. Strauss.

– Je m'excuse d'avoir agressé mon camarade. Je l'ai fait sans aucune raison et je remercie toute cette assemblée de me donner une nouvelle chance de faire mes preuves.

À l'issue du conseil, le lieutenant Lazlo est resté discuter un moment avec M. Strauss. Tous les autres sont sortis un à un. Je me suis moi-même dirigé vers la grille, précédé par Dimitri et son père qui vitupérait contre tous ceux qui lui faisaient perdre son temps, invectivant même la vieille femme qui tenait l'accueil.

Il se plaignait encore en consultant sa montre :

– Vois comme tu me mets en retard, à cause de tes ennuis !

Dimitri a balbutié :

– Mais, papa, c'est pas de ma faute…

La suite de sa phrase a été balayée par une tape sur la nuque.

– Ne m'interromps pas quand je te sermonne ! Vu les notes que tu m'as rapportées au dernier trimestre, tu as tout juste le droit de te taire et d'obéir. Compris ?

Dimitri a fixé le bord du trottoir et est monté dans la voiture, après un hochement de tête soumis, tandis que son père commentait, comme pour lui-même :

– Il aurait presque dû y aller plus fort, cet attardé!

À travers la vitre, Dimitri a eu le temps de remarquer que j'avais assisté à la scène et m'a lancé un regard féroce. Cela m'a fait réfléchir. Ce que je comprends des émotions: certaines personnes décident de se vouer à la haine, à la rancœur, à la jalousie, au remords, à la tristesse, qui les blessent et blessent les autres, alors qu'ils pourraient dédier leur cœur à des sentiments qui m'ont l'air bien plus agréables. C'est peut-être parce que c'est un chemin plus facile. Ils traversent leur existence sans se rendre compte de la chance qu'ils ont de pouvoir s'émerveiller et ressentir le goût des choses. Au lieu de regarder par la fenêtre de la vie, ils ferment les yeux, les gardent rivés au sol ou sur des écrans.

Étrangement, j'avais vécu toute cette scène comme si j'avais moi-même été à la place de Dimitri. Je sentais peser sur moi le poids du jugement et de l'insatisfaction qui ne quittaient jamais son père. Ce n'était pas très confortable, comme de marcher avec un barda trop lourd pour soi.

La voiture s'est éloignée dans un vrombissement rageur. Je l'ai suivie des yeux jusqu'à ce qu'elle disparaisse au coin de la rue.

J'allais m'en aller quand j'ai entendu quelqu'un m'appeler. Philo courait dans ma direction.

– Dimitri est déjà parti, lui ai-je annoncé.

– C'est toi que je voulais voir, Hélix. Quelles nouvelles?

Quand je l'ai informée de la décision prise à l'issue du conseil de discipline, elle a poussé un soupir de soulagement.

– Je suis contente pour toi. Vraiment.

Elle a hésité, avant de me proposer une promenade. Après un moment de réflexion, j'ai accepté. Nous avons évoqué nos lectures. Je n'avais pas sur moi son *Cyrano* pour le lui rendre, mais elle m'avait apporté un autre livre: *Ruy Blas*, de Victor Hugo.

– Ça parle d'un valet qui doit se faire passer pour un noble, et, grâce à ce stratagème, il parvient à approcher la reine, dont il est amoureux.

– Je le lirai, ai-je promis en le rangeant dans mon sac.

Nous avons continué de marcher sans rien dire. Je réalisais que, depuis qu'elle m'avait rejoint, je me trouvais dans un état étrange, indéfinissable, contradictoire. Je me sentais à la fois très fort et très vulnérable, c'était assez inexplicable. Comme une fièvre qui me rendrait plus fragile, mais affûterait mes sens et ma présence au monde.

Un bruit de foule m'a tiré de mes pensées confuses. Un attroupement de civils avait envahi la rue, exhibant des banderoles. Ils scandaient des slogans et parlaient dans des mégaphones, je ne saisissais pas ce que leur message signifiait. Comme je me tenais sur mes gardes, prêt à intervenir en cas de danger, elle m'a expliqué :

– Ne t'inquiète pas... C'est une manifestation.

– Tu veux dire qu'ils ne sont pas d'accord avec quelque chose ? Quelles sont leurs revendications ?

Elle a laissé passer un temps, alors que les cris rythmés s'intensifiaient.

– Ils manifestent... contre les Altérés, a-t-elle fini par lâcher du bout des lèvres.

– Pourquoi ?

– Ils se disent que, sans vous, nous n'aurions sans doute pas gagné la guerre, mais que ce n'est pas pour autant que nous devrions vous loger en ville. Ils voient en vous une sorte de danger...

Elle s'est tue un moment avant d'achever :

– Vous leur rappelez un peu trop la guerre qu'ils essaient d'oublier, le tribut que la Nation a dû payer pour obtenir la paix.

Je les ai regardés, foule tumultueuse et indisciplinée comparée à la rigidité de nos rangs de soldats. À mesure qu'ils s'approchaient, je discernais en effet mieux leur discours et les messages écrits sur des pancartes. L'une d'elles arborait : « C'est nous, les humains. » Sur un calicot, on pouvait lire la phrase : « Protégez nos enfants des Altérés. » Je me suis retourné vers Philo, et en haussant la voix pour me faire entendre, je lui ai demandé :

– Et toi, qu'est-ce que tu en penses ?

J'ai eu l'impression qu'elle évitait de croiser mon regard. Elle a fini par me tirer par le bras.

– Laisse tomber ! Nous devrions presser le pas.

Peu à peu, les bruits de foule se sont estompés derrière nous. Nous avons marché encore longtemps. Je ne comprenais pas pourquoi cette promenade s'éternisait tant, mais en même temps je n'avais pas envie qu'elle s'arrête. Je me suis rendu compte que nous étions parvenus dans un quartier que je n'avais jamais arpenté auparavant. La circulation était moins dense, les boutiques moins nombreuses, les avenues moins rectilignes.

Philo a fixé une plaque indiquant un nom de rue et a murmuré, un peu hésitante :

– On y est.

– Où donc ?

Elle a désigné un ensemble d'immeubles de petite taille qui entouraient une aire de jeux.

– Ta mère habite ici.

Il m'a fallu quelques instants pour comprendre, et réaliser que c'était elle qui avait guidé notre marche. Elle a commenté :

– Je sais que tu avais dit que tu ne voulais pas en entendre parler, mais je suis certaine que ça te ferait du bien de la rencontrer. Elle vit ici, bâtiment D, appartement 104. Maintenant qu'on est là, tu as la main. Tu ne serais pas curieux de la voir ?

J'ai longuement observé les lieux. C'était un quartier calme. Des enfants riaient en dévalant les toboggans de l'aire de jeux ou en s'agrippant à un tourniquet lancé à pleine allure. Un couple de personnes âgées discutait sur un banc malgré l'air frais. Quelques coureurs en tenue fluo nous ont croisés, concentrés sur leur effort. Je n'avais pas vu la nuit descendre. Certaines fenêtres de l'immeuble étaient éclairées, et je me suis demandé si ma «mère» était derrière l'une d'elles, et ce qu'elle y faisait. J'ai essayé de m'imaginer une scène. En vain.

Puis je me suis tourné vers Philo:

– Non.

Avant de la laisser plantée là et de prendre la direction de la caserne au pas de course.

J'ai cavalé dans les rues, les traversant sans prendre garde aux véhicules, dépassant des vieilles dames qui rentraient chez elle avec leur caddie plein de courses, des jeunes qui entamaient fiévreusement leur soirée, des cadres pressés qui avançaient, l'air important.

Une pensée m'a interrompu et j'ai bifurqué à droite, puis à gauche, fouillant dans ma mémoire pour trouver l'endroit que je cherchais, dans un secteur pavillonnaire, non loin du lycée.

Dimitri s'était plusieurs fois vanté d'habiter ce quartier plutôt chic. J'ai sillonné toutes les allées jusqu'à repérer la voiture de son père, dont j'avais retenu la plaque par réflexe. Je me suis posté devant leur domicile et ai attendu, tapi dans l'ombre d'un buisson, reprenant mon souffle. Très vite, je me suis fait immobile, discret. J'ai réduit ma respiration. Je guettais.

En levant les yeux, j'ai avisé des étoiles qui perforaient la nuit. Je n'avais jamais pris garde qu'elles avaient des couleurs différentes, des intensités différentes, des scintillements différents. Toutes uniques à l'œil de celui qui y prête attention. J'en ai identifié quelques-unes, celles qui nous servaient à nous repérer lorsque nous étions en mission. Pour la première fois, j'ai eu envie de connaître leur nom.

À l'affût, tout à mes pensées, j'ai attendu. Au bout d'une

heure, durant laquelle je ne me suis autorisé que de rares mouvements pour réveiller mes muscles engourdis, son père a sorti la poubelle et en a profité pour fumer. C'était le moment pour moi d'agir. Lestement, j'ai enfilé ma cagoule. Puis, en suivant un chemin formé par des zones d'ombre, je me suis glissé jusqu'à lui.

Au moment où il écrasait sa cigarette contre le portillon, je me suis dressé derrière lui et l'ai saisi à la gorge.

– Ne te retourne pas, lui ai-je murmuré à l'oreille, la voix grave et menaçante.

Comme il n'obtempérait pas, tentant de faire volte-face, je l'ai poussé violemment par terre, et j'ai lancé :

– Ne lève plus jamais la main sur ton fils.

Surpris et désemparé, il a voulu répliquer, mais un coup de pied l'a rejeté à terre, dans un cri rauque. Je portais ma cagoule, et je m'étais aussi positionné de telle sorte qu'il ne pouvait pas me voir. Deux précautions valent mieux qu'une. La lumière provenant de la maison venait frapper son visage. Sous l'effet de la colère, une veine serpentait le long de sa tempe.

– Il mérite plus de respect que toi, ai-je continué en contrefaisant toujours ma voix.

Il regardait autour de lui, cherchant vainement de quoi se défendre.

– Ce sera mon seul avertissement, ai-je prévenu avant de lui asséner un dernier coup.

Cette fois, il s'est recroquevillé à terre, protégeant son visage de ses mains, sans oser riposter.

– D'accord... d'accord ! a-t-il gémi en hochant la tête frénétiquement.

Quand il a risqué un coup d'œil autour de lui, j'étais déjà loin.

01.03 – ENQUÊTE SUR 04

Après mes corvées du jour, j'ai quitté la caserne, non sans un regard vers le mur d'enceinte, qui m'a permis de constater qu'Amir prenait son projet très au sérieux. Concentré sur ses gestes, armé de ses bombes de peinture, les écouteurs vissés sur ses oreilles, il était juché sur un escabeau, ne s'interrompant que le temps d'en descendre pour mieux juger de son travail. Le sens de tout cela m'échappait toujours : perdre de précieuses heures à dessiner sur un mur, tout ça pour une fille à qui il n'avait pour ainsi dire jamais parlé. Pourtant, je trouvais maintenant l'idée respectable, ne serait-ce que par l'application qu'Amir y mettait. Je n'ai pas voulu le perturber dans ses efforts et j'ai pris le chemin du lycée des Pierres Vives.

Au moment où je suis arrivé, la récréation battait son plein.

J'avais obtenu et parcouru le rapport d'incident concernant LX04, rédigé à la suite de l'altercation qui l'avait opposé à un camarade au beau milieu d'un cours. J'avais décidé de m'entretenir avec son adversaire. Prénommé Marcus, c'était un garçon de grande taille, aux cheveux longs, vêtu d'une chemise à carreaux et d'un pantalon trop large. Je l'ai rapidement repéré parmi les autres et me suis dirigé vers lui.

Quelques-uns de ses amis, méfiants, sont venus en soutien à mon approche. Je l'ai rassuré :

– J'ai seulement quelques questions à te poser à propos de 04. C'est un membre de mon unité.

Après m'avoir toisé, Marcus a fait un signe d'apaisement et m'a invité à le suivre un peu à l'écart.

– Il est mort ? a-t-il demandé de but en blanc.

– Aucune idée, j'essaie de comprendre ce qui lui est arrivé. Quelque chose à signaler le concernant ?

– Je ne vais pas pouvoir beaucoup te tuyauter. Il parlait pas à grand monde, il restait dans son coin. La veille de sa disparition, il était très replié sur lui-même. Je l'ai vu de loin, dans la cour, assis à consulter un papier, une sorte de petit prospectus.

– Un prospectus ? Lequel ?

– De là où j'étais, je pouvais pas le lire. Je dirais que ça faisait penser à une pub pour une pizzeria, mais j'en sais pas plus.

Je l'ai dévisagé. Je m'étais imaginé quelqu'un d'assez agressif et hostile, surtout après l'incident avec 04. Il aurait ses raisons, après tout. Mais il avait plutôt l'air navré de ne pas pouvoir m'aider davantage.

– Parle-moi un peu de votre altercation, ai-je demandé.

– Je ne voulais pas me battre, je te le jure ! J'étais juste sur les dents depuis l'arrivée des Altérés au bahut. Un tel débarquement, ça avait de quoi faire flipper !

– Le rapport mentionne que c'est lui qui t'a provoqué. Pourquoi aurait-il fait ça ?

Il n'a rien répondu pendant un moment, baissant les yeux.

– J'ai peut-être, enfin, un peu… exagéré la vérité.

Comme je le fixais sans rien dire, il a fini par passer aux aveux :

– OK, j'ai menti. C'est parti en *live*, sur le coup, j'ai menti sans réfléchir, ensuite c'était trop tard pour faire marche arrière. Tu penses bien que ma parole valait plus que la sienne. Tout ce foin pour trois fois rien ! Après cette affaire, ça m'a dégoûté, je me suis excusé auprès de lui, je lui ai proposé d'aller en parler à la direction, mais il m'a dit de garder ça pour moi, que c'était pas grave et qu'il me pardonnait. De toute façon, je savais au fond que, même si j'avais avoué la vérité, on m'aurait pas cru.

– Essaie toujours.

– Je vois pas comment tu pourrais y croire toi-même. Mais puisque tu insistes, voilà : quand on était en cours, il regardait souvent par la fenêtre, et le truc dingue, c'est qu'il souriait. D'après ce que j'ai compris, c'est impossible pour vous de sourire. Rien ne vous touche, rien ne vous amuse. Et pourtant ! Au début, ça m'a surpris, alors je me suis foutu de lui, et là, il m'a maté sans cesser de sourire. Je lui ai répondu par une grimace, mais comme il arrêtait pas de me fixer dans les yeux avec ce bête sourire accroché au visage, ça a fini par me mettre hyper mal à l'aise. À la fin, je l'ai même menacé, mais c'était comme s'il n'entendait rien. J'étais à bout de nerfs... alors je me suis jeté sur lui. C'est comme ça que ça a commencé. Et tu vois, t'es bien le premier à venir m'interroger sur sa disparition ! Tout le monde s'en tamponne...

Intérieurement, j'ai pris note de tout ce qu'il me disait, cherchant à séparer les indices éventuels des informations inutiles. Puis, je lui ai demandé de me conduire au casier dont se servait 04. Il y avait peut-être laissé des affaires qui pourraient m'aiguiller sur la bonne voie.

– Je ne sais pas s'il est vide ou pas, personne n'y a touché en tout cas, m'a assuré Marcus en me désignant le casier. Il est fermé à clé et personne n'a de double.

En quelques secondes, j'avais sorti des outils et crocheté le cadenas. Marcus, me voyant faire, a préféré reculer de quelques pas.

À l'intérieur, j'ai mis la main sur quelques classeurs, deux ou trois manuels de cours. Jusque-là, rien d'extraordinaire. Rien, à part un objet rectangulaire percé de deux trous qui abritaient chacun une roue crantée de plastique.

– Qu'est-ce que c'est ? ai-je demandé à Marcus.

– Une cassette audio.

Devant mon air dubitatif, il s'est senti obligé de préciser :

– Ça sert à enregistrer des fichiers musicaux. Mais tu trouveras pas facilement le matériel pour écouter ce qu'elle contient.

Cet objet constituait nécessairement une piste pour retrouver 04. Je suis resté songeur un moment, puis ai remercié Marcus d'un signe de tête.

– Au fait… vous êtes humains ou pas, en vrai ? a-t-il demandé tandis que je m'éloignais.

J'aimerais pouvoir dire que je ne lui ai pas répondu parce que ça n'en valait pas la peine. La vérité, c'est que je n'aurais pas su quoi répondre.

02.03 - RETOUR AU LYCÉE

Toujours rien de neuf de la part de la colonelle concernant la menace ennemie. Je dois être patient, même si cet état d'alerte permanent use mes nerfs. Nous avons été formés pour le combat en plein champ de bataille et les pics d'adrénaline qui vont avec. Pas pour une vigilance sans terme ni but clairement définis.

Aujourd'hui, retour au lycée. J'étais plutôt pressé de retrouver les lieux, même si je savais que je n'allais pas trouver le moindre comité d'accueil pour se réjouir avec moi. J'étais en avance. Amir a traversé la cour dans ma direction. Durant toute la semaine, il était venu à la caserne matin et soir pour parachever son travail d'artiste. Je m'étais plu chaque jour à inspecter son œuvre, après son départ, pour en apprécier l'évolution.

Je pensais qu'il serait content de me revoir au lycée, mais il avait l'air plus anéanti que jamais, marchant comme si on lui avait annoncé un mois de corvées. Il m'a salué d'un mouvement mou, a abandonné son sac contre un banc et s'est pris la tête entre les mains.

– Ma vie est fichue, Hélix.

– Laisse-moi deviner : tu lui as montré ton dessin et elle t'a envoyé balader ? Elle n'a pas aimé ce que tu as fait pour elle ?

– Au contraire, elle a adoré ! Elle l'a même pris en photo pour le garder en souvenir. Elle a dit que j'étais hyper sympa. Mais j'ai clairement compris à son ton que ça s'arrêterait là.

Je me suis assis à côté de lui, et j'ai longtemps cherché quoi dire.

– Un échec n'est jamais un échec, tu sais.

– Quoi ?

– Il peut y avoir des dommages, des blessures, mais une bataille perdue t'aide à gagner la guerre. Tu as essayé, ça n'a pas marché : maintenant, tu as des pistes d'amélioration pour réussir la mission suivante. Tu vas rectifier ta stratégie pour conquérir la prochaine fille.

– Et si je me plante encore ?

– Eh bien, cet échec te permettra de peaufiner un nouveau plan d'action, jusqu'à ce que ça fonctionne.

Il s'est emporté :

– Lâche-moi, avec tes tactiques de militaire ! Y aura personne d'autre, c'est bon, je jette l'éponge ! Tu crois que ça se passe comme ça, dans la vraie vie ? La seule leçon qu'il faut comprendre, c'est que l'amour, c'est pas pour moi. C'est comme un film : ça fait illusion de loin, mais si tu y regardes de plus près, tu te rends compte que tout est faux, artificiel, trompeur. Tu as de la chance, d'avoir un cœur de pierre. J'aurais préféré être comme toi. La vie serait tellement plus simple sans tout ce délire à dormir debout, cette arnaque pour losers, cette comédie pitoyable ! L'amour, on nous en sert à toutes les sauces, alors qu'il suffit d'un rien pour que ça naisse ou que ça meure. Une vraie mascarade ! Franchement, Hélix, je rêverais d'être à ta place.

Il s'est relevé dans un mouvement rageur et a lancé, avant de partir à grands pas :

– Je vais marcher un peu, ça va me calmer.

Son discours avait éveillé bien des pensées en moi, mais elles papillonnaient dans mon esprit sans vouloir se poser, et je ne parvenais pas à les saisir au vol. Renonçant à mettre de l'ordre dans ce bazar, je me suis dirigé vers mon casier pour y ranger quelques manuels et cahiers. À l'autre bout du couloir, j'ai alors avisé Dimitri. Pour éviter la confrontation, je me suis arrangé pour ne pas avoir à le croiser. Aussitôt, il a dévié sa trajectoire pour venir à ma rencontre. Nous nous sommes retrouvés face à face.

Je crois que, même aidé du plus volumineux guide des émotions, j'aurais été incapable à cet instant de deviner ses intentions. Il m'a toisé longuement, sans rien dire, avant de déclarer :

– Un intrus s'est introduit dans notre jardin hier soir, et a mis une raclée à mon père. C'était toi, non ?

Il se tenait tout près de moi, les poings fermés, prêts à cogner. Je suis resté complètement immobile, l'affrontant du regard. Autour de nous, certains élèves commençaient à s'attrouper, attirés par la fébrilité électrique qui nous habitait.

Puis, lentement, il a ouvert les doigts pour me tendre la main. J'ai hésité, flairant un piège, mais je lui ai finalement donné la mienne. Il l'a serrée un instant, en hochant imperceptiblement la tête. Il m'a semblé, l'espace d'une fraction de seconde, voir passer une certaine forme d'admiration dans ses yeux. Il a murmuré :

– T'en fais pas, il croit que c'est un malade qui traînait dans le quartier.

Sur ces mots, il s'est détourné.

– On n'est pas potes pour autant, a-t-il grommelé en s'éloignant dans le couloir.

Surpris par ses paroles, je n'ai pas réagi tout de suite. Puis une pensée m'a traversé, et je l'ai rattrapé.

– Qu'est-ce que tu me veux ? T'as pas entendu ce que je viens de dire ?

La froideur de son ton m'a fait hésiter, mais j'ai tenu à aller au bout de mon idée.

– Tu peux peut-être me procurer des infos qui me seraient utiles.

Même s'il continuait à marcher sans répondre, j'ai compris qu'il m'écoutait.

– Puisque tu es impliqué dans le groupe qui s'en prend aux Altérés, je pense que tu peux m'aider.

Il s'est arrêté net et s'est tourné vers moi. Il n'a pas cherché à nier et j'ai trouvé ça plutôt honorable de sa part. Je sentais que j'avais toute son attention, tandis que je poursuivais :

– Un de mes camarades a disparu. Il s'appelle LX04.

Il a rajusté son sac sur son épaule et a simplement conclu avant de me laisser :

– Je vais me renseigner.

La journée s'est ensuite déroulée sans incident notable. Mon altercation avec Dimitri n'avait visiblement pas beaucoup aidé à mon intégration, car la plupart des élèves que je croisais me jetaient des regards méfiants ou désapprobateurs. Je lisais dans leurs yeux l'étiquette qu'ils avaient placée sur mon visage. On ne me voyait plus que comme une brute.

J'ai pris le parti de ne pas en tenir compte, de ne pas faire de vagues, de me fondre dans la masse. Mais à la fin de la journée, je ne me suis pas fait prier pour retourner à la caserne.

Alors que je franchissais les grilles du lycée, j'ai aperçu Dimitri, s'appuyant à l'abri pour vélos. Il m'a fait un signe de tête encourageant.

– J'ai passé quelques coups de fil. La disparition de ton pote, ce n'est pas l'œuvre des anti-Altérés. Mais comme tu t'en doutes, certains ont quand même voulu jouer les curieux. Dans un bar, un type s'est apparemment vanté d'y être pour quelque chose, sans entrer dans les détails. D'après ce qu'on m'a dit, c'est un receleur, une petite frappe qui empoche de l'argent pour tout un tas de sales besognes.

Il m'a tendu un papier, en achevant :

– Je sais pas si c'est vraiment lui qui a fait le coup, mais si tu veux aller à la pêche aux infos, voilà son adresse. On est quittes.

Il ne m'a pas laissé le temps de lui répondre et est parti rejoindre sa bande.

03.03 - LA MOUSTACHE

Ce matin, nous avons fait avec la colonelle un point sur la situation. À cause de ma bagarre avec Dimitri, j'ai bien cru que, cette fois, ma note d'intégration allait chuter sous la moyenne. Je suis arrivé à 50/100. C'est sans doute mon professeur de français qui tente, comme il le peut, de ne pas me pénaliser et de m'éviter ainsi d'être déclassé.

La colonelle a égrené la liste des déclarés inaptes à la vie civile. 08, 51, 70, 97 ont été appelés. Je n'ai pas compris pourquoi. 51 s'était illustrée dans l'équipe de hand-ball de son lycée, 70 s'était découvert des talents en informatique, 97 avait mis ses compétences en maintenance des tanks au service de l'entretien de voitures anciennes. Ils auraient pu, j'en suis persuadé, trouver leur place dans la vie civile. Pourquoi eux plutôt que d'autres ? Ils méritaient une autre fin.

Le lieutenant Lazlo m'a jeté un regard noir en passant à ma hauteur. Apparemment, il avait gagé avec quelques soldats que je compterais parmi les recalés. Je dois avouer que l'idée qu'il ait perdu son pari m'a procuré une certaine satisfaction.

Mes camarades ont repris l'entraînement sitôt la réunion achevée, s'y consacrant une grande partie de leur journée. Quant à moi, je me suis isolé dans la salle d'étude pour lire. C'est la seule activité qui m'offre un peu de réconfort les jours de bilan : elle me permet de ne pas trop réfléchir à ce qu'il advient des recalés. Le soir, 87 est venu me trouver. Je pensais qu'il voulait évoquer avec moi le sort de nos camarades déclassés, mais il a demandé :

– Tu as décidé de quitter la Brigade ?

– Non, ai-je menti, c'est juste que j'ai beaucoup de travail pour le lycée. Pourquoi cette question ?

– Tu ne traînes plus au quartier général lorsqu'il n'y a pas cours et tu passes tes permissions on ne sait trop avec qui.

– Je vais à la médiathèque. Je lis.

Je me suis senti obligé d'ajouter :

– J'essaie d'en apprendre plus sur les émotions humaines. Pour être plus efficace dans ma mission officielle.

Il n'a pas répliqué, peut-être parce que ma réponse l'avait laissé dubitatif. Je réalise maintenant, moi aussi, que le souci d'intégration n'est plus ma motivation première. Pour achever tout de même de le convaincre, je lui ai proposé de m'accompagner pour cette soirée.

Nous avons quitté la caserne ensemble et nous sommes enfoncés dans les rues. Sans nous concerter, nous rasions les murs mal éclairés pour nous rendre invisibles, nous accélérions le pas dès que la zone était trop exposée. Tout en marchant, je lui ai indiqué notre mission : trouver et interroger le receleur impliqué dans la disparition de 04. Curieusement, bien qu'imberbe, il se faisait appeler « la Moustache ». En bon militaire, 87 a enregistré les informations sans se préoccuper de la manière dont je les avais obtenues. J'avais d'abord envisagé d'effectuer cette opération seul, mais, réflexion faite, un peu de renfort ne pouvait pas faire de mal. Nous savions que les autorités redoublaient de vigilance pour appréhender les Altérés qui chercheraient à faire justice : dernièrement, on avait arrêté l'un des nôtres en même temps que l'agresseur qu'il venait de maîtriser.

Une fois sur place, j'ai dit, en observant les fenêtres éteintes :

– Visiblement, il n'est pas encore rentré. Il vaut mieux le neutraliser chez lui, à l'abri des regards. D'après mes renseignements, il n'a pas de complice. Poste-toi dans cette encoignure. Moi, je guetterai ton signal. Tu resteras en bas en sentinelle et pour couper sa route au cas où il chercherait à battre en retraite.

– Bien reçu.

La façade présentait des aspérités et des lézardes qui m'ont servi de prises solides pour atteindre facilement l'étage. Je me suis agrippé au chambranle d'une fenêtre entrouverte et me suis introduit avec précaution à l'intérieur. La pièce dans laquelle j'ai atterri était en désordre. Un canapé aux coussins mal mis, des boîtes de pizza négligemment posées sur une table basse, à côté de bouteilles de bière vides, permettaient de mieux cerner la personnalité de celui qui vivait là. Une vague odeur de moisissure et de renfermé flottait dans l'air. Sur la table, quelques résidus de drogue côtoyaient des objets de valeur probablement volés. Visiblement, la Moustache diversifiait ses sources de revenus. J'ai facilement localisé un coffre-fort, situé dans un placard. De bonne fabrication, il fonctionnait avec un code numérique. On pouvait le forcer, mais il était plus simple que son propriétaire l'ouvre de lui-même.

Une heure s'est écoulée sans rien de notable à signaler. J'en ai profité pour arpenter la pièce en long et en large afin de repérer les lattes de plancher les moins bruyantes et ainsi, le moment venu, me déplacer le plus silencieusement possible.

Sous l'effet de l'attente et de l'inaction conjuguées, mes pensées ont peu à peu pris le large. Je crois que je me remémorais le texte que nous devons apprendre, avec Philo. C'était complètement inapproprié, mais je ne pouvais pas m'en empêcher. Soudain, les signes que 87 m'adressait de sa cachette m'ont tiré de mes rêveries.

La cible est arrivée, le pas court mais rapide. C'était un homme grand et mince, qui gardait contre lui un sac en bandoulière. De mon poste d'observation, je l'ai vu chercher ses clés et rentrer chez lui après avoir jeté un regard prudent par-dessus son épaule.

Je me suis glissé dans une pièce voisine, qui offrait un champ de vision suffisamment large pour le repérer. J'ai entendu son pas dans l'escalier. La Moustache est entré mais n'a pas actionné l'interrupteur, se contentant du lampadaire qui projetait son éclairage jaunâtre de l'extérieur. Voilà qui m'arrangeait. Je pouvais ainsi me déplacer sans qu'on puisse déceler ma présence. Il s'est penché au-dessus du coffre. Je l'ai entendu pianoter le code d'accès. À la faveur d'un jeu de lumière, j'ai entrevu la crosse d'un revolver qui dépassait de l'arrière de son pantalon. La serrure a émis un bip soumis.

Je me suis approché sur la pointe des pieds. Mais j'ai été trahi par un objet qui a produit un couinement plaintif quand j'ai marché dessus.

La Moustache a aussitôt fait volte-face. Le regard mauvais, il m'a toisé. Ses tempes creuses et son crâne chauve donnaient à son visage déjà allongé une allure inquiétante. Pourtant, un grand maigre comme lui ne pouvait m'opposer aucune résistance. Il a fait un geste lent pour mettre ses mains en évidence. Puis, avec empressement, il a cherché à se saisir de l'arme à sa ceinture. Je n'ai eu aucun mal à parer sa tentative. En deux mouvements précis, je l'ai envoyé tête la première contre la porte du placard et il s'est lourdement effondré, sonné. Dans sa chute, il a éparpillé les liasses de billets qu'il allait ranger dans son coffre-fort, ainsi qu'une pile de flyers que j'ai tout de suite identifiés : des publicités pour une pizzeria.

Je me suis planté devant lui :

– Parle-moi de 04.

– Qui ? a-t-il baragouiné, encore sous le choc.

– Un Altéré qui a disparu.

Il s'est débattu pour la forme, avant de lâcher :

– Aucune idée. C'était pas mes affaires...

– Explique-toi !

– Un type m'a filé du fric pour l'héberger une nuit, et placarder un prospectus à ma fenêtre quand il serait là. En rentrant le lendemain, y avait mon paiement sur la table, et le gamin était parti. On m'a dit que d'autres pourraient venir, et qu'il faudrait que je répète le même manège, avec le prospectus. Je sais pas ce qu'ils font d'eux ensuite. Franchement, je sais pas, je te le jure !

Il a voulu s'enfuir, mais je l'ai agrippé et l'ai plaqué sans ménagement contre le mur. Cette fois, le choc l'a assommé. Au loin, dans la nuit, j'entendais des sirènes qui approchaient.

J'aurais dû quitter les lieux avant l'arrivée de la police. Mais ce qui m'intriguait, c'était l'objet qui avait trahi ma présence. Je l'ai retrouvé en tâtonnant : il s'agissait d'un lion en caoutchouc, qui émettait un petit couinement quand on le serrait. Voilà qui ne cadrait pas vraiment avec le reste du décor. À cet instant, un bruit a émané d'une autre pièce, au fond d'un couloir. Quelqu'un était là.

J'ai extirpé mon couteau de combat du fourreau contre ma cuisse et, en trois enjambées, j'ai atteint la porte que j'ai enfoncée d'un grand coup de pied.

Dans la chambre éclairée par une veilleuse, je me suis retrouvé face à un petit lit à barreaux. Un enfant d'environ deux ans, debout sur son matelas, a sursauté à ma vue et s'est mis à hurler. Il me fixait avec une terreur qui m'a pétrifié. Je n'ai pas supporté ce que j'ai lu dans ses yeux écarquillés : c'était un monstre qu'il regardait. J'avais toujours mon couteau à la main. Après un moment de stupeur, je l'ai rangé, si précipitamment que j'ai manqué de me blesser.

– 18, au rapport.

87 était monté en renfort. Je l'ai rassuré d'un signe de tête.

– La police arrive. Tu n'as pas laissé d'empreintes ? s'est-il enquis.

– Négatif.

– Alors, filons !

Une fois dehors, nous nous sommes rapidement séparés pour ne pas attirer l'attention. 87, les mains dans les poches, s'est perdu dans un dédale de ruelles, tandis que je prenais le chemin de la caserne. Après quelques mètres, pourtant, je n'ai pas pu m'empêcher de revenir sur les lieux. Ils étaient maintenant occupés par la police et par une ambulance. Des badauds en pyjama pointaient le nez aux fenêtres, des deux côtés de la rue. Agglutinés aux vitres, ils brûlaient d'envie de savoir ce qui se passait. Je ne comprenais pas cet intérêt pour un événement qui ne les concernait en rien.

À l'abri des gyrophares, une femme a transporté le bébé dans l'ambulance, tandis que notre cible, encore étourdie, était escortée par les forces de l'ordre. Après m'être assuré que tout le monde était parti, je suis retourné dans l'appartement, ai collé un prospectus sur la fenêtre et me suis éclipsé dans l'ombre. Voilà qui devrait attirer l'attention des kidnappeurs d'Altérés.

Instinctivement, j'ai marché jusqu'à l'hôpital, situé à environ trente minutes à pied. Je me suis faufilé dans le service pédiatrique, en m'arrangeant pour ne pas être repéré. Ce n'était pas difficile, car à cette heure les couloirs étaient vides et l'éclairage minimal. J'ai vu une infirmière sortir l'enfant de la salle d'examen. Je l'ai reconnu à son pyjama et à ses cheveux bouclés. Elle devait avoir fini de l'ausculter. Elle est allée l'installer dans une chambre puis s'est affairée ailleurs.

Je me suis rendu au seuil. Seul dans un grand lit en métal, le visage rougeaud, il pleurait. Ce n'étaient pas des cris d'horreur comme ceux qu'il avait poussés lorsqu'il m'avait vu, un peu plus tôt. On aurait davantage dit un chant de désespoir. En l'entendant, je n'ai pas pu résister à l'envie de me rapprocher encore.

Sans avoir rien prémédité, sans savoir au juste la manière dont il fallait s'y prendre, j'ai tendu les bras vers lui et, après un instant, il s'y est agrippé. Ses pleurs ont cessé dès qu'il s'est retrouvé contre moi. Il a parcouru mon visage de ses mains minuscules, comme pour mieux cerner mes traits, avant d'enfermer un de mes doigts dans son petit poing. De ce fragile point de contact a irradié une chaleur étrange, qui a envahi tout mon corps. Nous sommes restés ainsi, immobiles, pendant un temps que je ne saurais évaluer.

Puis il a plongé ses yeux encore étoilés, brillants de larmes, dans les miens. J'ai l'impression d'y avoir vu autre chose que le reflet d'un monstre.

11.03 – ACTIVITÉ MENTALE INHABITUELLE AU COURS DU SOMMEIL

Ce matin, au réveil, mes yeux étaient humides. Un écoulement lacrymal étrange. Je crois que j'ai expérimenté ce que les gens appellent un « rêve ». Pour la première fois – à ma connaissance en tout cas – j'ai eu une vision dans mon sommeil.

Je me déplaçais péniblement, avec mes partenaires, dans une forêt dont les arbres se perdaient parmi les ombres. Leurs branches s'agitaient et prenaient l'allure de grandes figures menaçantes, de monstres des ténèbres qui voulaient notre mort. Peu à peu, je me suis approché du fracas de la bataille. L'atmosphère était viciée par une odeur âcre. Ceux que je devais combattre n'étaient plus les créatures du bocage, mais des soldats de chair et d'os, les ennemis sans visage de l'autre côté de notre ligne de front.

Au bout d'un moment, j'ai compris que cette vision était une sorte de souvenir déformé. Une réminiscence de Minotaure 1, ma première mission. Comme dans la réalité, j'ai appliqué le plan, contournant les rangs adverses pour les prendre à revers, attendant par intervalles que le bruit d'une explosion ou des mitraillades masque ma progression entre deux abris.

Une sensation pourtant retenait un peu mes pas, une pensée qu'il ne me semblait pas avoir eue lorsque j'avais vécu l'événement : je songeais que si je me faisais détecter, je risquais de mourir, et cette éventualité me rendait hésitant. Un tir d'obus, une mine sous ma botte, une balle guidée par le hasard, et je pouvais me retrouver mutilé, déchiqueté en une fraction de seconde. Ces idées nouvelles envahissaient mon esprit comme de soudaines évidences.

J'évitais les chemins empruntés par l'adversaire, facilement repérables aux traces laissées sur la terre noire par les chenilles des tanks. Les brindilles craquaient à peine sous mes rangers, et le premier soldat ne m'a pas entendu venir. Je l'ai aisément neutralisé. Mais lorsque son corps est tombé sur le sol froid et dur, j'ai eu une vision à laquelle je n'avais pas du tout prêté attention dans la réalité : il me regardait. Et ses yeux n'étaient pas ceux d'un ennemi, juste ceux d'un être humain à l'agonie qui suppliait qu'on l'aide. Tandis que le sang poissait sa gorge ouverte, que ses jambes tressautaient dans un ultime élan de vie, il tendait une main crispée vers moi, non pas en un geste hostile, mais par désespoir. J'ai compris qu'il voulait quelqu'un à ses côtés, pour ne pas mourir seul.

J'ai observé les autres soldats, qui n'avaient pas encore décelé ma présence. Ils avaient le regard rivé sur des colonnes de fumée grisâtres, s'élevant dans le ciel rouge. J'ai décrypté les expressions sur leur visage : peur, angoisse, terreur, courage, force. J'ai tout lu.

Malgré moi, j'ai pris mon arme et l'ai braquée sur eux. J'ai tenté de toutes mes forces de ne pas presser la détente, mais ma main ne m'obéissait plus.

J'ai tiré.

Et à chaque fois que le bruit de mon fusil déchirait l'air, c'était comme un grand coup porté à ma propre poitrine.

Je me suis réveillé en sursaut. Mes compagnons dormaient

toujours. Discrètement, je me suis levé et me suis dirigé vers les sanitaires, dans la quasi-obscurité, glissant comme une ombre entre ces rangées de lits que je connaissais par cœur.

Je me suis aspergé le visage d'eau glacée, pour mieux revenir à la réalité. Et pourtant, cette réalité me semblait tout à coup aussi hideuse que le cauchemar que je venais de quitter. J'ai passé un long moment à fixer mon reflet, sans véritablement me reconnaître.

Qu'est-ce qui m'arrive ?

13.03 - DISPARITION DE 04 : AVANCÉES

Pas de cours aujourd'hui. Au lever, j'ai constaté que certains lits du dortoir étaient vides. Une dizaine d'Altérés, dont 87, manquaient à l'appel. Étrangement, nos supérieurs ne semblaient pas s'en inquiéter, sans pour autant nous fournir d'explication. Ils se sont contentés de nous délivrer les instructions habituelles.

Une fois entre nous dans le réfectoire, nous avons pris un moment de silence, avant que les langues se délient pour formuler des hypothèses. C'est 45 qui a été la première à comprendre. Elle a chuchoté :

– Une désertion étant inenvisageable, et comme notre hiérarchie semble au courant de quelque chose, ça ne laisse qu'une possibilité : ceux qui sont absents sont partis en mission secrète. Ils ont dû recevoir un message de la colonelle.

Et en effet, la colonelle Wollstone ne s'était pas montrée aujourd'hui. Elle devait en toute logique être en train de coordonner l'opération. Quelle était la nature de cette mission ? Pourquoi n'avions-nous pas tous été appelés ? Pour en savoir plus, il faudrait attendre le retour de l'équipe.

Depuis quelques semaines, les jours sans cours, nous avons le choix entre rester à la caserne pour des entraînements ou sortir en ville. Je n'ai pas hésité longtemps à opter pour cette deuxième possibilité. Comme Philo n'avait plus aucun ouvrage à me prêter, je me suis rendu à la médiathèque. Je le fais pour m'intégrer à l'instar de 45, mais j'avoue que ce lieu me trouble. Toutes les vies, toutes les périodes de l'histoire sont là, couvrant les murs. Chacun de ces livres est à lui seul un petit univers qui m'en apprend davantage sur les humains. Je me suis plongé dans des romans, notamment *Don Quichotte*, de Cervantès. Cela parle d'un vieux gentilhomme qui aspire à devenir chevalier dans un monde qui n'en a plus besoin. J'avais l'impression d'être à son côté, comme son écuyer, cherchant avec lui une raison d'être dans une société qui n'en avait aucune à m'offrir. Don Quichotte m'a aussi fait penser un peu à Amir, qui s'élançait dans une quête quasiment perdue d'avance.

Les heures ont défilé sans que je m'en rende compte, au rythme des pages tournées et de mes allées et venues pour dénicher d'autres ouvrages. Plus je lis, plus j'ai soif de mots. Plus je lis, plus je me sens grandir. Plus je lis, moins je distingue les phrases qui glissent sous mes yeux. Ce sont des couleurs, des émotions, des actions qui surgissent devant moi et qui me font oublier qui je suis tout en me le faisant découvrir. Je sais, en le disant, que cela n'a pas vraiment de sens. Et pourtant…

Je suis sorti à l'heure de la fermeture, presque chassé par les bibliothécaires. Depuis quelque temps, je sens un gouffre en moi. Un manque qui a toujours été là sans que je le perçoive. Mais cet abîme se remplit d'émotions nouvelles. Mon sens de l'observation est plus aiguisé que jamais. Dehors, je repère les couples à la manière dont ils se regardent, les gens aigris à la façon dont ils marchent, les rêveurs à leur mine distraite. Je lis sur les visages presque comme dans les livres. Les musiciens de rue, les vendeurs de crêpes, les bandes de jeunes hilares. Je les vois vraiment.

Alors que l'agitation du soir laissait peu à peu place à la quiétude de la nuit, j'ai croisé Amir juché sur son vélo, avec son chien qui courait à ses côtés. Il m'a salué d'un grand geste amical, faisant signe à la bête méfiante de se calmer. J'ai profité de cette rencontre pour lui tendre la cassette audio de LX04.

– Est-ce que, par hasard, tu aurais un appareil pour lire ça ?

Il a émis un sifflement.

– Il faudrait que je regarde au grenier, on a peut-être ça, dans les affaires de mon père. Il garde toujours plein de vieilleries avec l'idée que ça vaudra de l'or, un jour.

Nous avons discuté un moment, et comme il se faisait tard, il m'a demandé :

– C'est quoi, tes plans, pour ce soir ?

Je ne pouvais pas lui confier que j'avais prévu de me rendre au domicile de la Moustache pour voir si le prospectus que j'avais laissé avait attiré les ravisseurs de 04.

– Rien. Retour à la base. Peut-être quelques tours de piste, je n'ai pas fait d'exercice aujourd'hui. Extinction des feux à 21h30.

– Waouh ! Super programme...

J'ai cru déceler une certaine ironie dans ses propos. Comme pour confirmer ma pensée, il a ajouté :

– OK, eh bien, ce sera bien plus sympa de venir chez nous. Maman prépare des lasagnes.

– Des quoi ?

Il a soupiré.

– Comme je t'envie, mon vieux ! Tout un univers de plats qui s'offrent à toi, ramenés des quatre coins du monde ! Le jour où tu vas goûter ta première pizza ! ton premier couscous ! ou ton premier curry ! Et le cheeseburger, les sushis, les tacos, les pâtes à la bolognaise... Oh, là, là, j'ai faim...

Il a marqué une courte pause avant de reprendre :

– Et là, attention, on n'a même pas encore abordé la question des desserts ! Tiramisu, île flottante, mousse au chocolat...

Je l'ai suivi pendant qu'il poursuivait son énumération. À dire vrai, j'ai accepté sa proposition surtout parce que j'avais besoin de réaliser une expérience : je savais qu'Amir n'avait pas parlé de moi à ses parents, et je me demandais s'il me serait possible de passer une soirée avec eux sans qu'ils s'aperçoivent que j'étais un Altéré. C'était une épreuve intéressante pour déterminer si j'étais apte, oui ou non, à me fondre dans la vie civile.

– Raconte-moi une blague, ai-je réclamé alors que nous arrivions près de chez lui.

Il a eu un mouvement de surprise, puis, docile, s'est raclé la gorge et a plissé les yeux, comme pour mieux se concentrer.

– Alors, écoute celle-là, elle devrait te plaire : c'est un pilote de chasse chargé de tester un avion dernier cri. En cas de problème, l'ordinateur de bord éjecte automatiquement le siège, déclenche le parachute et appelle les secours qui arrivent aussitôt grâce à la géolocalisation. Le pilote décolle, mais une fois en altitude, pas de chance, le moteur cale. Comme rien ne se passe, le pilote déclenche lui-même le siège éjectable, mais le parachute ne s'ouvre pas et il se met à tomber en chute libre. « Eh ben, tu parles d'un ordinateur de bord ! À tous les coups, je parie que les secours ne seront même pas en bas ! »

Il a guetté ma réaction. Comme je n'ai pas répondu tout de suite, il a jugé utile de préciser :

– C'est… une blague, tu vois ?

– Mais pourquoi est-ce drôle ?

– Ah, non ! Une règle de base, c'est de ne jamais expliquer une blague, sinon, c'est plus marrant du tout !

Il a fait un geste évasif et nous avons franchi la porte de chez lui.

Les parents d'Amir présentent, eux aussi, un surpoids. Leur fils a hérité de son père ses cheveux bouclés et rêches. Sa mère lui a transmis, quant à elle, les traits de son visage rond et une certaine bonhomie qui le rend sympathique.

Le père d'Amir est policier. Il rentrait tout juste de son service quand nous avons franchi le perron.

– Bonjour, soldat, a-t-il lancé, jovial.

J'avais échoué: il m'avait identifié. Qu'est-ce qui avait bien pu me trahir? Peut-être mon air raide et mon regard peu démonstratif.

– Amir qui se fait un copain! Tout arrive…, s'est-il encore exclamé.

Son fils a soupiré discrètement, je crois que cela exprimait quelque chose comme: «Tu imagines un peu mon calvaire quotidien?»

Ses parents semblaient ravis de m'accueillir. Je l'ai aidé à dresser la table, puis nous avons dîné, en parlant des cours, des vacances. Sa mère était très prévenante à son égard: elle lui répétait d'être prudent à vélo, de ne pas aller trop loin, de prendre garde à ne pas tomber, de ne pas chercher les ennuis au lycée. Elle passait aussi son temps à lui rappeler de faire attention à son poids, mais le resservait dès qu'il avait terminé son assiette. Sa logique m'échappait. Je ne comprends pas pourquoi on étouffe ainsi quelqu'un qu'on aime, au lieu de l'aider, de le libérer, de le rendre capable d'affronter le monde.

– Je te ramène chez toi, Hélix? a proposé le père d'Amir alors que nous entamions le dessert.

– C'est bien gentil à vous, monsieur, mais je vais me débrouiller.

– Comme tu voudras. Tu sais, avec ces dégénérés qui courent les rues, on n'est jamais trop prudent.

Un silence de plomb a accueilli cette remarque.

– De qui parles-tu, papa?

– À ton avis? a-t-il repris en mastiquant bruyamment. Des Altérés, pardi! Ils sont en manque de violence, et ils se défoulent sur la population, une fois la nuit tombée. Pour l'instant, on n'en a pas encore coincé beaucoup, mais une fois qu'on aura trouvé leur planque, ils vont voir que les forces de l'ordre savent aussi se battre. Dire que certains membres du gouvernement ont proposé d'incorporer ces inadaptés dans la police!

Amir a pâli et a laissé sa fourchette retomber dans son assiette, éclaboussant au passage son pull de sauce tomate. Il m'a regardé, mi-navré, mi-consterné. Je lui ai adressé un sourire furtif pour qu'il ne révèle rien. Nous venions seulement de réaliser que, depuis le début de la soirée, ses parents n'avaient pas compris que j'étais un Altéré. Nous discutions depuis plus d'une heure sans qu'ils aient suspecté quoi que ce soit à mon sujet. Le salut dont son père m'avait gratifié plus tôt n'était finalement pas le signe qu'il m'avait démasqué. Un simple trait d'humour.

Ayant saisi où il voulait en venir, je suis intervenu :

– D'après ce qu'on dit, ils s'occupent surtout d'arrêter des criminels.

Il a croisé les bras sur sa poitrine et a pris le temps de terminer sa bouchée avant d'expliquer :

– C'était le cas, au début. Mais certains gars se sont retrouvés à l'hosto et attestent avoir été agressés par des Altérés. Bon, ils n'ont pas trop l'allure d'enfants de chœur, mais ils n'ont pas de casier et ne figurent sur aucune liste de suspects. Si on commence à se faire tabasser par des Altérés juste parce qu'on traîne à une heure tardive…

Ainsi, il n'était pas au courant qu'il s'agissait d'un groupe qui en voulait précisément aux Altérés. Il était sans doute plus confortable pour eux de fermer les yeux là-dessus.

– Je suis sûr qu'ils font du très bon boulot en zone de guerre, mais qu'ils nous laissent gérer notre ville ! a-t-il conclu en essuyant une tache de tomate sur le coin de sa bouche.

Au moment de partir, je les ai salués poliment et Amir a fait quelques pas avec moi jusqu'à la rue, tête baissée.

– Je suis désolé, vieux, répétait-il. Si j'avais su…

– Ce n'est pas grave. Cette soirée m'a permis de mieux imaginer ce que c'est que d'avoir des parents.

Il a soupiré :

– Oui. Tu vois à quoi tu as échappé, veinard… Encore désolé, en tout cas. Franchement, l'attitude de mon père me fait honte.

Je n'ai pas répondu tout de suite, rêveur, le regard perdu dans le vide.

– En fait, c'était plutôt un bon moment, ai-je fait remarquer.

Je venais, au bout du compte, d'avoir la preuve que je pouvais passer pour un humain, le devenir peut-être.

Et je me suis enfoncé dans la nuit, absorbé par toutes sortes de pensées. Je crois que, sans y prêter attention, j'étais en train de sourire. La blague d'Amir sur le pilote de chasse m'est revenue en mémoire, et un tremblement irrépressible m'a alors saisi à l'estomac: je riais! J'avais certes déjà ri auparavant, car on nous avait dit qu'il était nécessaire d'imiter les autres pour ne pas détonner. Mais, pour la première fois, je ne le commandais pas et c'était agréable.

Il m'a fallu un moment pour me ressaisir et me concentrer à nouveau sur ma mission. Une fois au pied de l'immeuble où vivait la Moustache, j'ai gagné un renfoncement et me suis confondu avec les ténèbres, guettant l'instant où les ravisseurs de 04 feraient leur apparition. J'étais indétectable.

Au bout de dix minutes à peine, un bruit m'a fait tourner la tête. Je n'ai pas eu le temps de me placer en position de défense, d'élaborer une stratégie, ni même de repérer celui qui m'avait approché sans que je m'en aperçoive. Une nuée de coups s'est abattue sur moi, de toutes parts, sans que je puisse répliquer. Puis un choc à la tempe m'a mis hors d'état de nuire.

Mon souvenir suivant, c'est de m'être réveillé dans un endroit inconnu, un bandeau sur les yeux. Je n'avais aucune idée du temps qui avait bien pu s'écouler. L'air était humide, et je percevais de l'écho, mais impossible d'en savoir davantage sur le lieu où je me trouvais.

Un pas s'est approché, peu régulier, entrecoupé par un son plus aigu.

– C'est vous ! ai-je deviné. Vous êtes l'homme qui rôdait autour du lycée. Celui avec la béquille.

J'ai senti sur mon front un cercle de métal froid. Une voix sans visage a dit :

– Je pourrais t'abattre ici, maintenant, sans que personne s'en aperçoive.

Je n'ai pas bougé, n'ai rien répondu.

Après un long moment, l'homme s'est éloigné, et d'autres pas, plus rapides, se sont approchés. J'ai été transporté sans ménagement dans une camionnette, qui a démarré en trombe. Je sentais une présence près de moi : quelqu'un me tenait en joue, au cas où il me viendrait l'idée de tenter quoi que ce soit. Je suis resté tranquille. Finalement, dans un crissement, le véhicule s'est arrêté et on m'a jeté sur le bitume froid. Quand j'ai pu me défaire de mes liens et enlever mon bandeau, la camionnette était hors de vue.

À grand-peine, je suis rentré à la caserne, boitant et me cramponnant aux voitures garées dans les rues. Le trajet m'a paru incroyablement long. Une fois arrivé, j'ai croisé quelques membres de mon unité, mais je n'ai parlé à personne de mon étrange rencontre. Je sentais une effervescence dans l'équipe, qui guettait le retour de nos camarades absents. En effet, quelques minutes après, un camion est entré dans la cour principale. Un groupe d'Altérés est sorti et a rejoint le dortoir. Ils semblaient épuisés, et je l'ai deviné à leur regard : ils s'étaient dépensés au combat.

À la manière dont ils sont passés devant nous, nous avons compris qu'ils ne nous révéleraient rien de leur mission. On leur avait ordonné de garder le silence, y compris vis-à-vis de nous. C'était un enjeu de sécurité nationale, afin que, si l'un de nous était par malheur capturé par l'ennemi, on n'ait aucune information à lui extorquer. Moins on en sait, moins on est susceptible de trahir, en cas d'interrogatoire.

87, gagnant son lit, a seulement murmuré, en passant à ma hauteur :

– Votre tour viendra, ne t'en fais pas.

Avant l'extinction des feux, alors que je jetais un dernier regard sur le dortoir, j'ai tout de même constaté que certains lits étaient restés vides. 07, 26 et 91 manquaient à l'appel. Au moins, ils n'étaient pas morts à cause d'une note d'intégration insatisfaisante. Même s'ils n'avaient pas péri sur un véritable champ de bataille, ils étaient morts des mains de l'ennemi. C'était noble.

Il n'existe pas de cérémonie de funérailles pour les Altérés. Nous nous contentons d'un long silence, en guise de salut à ceux qui ont eu la chance d'accomplir notre devise :

Né pour le combat.
Mort au combat.

J'ai pensé à 04, qui avait sans doute subi le même sort. Ce que je ne comprends pas, c'est pourquoi ses ravisseurs ne m'ont pas tout bonnement éliminé, moi aussi.

À la lumière d'une lampe-torche, alors que toute mon unité sombrait dans le sommeil, j'ai examiné un plan de la ville. Posant le doigt sur l'endroit où j'avais été relâché, j'ai remonté la piste, en m'aidant des sensations que j'avais eues sur la route : virages, secousses, accélérations, arrêts aux feux rouges, lignes droites. J'avais tout consigné et chronométré mentalement, tandis qu'on me croyait inoffensif, les yeux bandés. Avec un peu d'efforts et de tâtonnements, je vais pouvoir déterminer où on m'a emmené.

20.03 - EN CONVALESCENCE

Malade depuis plusieurs jours.

Impossible d'aller au lycée et de participer aux entraînements.

Mon état inquiète le docteur Simov, car nous sommes saturés d'injections et de compléments alimentaires pour avoir une santé à toute épreuve.

J'ai une forte fièvre. Mes yeux me brûlent comme face à une lumière vive après une longue obscurité. Une douleur horrible me tord l'estomac. Je voudrais avoir le courage de lire, de voir mes camarades, plutôt que de rester enfermé ici, avec mes pensées, dans cette pièce qui tangue dès que je tourne la tête. Il m'est difficile de garder les paupières ouvertes, mais à l'instant où je les ferme, des images de feu, de fumée, de visages agonisants se dressent devant moi.

Le médecin assure que ça ira mieux si je parviens à vomir. Je sens que ce sera plus compliqué.

J'essaie de lire, mais les mots se brouillent devant mes yeux.

Je me suis levé, pensant qu'écrire me ferait du bien.

Je suis déjà à bout de forces après ces quelques lignes. Il faut que je m'allonge.

27.03 – LOUISE NEMIAH

Je commence à aller mieux, même si je me sens encore ankylosé. Je me suis octroyé une longue douche aujourd'hui. Je savais que je faisais une entorse à la durée réglementaire de ma toilette, mais, bien que ça ne signifie pas grand-chose, je crois que ce n'était pas seulement mon corps que je lavais.

J'ai gardé de ces derniers jours une sensation étrange. Celle d'être effrayé… ou préoccupé. Non ! À mon avis, le mot qui convient le mieux est « oppressé ». Parfois, à certaines pensées, mon souffle se fait court et je dois poser la main sur mon cœur pour le calmer, tant il cogne, comme un impatient qui frapperait à une porte. Une certitude m'assaille, tout à fait irrationnelle : je vais mourir soudainement.

Pas de cours aujourd'hui. Je le regrette. J'aurais eu besoin de m'occuper l'esprit. Je ressasse sans cesse mes rêves de guerre. J'ai beau les chasser, ils reviennent à la charge.

Nous avons assisté à la levée des couleurs dans la cour. En martelant notre hymne du pied, je me sentais mal à l'aise, désaccordé, à contretemps. C'est un peu comme si je n'étais plus vraiment à ma place ici. Je ne sais pas, pour autant, où je pourrais avoir l'impression d'être chez moi.

Tout le monde était libre pour la journée, mais consigné à la caserne. Nous avons interdiction de sortir, car l'état-major a eu vent de la disparition de LX04, tout comme du mouvement anti-Altérés. La plupart de mes camarades ont choisi de consacrer cette journée à l'entraînement. Après quelques tours de piste, j'ai rejoint 45 et nous nous sommes installés au stand de tir. Tout en préparant nos armes, je lui ai demandé, l'air de rien :

– Tu repenses parfois à notre première mission ?

Elle n'a pas quitté des yeux le fusil qu'elle était en train de monter avec dextérité.

– Pour quoi faire ? Nous avons dressé le bilan de l'échec. Nous avons analysé ce qui ne s'est pas passé comme prévu. Affaire classée.

J'ai hésité à lui confier les rêves qui hantent mes nuits au point que je redoute maintenant le moment du coucher. J'ai jugé plus sage de les garder pour moi.

– Et depuis que nous avons rejoint la vie civile, ai-je insisté, est-ce que tu te sens... différente ?

Elle a remonté la crosse de son arme d'un geste sec.

– Je ne comprends pas de quoi tu parles.

Elle est partie s'installer sur le champ de tir. Je me suis placé sur la ligne voisine de la sienne. La cible était postée à cent cinquante mètres. J'ai inspiré profondément et ai pris le temps de viser. Dès que mon doigt tentait d'effleurer la détente, je repensais à mon rêve, à la manière dont j'avais vainement retenu mon bras.

Avant même que le coup ne parte, j'ai su que j'allais manquer la cible. Le deuxième tir est aussi passé à côté. Au troisième, j'ai fini par me redresser, en colère. J'ai posé mon arme sur la table qui nous servait à préparer le matériel, sans même prendre le temps de la ranger, et j'ai quitté les lieux. J'ai décliné d'un signe de tête la proposition de 87 qui avait besoin d'un partenaire en salle d'arts martiaux. Après être repassé dans le dortoir pour enfiler des habits civils, j'ai franchi par une sortie discrète l'enceinte de la caserne pour me diriger vers la ville.

J'avais conscience d'enfreindre les ordres et je m'en fichais éperdument.

Je ne comprends pas ce qui m'arrive. C'est un peu comme si j'étais la cible d'une offensive invisible. Et pour la première fois de ma vie, je suis incapable d'élaborer la moindre stratégie défensive.

Philo aurait-elle raison ? Serais-je en train de changer ? Quand la colonelle nous a indiqué que notre mission était d'évoluer loin des champs de bataille, à aucun moment elle n'a supposé que cela développerait notre faculté à ressentir. Nous avons été conçus pour ne pas éprouver d'émotions. Point.

Tout à coup, je me suis arrêté net. Sans m'en rendre compte, j'avais reconstitué le parcours que nous avions suivi avec Philo, et je me trouvais maintenant face à l'immeuble où vivait ma mère biologique. J'ai tenté de me convaincre que j'avais oublié le lieu précis qu'elle m'avait montré, mais je savais qu'il n'en était rien : « bâtiment D, appartement 104 », avait-elle dit.

Machinalement, je me suis approché. Après tout, je pouvais au moins regarder les noms sur les boîtes aux lettres. Juste par curiosité. Le hall de l'immeuble était sobre, un peu daté. Un vieux papier peint marron et une plante d'intérieur fatiguée accueillaient les arrivants. Les noms des occupants étaient affichés sur des plaques de cuivre vissées à des boîtes aux lettres en bois patinées par les ans. Sur la 104 on pouvait lire :

Louise Nemiah

J'ai fait résonner ce nom un moment dans mon esprit, comme pour l'entendre chanter, en apprivoiser chaque sonorité. Puis j'ai voulu rebrousser chemin, mais mes pieds n'ont pas bougé. Après tout, pourquoi ne pas aller la saluer ? Non pas comme ma génitrice, mais comme une femme admirable pour son dévouement à la patrie. Je suis monté par l'escalier.

À nouveau, j'ai noté l'emballement de mon rythme cardiaque, dont je devenais décidément coutumier et, étrangement, je me suis retrouvé essoufflé alors que je ne n'avais grimpé qu'un étage. J'ai posé une main sur ma poitrine le temps de me calmer puis ai suivi la coursive jusqu'à l'appartement 104. J'ai hésité encore : et si je la dérangeais ? Elle se trouvait peut-être avec sa famille, ses enfants.

Enfin, dans un élan de courage, j'ai frappé à la porte. Trois coups. Un long moment s'est écoulé. Personne n'est venu ouvrir. J'ai tourné la poignée, qui n'a opposé aucune résistance.

– Madame Nemiah ? ai-je hasardé sans trop savoir si je pouvais ainsi m'introduire chez quelqu'un qui ne m'y avait pas invité.

J'ai risqué un pas dans l'entrée. Elle donnait sur le salon d'où je percevais la voix enthousiaste d'un animateur d'une émission télévisée, rythmée par des applaudissements.

Sur un canapé affaissé, une femme mal coiffée, aux vêtements sales, regardait l'écran d'un œil égaré, tenant contre son sein un verre qu'elle portait à ses lèvres de temps à autre. Elle s'est tournée vers moi.

– Vous êtes le plombier ? Ben c'est pas trop tôt ! La fuite du radiateur, c'est dans la salle de bains, au fond à droite.

Alors seulement, j'ai vraiment observé l'appartement. L'ensemble était modeste et une odeur de renfermé empestait l'air. Des courriers administratifs s'amoncelaient sur la table, non décachetés, à côté de bouteilles plus ou moins vides.

J'ai mis un moment avant de trouver quelque chose à répondre :

– Je... suis envoyé par le ministère de la Guerre, madame. Nous avons lancé une vaste enquête pour savoir comment se portent les génitrices qui ont œuvré pour la patrie. Si nous avons gagné le conflit, c'est en partie grâce à vous, et je suis chargé de vous exprimer toute la gratitude de la Nation.

– C'est quoi, ce bastringue ?

– Vous avez un fils, madame, vous vous en souvenez ?

– Pas que je sache, non.

Cette réponse, si ferme, m'a troublé. Peut-être que les informations de Philo étaient inexactes. Pour en avoir le cœur net, j'ai insisté :

– Mais si, madame. Vous l'avez confié aux soins de la Nation, pour l'effort de guerre.

– Ah ! Ça...

Elle a haussé les épaules.

– C'était juste pour la prime.

– Quelle prime ?

– On m'a payée pour que je ponde un gosse pour l'armée. Je pouvais pas cracher dessus. Si, maintenant que la guerre est terminée, l'État est motivé pour me remercier encore, qu'il ne se prive pas ! Mon porte-monnaie est maigrichon, vous auriez pas un ou deux billets pour me dépanner, par hasard ?

J'ai tâté mes poches vides et ai esquissé un geste d'excuse. J'aurais voulu pouvoir sonder les sentiments qui se cachaient derrière ce visage si neutre, mais mes modestes compétences en la matière ne m'ont pas été d'un grand secours. Vaincu, j'ai commencé à m'éloigner, avant de me raviser, dans un ultime espoir.

– Est-ce que vous avez un peu pensé à cet enfant, madame, pendant toutes ces années ? Il ne vous est jamais venu l'envie de le retrouver ?

Elle a continué à regarder la télévision, attendant la fin de l'intervention de l'animateur pour me répondre :

– Non. Pour quoi faire ? Il doit être mort, à l'heure qu'il est. De toute façon, ils en ont fait un Altéré. On m'a fait des piqûres pour ça, alors qu'il était encore dans mon ventre, et j'ai à peine eu le temps de le voir à la naissance qu'ils l'ont emmené pour lui injecter je ne sais quels produits bizarres... Il est pas humain, ce gosse. Fichez-moi la paix, maintenant !

J'ai précipitamment quitté l'appartement et me suis perdu longtemps, au hasard des rues, confus, comme pris d'hallucination. Je ne savais plus où aller. La caserne m'apparaissait désormais comme un lieu étranger, hostile. Le lycée était fermé pour le week-end.

Quand je suis sorti de mes pensées, je me trouvais planté devant la porte de Philo. J'ai frappé. C'est elle qui a ouvert. J'ai essayé de parler, mais ma voix était fêlée, presque inaudible.

– Hélix ! Mais... tu pleures ?

Je ne m'en étais pas rendu compte. Sans hésiter, elle m'a entouré de ses bras, et je me suis laissé faire.

07.04 – SORTIE AU THÉÂTRE

Bilan avec la colonelle. J'ai obtenu 65/100 comme note d'intégration. C'est un réel progrès par rapport au mois dernier, et j'aurais dû m'en réjouir. Mais la vérité c'est que je ne supporte plus ces notes arbitraires. 21 et 64 sont passés sous la moyenne et ont été incinérés immédiatement. Mes camarades ont accueilli cette annonce dans l'indifférence générale. Jusqu'à quand nous élimineront-ils dès lors que nous ne satisferons pas à leurs critères stupides ? Je n'ai jamais cherché à déserter ou à me révolter, mais lors de ces bilans, j'ai la nausée et je sens une violence sourde monter en moi.

J'avais un besoin urgent de m'aérer. Par chance, dans l'après-midi avait lieu une représentation du *Faust* de Goethe. Philo m'avait proposé d'y aller. Amir devait y assister aussi.

Alors que nous attendions Philo devant le théâtre, il s'amusait à marcher en suivant la ligne des dalles, tandis que, le nez en l'air, je jaugeais le temps qu'il faisait. Des rafales de vent jouaient dans les branches des arbres. Le ciel était si gris qu'on aurait dit qu'il faisait nuit.

– Tiens, au fait, j'ai quelque chose pour toi, a-t-il dit en extirpant de son sac un curieux objet.

– Qu'est-ce que c'est ?

– Le lecteur de cassettes que tu m'as demandé. Et voici des écouteurs. J'ai piqué ça à mon père, alors prends-en soin!

Par chance, j'avais avec moi la cassette que j'avais récupérée dans le casier de 04. Je me suis assis par terre et ai laissé Amir l'insérer dans l'appareil. Tandis que j'ajustais les écouteurs sur mes oreilles, il a enclenché la lecture. Je ne sais pas trop ce que je m'attendais à découvrir. Peut-être un message de 04 qui me révélerait ce qui lui était arrivé. Ou des enregistrements volés compromettants. Bref, des indices qui me mettraient sur une piste.

– Qu'est-ce que c'est? s'est impatienté Amir, qui avait du mal à déchiffrer mon regard.

– Rien. Enfin, ce sont des extraits variés, sans lien apparent...

J'avais en effet entendu le bruit de la pluie qui tombe, des enfants dans ce qui semblait être une aire de jeux, des bribes de conversation sur fond de circulation automobile. Plus j'y réfléchis, plus je me dis qu'il s'agit là d'un message crypté. Il va me falloir un moment pour parvenir à le décoder.

J'ai remercié Amir et ai rangé son appareil dans mon sac. Comme Philo tardait un peu, il m'a fait cette remarque:

– Vous passez beaucoup de temps ensemble, Philo et toi. C'est chouette.

Je ne voyais pas trop où il voulait en venir, mais puisqu'il évoquait le sujet, je lui ai confié:

– Je ne suis pas sûr que ce soit une bonne chose.

– Pourquoi donc?

J'ai un peu cherché mes mots. Comme je ne trouvais pas ceux dont j'avais besoin, j'ai fini par hasarder:

– Elle a un effet étrange sur moi.

– C'est-à-dire?

– Près d'elle, je remarque une augmentation de mon rythme cardiaque, une difficulté à respirer. C'est assez déroutant.

Amir s'est contenté de répondre dans un sourire:

– Il doit pourtant bien y avoir une explication...

J'aurais voulu en savoir davantage, mais Philo est arrivée, et j'ai préféré me taire. Nous avons fait la queue pour prendre nos billets.

– Vous avez moins de dix-huit ans ? a demandé la voix flûtée de la guichetière, une femme fluette aux joues roses.

– Affirmatif, madame, ai-je répondu.

À ce mot, son regard a changé, et elle nous a tendu les places du bout des doigts, avec un air suspicieux. J'ai tout de suite compris pourquoi. Moi qui avais la prétention de pouvoir dorénavant me faire passer pour un humain comme un autre, je venais bêtement de me trahir par mon langage militaire.

Nous sommes entrés dans la vaste salle de théâtre, splendidement décorée, avec ses fauteuils rouges, ses moulures, son rideau encore baissé, lourd de secrets. La majesté des lieux avait de quoi susciter l'enthousiasme. Pourtant, je survolais ce faste d'un œil distrait, plongé dans mes réflexions. Une pensée me contrariait toujours. Quand bien même j'avais été reconnu comme un Altéré, je ne percevais pas ce qui avait gêné la guichetière. J'ai posé la question à Amir et Philo tandis que nous gagnions nos sièges.

Amir a agité mollement la main par-dessus son épaule, comme pour dire : « Laisse tomber, ça n'en vaut pas la peine. » Philo a simplement répondu :

– Je crois qu'ils ne doivent pas voir beaucoup d'Altérés au théâtre.

Nous avons gardé le silence en attendant le lever du rideau. Je songeais toujours à la réaction de cette femme. Ce que j'avais lu dans son regard, c'était une certaine surprise d'abord, et aussi du dédain. Je l'avais clairement identifié.

– Je ne comprends pas, ai-je repris en chuchotant. C'est après tout grâce à nous que la guerre est aujourd'hui terminée, alors je ne m'explique pas pourquoi les civils nous traitent avec tant de mépris.

Philo a réfléchi un moment.

– En vingt ans, le taux d'Altérés dans les armées est passé de cinq à quarante pour cent. D'après toi, pourquoi ?

– Parce que nos performances sont meilleures que celles d'un soldat de base.

– Certes. Mais c'est peut-être aussi parce que vous obtempérez sans broncher, et que si l'un de vous meurt, il ne laisse pas derrière lui une famille, des enfants, des amis. Est-ce que tu comprends ?

Je me suis senti plus lourd tout à coup, comme si mon poids avait doublé en une fraction de seconde. J'avais beau savoir que c'était physiquement impossible, cette sensation persistait. Un peu comme lorsque j'avais quitté l'appartement de ma mère.

Philo m'a souri et a poursuivi :

– Je dois avouer que, il n'y a pas si longtemps encore, j'aurais partagé le point de vue de la guichetière. Seulement voilà : tu es en train de conquérir quelque chose que tu n'avais jamais soupçonné jusqu'à présent et qui va finir par changer l'opinion de tout le monde à votre sujet.

– Quoi donc ?

– La liberté. Tu n'obéis plus aux ordres à présent, mais à ton propre jugement.

À cet instant, les lumières ont baissé en intensité, le silence s'est fait dans la salle et le rideau s'est levé dans un bruissement plein de promesses.

Je crois bien que ça a été l'expérience la plus étrange que j'aie jamais faite. Des acteurs, des effets sonores, des explosions de couleurs, de la musique. *Faust*, c'est l'aventure d'un savant qui vend son âme au diable, en échange de la connaissance des merveilles du monde. À mesure qu'il découvre toutes ces beautés, il reprend goût à la vie et réalise qu'il aimerait se délivrer de l'emprise du démon.

J'avais bien sûr conscience que tout était faux, illusoire, artificiel. Que ceux qui prononçaient ces mots n'étaient pas des personnages historiques ou mythologiques, mais bel et bien des comédiens, qui, après la représentation, allaient rentrer chez eux, dîner, se coucher. Pourtant, il est venu un moment où je n'y ai plus pensé. J'ai tout oublié, sauf l'aventure qui se jouait sous mes yeux. J'ai vu surtout l'amour de Marguerite, délaissée et en proie à la folie, qui malgré tout allait finir par sauver l'âme du héros des griffes du diable.

À la sortie du théâtre, Amir, excité comme une puce, s'amusait à reproduire la gestuelle terrifiante de Méphistophélès, sautant lourdement du dossier des bancs, manquant à chaque fois de tomber.

– J'ai adoré ce personnage ! Il faisait un peu genre Dark Vador.

Il marchait maintenant en évitant, par jeu, les lignes entre les pavés.

– Qui ça ? ai-je demandé.

Il s'est arrêté et m'a regardé, scandalisé.

– Ne me dis pas que tu ne connais pas *Star Wars* ! Bon, on va chez moi ! Ce soir, c'est cinéma, les amis ! L'opéra, ça va bien deux minutes, mais à un moment, il faut revenir aux fondamentaux !

Maintenant que je raconte cette sortie, j'essaie de trouver le mot juste pour désigner ce que j'ai ressenti aujourd'hui. J'hésite entre *réjoui*, *satisfait* et *content*. *Réjoui* est lié à la joie, qui me semble une émotion un peu éphémère pour ce que j'éprouve. *Satisfait* implique que l'événement s'est passé comme je l'espérais, or, je ne m'attendais à rien de particulier. *Content*, je trouve que cela manque d'intensité. En fait, je crois, à bien y réfléchir, que c'est plutôt le mot *heureux* qui convient.

Ce que je comprends du bonheur, c'est qu'il s'agit d'un état de plénitude, de bien-être, d'accomplissement, que la plupart des gens cherchent à obtenir. Mais soit cet objectif se dérobe toujours, comme une balle qui s'éloigne quand on l'effleure, soit, une fois qu'ils l'ont atteint, ils sont rapidement déçus et redéfinissent alors ce qui est censé les rendre heureux. Bref, le bonheur se conjugue soit au passé, soit au futur. Mais rarement au présent.

Aujourd'hui, je suis presque certain, pourtant, de le ressentir pleinement.

20.04 - AUDITION THÉÂTRALE: EN PROGRÈS!

Comme souvent depuis ces dernières semaines, je me suis rendu chez Philo. J'ai l'impression que sa réticence vis-à-vis de moi, et plus généralement des Altérés, s'est complètement estompée, ce qui facilite nos échanges. J'ignore par contre toujours comment réagir face à sa mère, qui passe la moitié du temps à tenir des propos peu cohérents, et l'autre moitié à peindre de l'abstrait. Alors que je la saluais en passant devant son atelier, elle m'a d'ailleurs demandé:

– Sais-tu pourquoi le premier mois du printemps s'appelle «mars», le nom du dieu de la guerre?

– Non, madame.

– Parce que les soldats, par le passé, faisaient une trêve pendant l'hiver. C'était trop bête de mourir à cause du froid plutôt que par l'épée de son adversaire. Alors chacun rentrait chez soi en rongeant son frein. Et on reprenait les hostilités au printemps. Dans la nature, c'est la vie qui recommence. Parmi les hommes, c'est la mort qui se remet au boulot...

J'ai cherché quelque chose à répondre, mais rien ne m'est venu. J'ai préféré lui demander:

– Comment savez-vous ce que vous allez peindre?

Elle a laissé ma question fermenter un peu dans le bouillon de son esprit avant d'expliquer :

– Pour être tout à fait honnête, je n'en ai aucune idée. C'est comme si les couleurs et les formes étaient déjà là, et que je les découvrais au fur et à mesure que je peignais. Tiens, essaie !

Elle m'a présenté une toile vierge et m'a tendu un pinceau. Je me suis efforcé de voir le monde à sa manière, en me persuadant qu'en réalité le tableau était dissimulé sous une couche de blanc et qu'il me suffisait de le révéler à l'aide des couleurs. Mais ma main est restée suspendue en l'air. En fixant la toile, je me suis senti pris de vertige, comme au bord d'un gouffre immaculé. Je me tenais en face d'un incommensurable vide.

Elle a dû percevoir mon désarroi, car elle a semblé soudain mal à l'aise. Elle a balayé cette gêne en claironnant :

– Je vais faire une tarte poire-chocolat. Je suis sûre que vous allez a-do-rer !

J'ai rejoint Philo dans sa chambre. J'aurais pu lui parler du trouble que je venais d'éprouver, mais j'ai préféré le passer sous silence. Je ne suis pas certain qu'elle aurait pu le comprendre, et je ne voulais pas me sentir incompris. Pas avec cette faille en moi. Je lui ai plutôt expliqué ce que je pensais du personnage de l'empereur dans *Bérénice*, mais j'ai rapidement remarqué qu'elle ne prêtait pas attention à ce que je disais.

– Pardon, j'aime beaucoup ce morceau, s'est-elle excusée en désignant son poste de radio.

J'ai tendu l'oreille et identifié une voix anglophone sur des accords de guitare. Le chanteur affirmait qu'il croyait en hier, ce qui ne voulait strictement rien dire. Néanmoins, je n'ai pas fait de remarque, et ai attendu la fin de la chanson. Elle a dû penser que cela me plaisait de l'entendre, car après s'être légèrement balancée de droite et de gauche jusqu'aux dernières notes, elle m'a demandé :

– Tu aimes ?

J'avais toujours un peu de mal à répondre à ce type de questions. Mais elle a enchaîné :

– C'est *Yesterday*, une chanson des Beatles. Un des plus grands succès de l'histoire de la musique !

Comme elle constatait que je ne partageais pas son enthousiasme, elle a saisi la pièce de Racine qui ne quittait plus son bureau et nous avons travaillé une bonne heure.

– Phiphi, tu viens chercher vos parts de tarte ? a appelé sa mère de la cuisine.

– Je vais y aller, ne bouge pas, ai-je proposé.

Elle a acquiescé et s'est replongée dans son livre. Je suis descendu rejoindre sa mère. Elle a posé un plateau sur la table, et s'est étonnée en m'apercevant :

– Qui êtes-vous, jeune homme ?

Je n'étais plus surpris de ses accès d'amnésie, et je lui ai expliqué, d'une voix apaisante :

– Je m'appelle Hélix, madame. Je suis un ami de votre fille. Nous travaillons une scène de théâtre ensemble.

– Bien sûr ! Où ai-je la tête ? Tiens, vas-y, goûtes-en un morceau.

Je me suis exécuté. La tarte était déraisonnablement sucrée, mais je n'ai pu m'empêcher d'en engouffrer immédiatement une deuxième bouchée. Manger n'est décidément pas qu'un besoin de transmettre au corps de quoi produire de l'énergie. Je commence à en éprouver un réel plaisir.

– C'est bon, n'est-ce pas ?

Comme j'avais la bouche pleine, j'ai hoché la tête.

– Tu as raison, profite ! a-t-elle répondu en m'adressant un clin d'œil. Profite des jouissances que tu peux trouver dans cette vie !

Elle s'est immobilisée un instant, puis a avoué, en chuchotant :

– Et si tu ne ressens pas, il faut faire semblant, mon petit. Par moments, je fais croire que j'ai des sentiments, alors que je suis comme toi.

– C'est-à-dire ?

Sa voix était grêle, atone, comme si elle s'était souvenue qu'un ouragan l'avait emportée, autrefois.

– Depuis que mon mari est mort, je n'ai goût à rien. Mais j'en avais assez des gens qui me demandaient comment j'allais, alors maintenant, je le garde pour moi. C'est mon petit secret. Toi, tu peux le comprendre.

Elle s'est soudain redressée, et un large sourire est venu illuminer son visage, comme pour démentir ses yeux humides.

– Vas-y, Phiphi t'attend !

Je suis remonté, hésitant.

Maintenant que je repense à ce qu'elle m'a confié, j'ai un peu l'impression que tout le monde joue la comédie, dans cette vie. Les vieux dissimulent leurs rides sous des couches de maquillage, les jeunes font la même chose avec leur acné. Chacun a peur de montrer son vrai visage, de briser le quatrième mur. C'est une loi universelle ! Je ne comprends pourtant pas l'intérêt de prétendre être quelqu'un d'autre que celui qu'on est en réalité. Peut-être est-ce pour garder un certain mystère. Mais elle me paraît bien fine, la frontière entre mystère et cachotterie, entre pudeur et crainte du jugement des autres.

Philo m'attendait pour répéter notre scène. Je connaissais mon texte par cœur. Je m'appliquais à feindre le plus possible les émotions des personnages, et à force de si bien faire semblant, il s'est passé quelque chose d'étrange. Justement, je n'avais plus l'impression de *faire semblant*. Philo s'est assise en tailleur sur son lit, prête à m'écouter. J'ai pris une grande inspiration :

Contemplez mon devoir dans toute sa rigueur.
Vous-même, contre vous, fortifiez mon cœur,
Aidez-moi, s'il se peut, à vaincre ma faiblesse,
À retenir des pleurs qui m'échappent sans cesse ;
Ou, si nous ne pouvons commander à nos pleurs,
Que la gloire du moins soutienne nos douleurs,

Et que tout l'univers reconnaisse sans peine
Les pleurs d'un empereur et les pleurs d'une reine.
Car enfin, ma Princesse, il faut nous séparer.

Elle n'a rien dit, et je l'ai regardée un moment avant de lui rappeler :

– C'est à toi de parler, je crois.

– Oui, c'est vrai ! s'est-elle reprise en secouant la tête. C'est juste que… tu es devenu plutôt doué !

Ces mots ont déclenché chez moi un mouvement réflexe. Ils m'ont fait sourire, sans que je puisse le retenir. Je remarque à quel point l'attitude de Philo a changé depuis notre rencontre. Elle est moins glaciale, moins distante. Je crois qu'auparavant, quand elle me regardait, elle voyait la guerre, la mort de son père, l'effondrement de sa vie, et tout ce que j'étais l'agaçait au plus haut point. Mais, depuis quelque temps, j'ai l'impression qu'elle me considère comme une vraie personne.

Même maintenant, au moment où je rapporte cet événement, je ne peux m'empêcher de sourire à nouveau.

L'origami de Philo me tient lieu désormais de marque-page pour ce cahier. Plus je le regarde, plus je trouve ce système de pliage particulièrement ingénieux.

C'est bientôt l'extinction des feux dans le dortoir et je n'ai plus grand-chose à raconter. Je réalise, en écrivant tout cela, que je prends plaisir à rédiger ces comptes rendus. J'ai terminé un premier cahier. Nous n'étions pas tenus d'en demander un second, mais pour ma part, j'en ai entamé un autre. Je commence à percevoir que le papier sur lequel je trace mes mots a une odeur. J'entends le crissement de la pointe du stylo sur la feuille, comme le pas irrégulier d'un petit rongeur.

C'est doux.

27.04 – DISPARITION DE 04 : ÉLUCIDATION

J'ai pris la résolution de quitter définitivement la Brigade, voici pourquoi.

Je m'y suis rendu ce soir, sans en éprouver vraiment l'envie. Je crois que j'étais frustré car, malgré plusieurs tentatives, je n'avais pas réussi à retrouver l'endroit où mes ravisseurs m'avaient conduit, lors de mon enquête sur 04. J'ai dû mal estimer certaines distances, ou compter un virage en trop ou en moins. Par dépit, j'avais donc décidé de rejoindre la Brigade.

L'air était saturé des doux effluves du printemps. Les jardinières en fleurs s'accrochaient aux balcons comme des sourires sur les façades grises. Il faisait bon. Mes yeux scrutaient les derniers clients attablés aux terrasses des restaurants, les promeneurs qui se plaisaient à retarder l'heure du retour, les fenêtres entrebâillées qui laissaient deviner des bribes d'existences. J'ai résisté à l'envie de m'attarder devant certaines d'entre elles pour comprendre ce qui faisait rire, jouer ou crier tous ces êtres.

Quand j'ai rejoint 87, devant l'entrepôt, et que je lui ai demandé si nous avions une mission ou si nous allions simplement partir en patrouille, il a secoué la tête :

– Ni l'un ni l'autre, 18. C'est fini. On pensait que les civils allaient mieux tolérer notre présence parmi eux si nous réduisions le taux de criminalité, mais ils ne nous voient plus que comme des justiciers assoiffés de violence. Chaque jour, les anti-Altérés recrutent de nouveaux membres et la police a renforcé ses effectifs de nuit pour nous traquer.

Ces activités nocturnes avaient beau me laisser de plus en plus dubitatif, j'ai malgré tout accusé le coup. C'était quand même un comble ! On contribuait à rendre les rues plus sûres, et on nous le reprochait. L'ingratitude ne connaît vraiment aucune limite. J'avoue que j'étais néanmoins soulagé de ne plus avoir à participer à ces missions clandestines.

– Mais alors, ai-je demandé, comment va-t-on... se rendre utile ?

– Le problème qui se pose à nous, c'est davantage celui du manque d'activité physique. Nous sommes conditionnés pour nous dépenser, faire grimper notre taux d'adrénaline, et les entraînements réguliers ne suffisent pas à décharger l'énergie qu'on nous a appris à emmagasiner.

Il a marqué un temps et murmuré :

– Certains ont décidé de consulter le docteur Simov. Il pourrait nous prescrire des doses qui diminuent le besoin de se défouler. C'est peut-être ce que je vais faire.

Au moment où il prononçait ces mots, il a machinalement remonté ses manches et s'est frotté les avant-bras. J'ai remarqué alors un chapelet de cicatrices de coupures qui zébraient sa peau. Vu leur orientation et leur nombre, j'ai compris que c'étaient des blessures que 87 s'était infligées tout seul. J'ai difficilement pu détourner mon regard et il a éprouvé, je crois, une certaine gêne à se savoir ainsi démasqué. Si nous en étions réduits à devoir retourner notre agressivité contre nous-mêmes, l'heure était grave.

87 a pris soin de redescendre ses manches jusqu'au poignet, avant de poursuivre :

– D'autres ont proposé une autre solution. Je ne suis pas

pour, mais si ça t'intéresse, tu peux toujours aller voir dans l'entrepôt. Tu pourras te faire une idée.

Il s'est éloigné sans un mot dans une ruelle, comme égaré.

J'ai hésité un moment avant d'entrer.

La première chose que j'ai perçue en franchissant le seuil, c'était une odeur. Une odeur de sueur, mais plus tenace et âcre qu'à l'entraînement. Une troupe d'Altérés formait un cercle, le regard rivé sur une scène que je ne pouvais pas distinguer. En grimpant un escalier de métal, j'ai pu avoir une vision globale de ce qui se passait.

Dans une sorte d'arène, deux Altérés se faisaient face. Ils étaient torse nu et sautillaient, comme s'ils attendaient quelque chose. Au coup de sifflet, ils se sont jetés l'un sur l'autre. Le plus grand a tenté une prise que l'autre a parée, faisant basculer son adversaire par-dessus son épaule. Les spectateurs ont frappé du pied pour marquer leur approbation. Sonné, celui qui s'était trouvé à terre s'est relevé et a pris son élan sur l'un des piquets qui délimitaient le bord de l'arène. De là, il a lancé son poing à la tête de son opposant, faisant jaillir un filet de sang de sa bouche. Nouvelle salve de martèlements admiratifs. À l'entraînement, quand on se battait au corps à corps, c'était toujours avec des équipements qui atténuaient la puissance des chocs. Ici, les coups pleuvaient sur la peau nue, sans aucune protection. Certains mouvements, jugés dangereux pour l'adversaire, n'étaient en principe autorisés que sur le terrain. Eux n'hésitaient pourtant pas à se mordre, se tordre les doigts. La lutte s'est arrêtée quand l'un des deux, à terre et le visage en sang, a levé le poing en signe d'abandon.

Des combats clandestins.

Voilà donc la solution qu'ils avaient trouvée pour déverser la violence accumulée en eux ! S'affronter sans merci. Je ne comprenais pas comment ils pouvaient se lancer dans ces bagarres aussi dangereuses et fratricides qu'inutiles et insensées. Braver l'interdit de porter la main sur un camarade pour s'offrir une simple décharge d'adrénaline !

J'ai quitté l'entrepôt, en jurant qu'on ne m'y reverrait plus. Si c'est une mission que je voulais, il allait falloir que j'attende un signe de la part de la colonelle Wollstone. Ou que je m'arrange pour retrouver l'endroit où on m'avait emmené. Jusqu'à présent, toutes mes tentatives avaient lamentablement échoué.

Je savais pourtant, d'après mes sensations lorsqu'on m'avait transporté, que je n'avais pas pu faire beaucoup d'erreurs en mémorisant le nombre et le sens des virages. J'avais peut-être commis des approximations dans l'appréciation des accélérations et des distances, mais par élimination, j'avais tout de même pu réduire mon périmètre de recherche. J'ai fait une nouvelle tentative de repérage en quadrillant le secteur qui me paraissait le plus probablement abriter mes ravisseurs.

Au bout d'un moment, j'ai fini par aviser un magasin fermé depuis longtemps. À travers la vitre, on devinait de hauts plafonds, des murs effrités et peu isolants. Lors de ma brève captivité, j'avais perçu de l'écho, et j'avais baigné dans un air assez froid et humide. C'était une possibilité à explorer.

Discrètement, j'ai forcé une fenêtre qui présentait un jeu au niveau de la fermeture et me suis glissé à l'intérieur. Personne. Pourtant, j'ai d'emblée reconnu l'endroit à son odeur. Autrefois, le lieu avait dû abriter un bar, ce que laissaient deviner un comptoir à moitié défoncé et vermoulu, des chaises en bois empilées dans un coin et des tables constellées de poussière.

Dans la réserve, j'ai découvert une porte. En poussant un peu sur ses gonds rouillés, je me suis retrouvé dans un couloir. C'était le hall de l'immeuble adjacent. Je suis monté jusqu'au premier appartement. En m'approchant, j'ai perçu des éclats de musique entrecoupés de rires. Le deuxième logement semblait vide. J'ai grimpé furtivement d'un étage encore. Cette fois, en plaquant l'oreille contre la porte, j'ai été intrigué par un bruit :

le son sec d'un objet heurtant le sol à intervalles réguliers. Une béquille, accompagnant une marche douloureuse. Pas de doute, c'était là.

J'ai dégainé mon arme et ai frappé contre le bois abîmé, appliquant mon doigt sur le judas pour ne pas être vu. Après un silence, la marche boiteuse est venue dans ma direction: ma cible approchait.

La porte s'est entrouverte sur une silhouette que je n'ai aperçue qu'à demi, à cause de la lumière tamisée, mais que j'ai immédiatement reconnue: l'homme au visage brûlé.

Tous mes muscles se sont tendus. Pourtant, loin de sembler impressionné par ma visite et par une arme pointée sur lui, il a ouvert en grand et a fait tranquillement volte-face.

– Ah, te voilà, gamin! a-t-il dit, la voix éraillée. Une tasse de thé?

Je me suis senti un peu bête, avec mon arme braquée sur un infirme qui me tournait le dos. Après un moment d'hésitation, je l'ai suivi.

L'appartement était vétuste, poussiéreux, maussade. Le cadre était simple: quelques vieux meubles en pin, une table bancale posée sur un tapis qui avait manifestement fait son temps. J'ai remarqué aussi un tourne-disque et une maigre collection de vinyles rangée non loin. Une tapisserie jaunie couvrait les murs, à peine égayés par quelques reproductions de tableaux colorés. L'un d'eux a attiré mon attention: une gigantesque vague sur le point d'engloutir une minuscule embarcation. Je me suis imaginé l'espace d'une fraction de seconde ce que pouvaient bien ressentir ses occupants face à cette vague qui allait les submerger.

– Tu dois te demander qui je suis, a-t-il soufflé, en versant de l'eau bouillante dans une théière.

– Visiblement pas celui que vous prétendez être, en tout cas. Vous êtes un anti-Altéré, vous aussi? Qu'avez-vous fait de 04?

L'homme a apporté le thé sur une table basse, a allumé une veilleuse et s'est affalé sur un canapé usé. Il a distraitement passé la main dans la fourrure d'un chat aux yeux mi-clos qui paressait à côté de lui. Alors seulement, il m'a annoncé :

– Je crois qu'il est temps de faire les présentations. Les gens du coin m'appellent Aurèle. Mais ce sera sans doute plus clair pour toi si je te dis que mon vrai nom, c'est AE99.

Il m'a fallu un moment pour revenir de ma surprise.

– Vous êtes un Altéré ? Vous prétendez appartenir à l'unité AE ? Impossible ! Il ne reste aucun survivant des premières générations d'Altérés.

– Ah ? C'est ce qu'on vous apprend, à la caserne ?

Il a esquissé un sourire sibyllin, qui m'a paru un peu amer. J'ai tenu à préciser :

– On nous a expliqué que vous étiez tous tombés au combat, comme le veut notre devise. Une belle mort.

– C'est le destin qu'ont rencontré la plupart des membres de mon unité, c'est vrai. As-tu déjà entendu parler de la zone 26 ?

– Bien sûr. Une région frontalière difficile d'accès, entourée d'eau et de ravins, mais qui a toujours été un point stratégique pendant la guerre. Vous y avez été envoyé ?

– Oui. C'était notre quinzième mission. Je n'aime pas me souvenir de cette période, mais mon récit te convaincra peut-être.

Il s'est tu un moment, fixant les taches rousses qui marbraient la fourrure de son chat, avant de reprendre :

– On se doutait bien que peu d'entre nous en reviendraient vivants, mais c'était notre raison d'être. Bien sûr, personne ne songeait à déserter. Personne ne se posait de questions. Personne n'avait peur. Ils ont envoyé une première unité se faire massacrer : le commandant qui supervisait les opérations, un grand maigre aux yeux creusés, comptait sur nous pour faire diversion et ainsi percer les lignes ennemies par le flanc gauche.

Après quelques tirs de canon pour clairsemer les rangs de l'adversaire, c'est à cet endroit que nous avons foncé. Mais la résistance s'est avérée rude, et notre attaque a traîné en longueur. Le commandant a alors ordonné une nouvelle salve au mortier. Il savait bien que nous étions là, pas encore complètement décimés, mais il a jugé que c'était stratégiquement le meilleur choix. Eux, ils ont dû voir ça comme une simple frappe chirurgicale. Pour nous, ça n'a été ni plus ni moins qu'une vraie boucherie. Et pendant quelques heures, ils ont effectivement gardé l'avantage. Ensuite, le combat s'est suffisamment calmé pour pouvoir envoyer des équipes de secours.

Il a bredouillé quelque chose que je n'ai pas compris, et s'est interrompu. Afin de dissimuler son trouble, il s'est saisi d'un verre posé à côté de sa tasse et me l'a tendu pour que je le serve en eau fraîche avant de poursuivre :

– Quatre. Nous étions quatre survivants. Tu devines comment je le sais ?

Comme je restais mutique, il a lâché avec un soupir, le regard absent :

– C'est parce qu'ils ont tiré quatre fois. Une transmission radio a annoncé aux infirmiers un mouvement de troupes ennemies dans leur direction. Ils avaient encore un peu de temps, mais ils ont estimé qu'il serait moins long et sans doute moins coûteux de nous achever que de nous transporter à l'unité médicale avant de nous rapatrier. Quatre survivants. Quatre détonations.

Il a bu une rasade et s'est essuyé les lèvres d'un revers de main.

– Une belle mort, tu disais ?

Je venais de raviver une blessure ancienne, pénible, moins visible, mais sans aucun doute plus profonde que celle qui gênait sa jambe. Pourtant, je n'ai pas pu m'empêcher d'insister :

– Mais vous êtes là… vous avez survécu.

– Par chance, celui qui devait m'achever devait être un novice. Il n'a pas osé me regarder dans les yeux lorsqu'il a tiré. Je ne sais pas si c'est par pudeur ou par lâcheté, toujours est-il qu'il a détourné la tête avant de presser la détente. Tu parles d'une bonne idée ! Au lieu de me toucher au cœur, la balle a éraflé mes côtes et perforé mon poumon. Blessure grave, mais non létale. Après avoir repris possession de la zone, l'ennemi a envoyé des équipes pour nettoyer les lieux. Des bulldozers ont charrié les corps et les ont jetés dans la rivière. Le courant allait les ramener droit chez nous, provoquant ainsi l'épouvante et la terreur auprès des populations.

« Nous avons vogué longtemps. Un étrange équipage, sans navire ni capitaine. Les flots nous ont portés jusqu'à un village de pêcheurs. Ils ont spontanément entrepris d'enterrer tout le monde. C'est là qu'on a vu que j'étais vivant. Comme il n'y avait pas d'hôpital et que je n'étais pas transportable, j'ai été soigné dans la cabane d'un vieux couple. Ils ont fait ce qu'ils ont pu pour mes plaies, puis ils ont prié pour moi durant toute ma convalescence. Le jour, quand l'homme partait pêcher, la femme s'asseyait à mes côtés. Elle avait placé à mon chevet un poste de radio qui diffusait de la musique. J'imagine que ça a été ça, mon interrupteur.

– Comment ça, votre « interrupteur » ?

– Tu le sais bien. Ce qui fait que tu cesses d'être une machine de guerre, qu'une émotion se fraye un chemin dans ton cerveau pourtant incapable de l'accueillir et trace ainsi sa voie pour toutes les autres. Je ne pouvais aller nulle part. Tout ce qui me restait, c'était écouter. Schubert, Brahms, Mozart... j'ai entendu leurs chefs-d'œuvre des heures durant. Au début, pour moi qui ne connaissais de la musique que les rythmes militaires, ce n'était que du bruit. Peu à peu, à force de répétitions, je me suis éveillé, comme si une carapace se brisait. À mesure que je me remettais de mes blessures, mon esprit s'allégeait aussi, des règlements austères, du protocole déshumanisé, de toutes les absurdités qu'on y avait semées, libérant de l'espace pour autre chose, enfin.

– Ce ne sont pas des absurdités ! Nous sommes là pour défendre ce pays. Sans nous, le conflit ferait encore rage à l'heure qu'il est.

En guise de réponse, il a émis un petit ricanement et a repris :

– À l'annonce de votre incorporation à la vie civile, j'ai été curieux d'apprendre ce qu'il adviendrait de vous. Voilà quelques mois que je vous observe. Quand j'ai réalisé que certains parmi vous s'éveillaient aux émotions, j'ai voulu agir, mais en restant discret. C'est comme ça que j'ai engagé la Moustache pour enlever les Altérés que l'armée aurait jugés défaillants et les mettre en sécurité à la Lisière. Plusieurs de tes camarades y sont déjà, dont LX04. Mais en ce qui te concerne, je dois dire que je me suis trompé sur ton compte. Quand nous t'avons attrapé chez la Moustache, j'aurais juré que tu étais encore complètement impliqué dans le programme. On a pointé une arme sur ta tête et tu n'as pas eu l'ombre d'une réaction. Tu t'es comporté en parfait petit Altéré, sur ce coup-là. J'ai pensé que tu n'étais pas prêt, que tu ne le serais pas avant des mois, et finalement, tu es plus éveillé que je ne le croyais. Je dois convenir que tu es un rapide, toi ! Il m'a fallu plusieurs années pour en arriver là où tu en es déjà. Même 04 n'était pas à ton niveau.

– Où est-il exactement ?

– En sécurité. Son esclandre en classe a déclenché quelque chose qu'il ne saisit pas encore lui-même et qui pourrait faire du grabuge, chez les civils comme chez les militaires. Des gens comme lui, comme toi, remettent en cause le programme par leur simple existence.

– Et ces sons enregistrés sur une cassette audio ? Quel est le message qu'ils renferment ?

– Le message ? Je te laisse le découvrir par toi-même. Mais dis-moi, ton interrupteur à toi, qu'est-ce que c'est ?

Cette question me rendait nerveux. Je commençais à connaître les limites de mon endurance. Me pencher dessus, là, tout de suite, m'aurait fait le même effet que gratter une plaie encore suintante : aucun soulagement à en tirer, bien au contraire. J'ai préféré changer de sujet :

– Vous devriez y retourner. Montrer à l'état-major que vous avez survécu. Ils pourront vous décorer.

À ce mot, son expression s'est radicalement métamorphosée.

– Ou me piquer comme un chien galeux ! Tu n'as donc rien écouté de ce que je viens de te confier ? Ils n'en ont rien à faire, de nous ! Combien de fois ai-je vu des soldats réguliers se servir des Altérés comme boucliers vivants face à l'ennemi ? Réfléchis deux minutes, bon sang ! Que crois-tu qu'ils fassent de nous lorsque nous vieillissons ? Quand nous ne sommes même plus bons à envoyer au front ? Je vais te le dire. Les blessés graves, on les laisse mourir ou on les achève ; les autres, on les expédie dans des missions suicides.

À chaque fois, il mimait l'action qu'il décrivait d'un geste sec et définitif.

– Et tout le monde obéit, sans sourciller ! Oh, je me suis renseigné, tu sais. Beaucoup de civilisations ont essayé de former des armées en éduquant des enfants dès le plus jeune âge. Les Spartiates, les Ottomans. Les chevaliers du Moyen Âge. Mais c'est notre société qui, la première, aura réussi à produire des soldats pareils à de vulgaires consommables, des instruments remplaçables, des outils sans âme. Tu prends, tu jettes ! Ce n'est pas plus compliqué que ça !

Comme pour ponctuer sa dernière réplique, AE99 a lancé son verre contre le mur : il s'est fracassé et les morceaux sont tombés sur le parquet fissuré. Au tintement du verre brisé, le chat s'est faufilé sans précipitation dans la chambre, manifestement familier des crises de colère de son maître, qui vociférait :

– Chacune de ces foutues journées passées avec eux, j'ai rythmé du pied leur hymne national à la noix. Tu ne t'es jamais demandé pourquoi on le martèle ainsi, pourquoi on ne le chante pas ? Ce sont les humains qui chantent. Nous, on est bien moins que ça. Tout juste bons à battre la mesure...

Sa voix s'est enrayée et s'est brisée. Le regard dans le vague, il a serré son poing tremblant, avant de souffler :

– Va-t'en, gamin. J'ai besoin de me reposer.

J'ai eu beau insister pour avoir au moins des nouvelles de 04, il n'a plus voulu dire quoi que ce soit. Sans savoir si je devais le considérer comme un ennemi ou un allié, je me suis décidé à partir et ai regagné la caserne.

02.05 - UNE MISSION ABSURDE

72/100.

Est-ce qu'une note peut définir mon degré d'humanité ? Si c'est le cas, c'est un indicateur purement artificiel. Car, malgré ce score, je ne suis assurément pas humain. La preuve : 06, 80 et 88 ont été appelés aujourd'hui. Je n'ai pourtant pas l'impression qu'ils étaient si différents de moi. Je m'étais promis d'aller voir la colonelle pour la convaincre de faire cesser cette barbarie. À la place, je suis resté au garde-à-vous, comme tous les autres, ceux qui étaient du bon côté de la moyenne. Un lâche.

La journée a passé sans que j'aie envie de quoi que ce soit. Pas de travail, pas d'entraînement, pas même de lecture.

Je redoutais surtout le moment de l'extinction des feux. Je déteste ce dortoir dans lequel, chaque mois, les lits se vident peu à peu définitivement de leur occupant, comme si une épidémie emportait un à un chacun de mes camarades. C'est à se demander qui seront les prochains...

Après le dîner, je me suis faufilé à l'extérieur de la caserne. J'avais une idée en tête, que je n'arrivais pas à déloger malgré mes efforts.

Depuis plusieurs jours, je m'étais fixé une mission, et j'avais pitoyablement échoué. Je voulais parler à Philo. Les cours avaient filé sans me laisser l'occasion d'être seul avec elle. En fait, je comprends maintenant que j'ai surtout manqué de courage. Une fois de plus. Ça deviendrait presque ma marque de fabrique, ces derniers temps. Quelle ironie ! Un Altéré, calibré pour que rien ne l'émeuve, flancher au moment de foncer tête baissée ?

Au lieu de m'installer dans le dortoir, je me suis éclipsé de la caserne et ai erré en ville. J'ai regardé les gens qui allaient et venaient, les pères pressés, les mendiants, les hommes d'affaires, les joggeuses du soir, et je me suis demandé ce qui faisait leur vie. Les Altérés avaient dédié leur existence à la guerre pour que des civils comme eux puissent se rendre au cinéma, flâner dans les parcs, faire leurs courses, du vélo. Pour qu'ils puissent rêvasser, pleurer, se disputer.

Je me suis aussi fait cette réflexion que le langage recèle d'innombrables mots pour désigner la tristesse et toutes ses nuances, de la mélancolie à l'amertume, du chagrin à l'affliction. Il en a d'autres, en foule, pour parler de la joie, de l'amour, du bonheur. Mais il lui manque un terme pour évoquer ce sentiment qui se niche à la frontière entre ces deux territoires. Entre la tristesse et la joie. Pourtant, cette émotion existe. Elle me traverse en ce moment même. C'est ce qu'on éprouve lorsqu'on se trouve dans une situation qui nous pèse terriblement sans pour autant que l'on préfère être ailleurs, même pour tout l'or du monde. Ou peut-être que c'est ce que ressent une femme qui accouche, exaltée d'avoir donné naissance à un enfant et terrassée par cette séparation primitive. Sans compter la certitude d'avoir transmis la vie à quelqu'un qui, fatalement, finira par la perdre un jour ou l'autre. Oui, ce mot manque au langage. Tout l'éventail des émotions ne peut pas tenir dans vingt-six lettres, quelle que soit la manière dont on les combine.

Mes pensées ont ensuite longtemps ressassé le discours d'AE99 sur les Altérés. Plus j'y songe, plus j'ai du mal à concevoir qu'un jour, un scientifique ait pu avoir l'idée de fabriquer des hommes dénués d'émotions et penser que ça puisse être un beau projet... Le meilleur moyen de mettre fin à une guerre, ce n'est pas de supprimer les émotions, au contraire ! Accepter d'en ressentir à nouveau, se laisser traverser par la douleur et l'injustice d'une telle boucherie me semble un bon début pour s'en dépêtrer. Je me suis remémoré mon premier rêve de combat. Celui qui est capable de se mettre à la place de son ennemi, qui ose le regarder vraiment, dans les yeux, et y trouver la lueur d'une conscience, ne peut plus lever la main sur lui.

Le souvenir du cours durant lequel on m'avait interrogé sur les raisons de la guerre m'est alors revenu à l'esprit. Les autres avaient ri parce que je n'avais pas su quoi répondre. Maintenant, je comprends mieux pourquoi ils se moquaient. J'ai voué ma vie à un conflit dont j'ignore tout.

La nuit s'est installée, mes réflexions se poursuivaient. Je suis arrivé sur le lieu de ma mission. Ma main s'est levée pour frapper à la porte, puis elle est restée suspendue en l'air avant de retomber le long de mon corps. J'ai renoncé. Je me suis éloigné de quelques pas. À l'étage, une lumière dorée filtrait par le rideau de la chambre. Sans avoir pris le temps d'y songer, je me suis retrouvé en train d'escalader la gouttière, discret et posé, jusqu'à atteindre sa fenêtre entrouverte. Je me suis introduit à l'intérieur, aussi subrepticement que j'avais appris à le faire.

Assise sur son lit, Philo lisait, les écouteurs sur les oreilles, si bien qu'elle ne m'avait pas entendu. Quand elle a fini par redresser la tête, elle a poussé un cri de surprise.

– Bon sang, Hélix ! Tu m'as fichu une de ces peurs !

Elle a posé ses écouteurs et son livre sur ses jambes pliées en tailleur. Je l'ai laissée retrouver un peu de calme, sans qu'elle parvienne tout à fait à se départir de la méfiance que mon entrée cavalière avait éveillée en elle. Elle s'est étonnée :

– Qu'est-ce que tu fais là ? Et qu'est-ce qui te prend de passer par la fenêtre plutôt que par la porte ?

Je ne savais plus trop comment lui dire ce que je désirais. Je ne présentais aucun handicap physique, et pourtant les mots franchissaient difficilement ma gorge. J'ai fini par articuler péniblement :

– Je venais te demander quelque chose, Philo.

J'ai laissé encore défiler quelques secondes qui m'ont paru une éternité, avant de réunir le courage nécessaire pour me lancer :

– Tu sais, je croyais que je... Enfin, en fait, les humains... d'après ce que j'ai pu observer... Voilà... et tout ça pour dire... Je crois...

C'était fou ! Pour former une phrase, il suffit en théorie d'une triade sujet-verbe-complément. Pourtant, parfois, c'est l'exercice le plus difficile au monde. Je me suis fait violence pour avouer :

– Je voudrais qu'on se tienne la main.

Elle m'a longuement regardé, visiblement perplexe, avant de lancer :

– Quoi ?

– Je souhaiterais qu'on se tienne la main.

– Qu'on se tienne la main ?

– Oui. Et qu'on s'embrasse, aussi. C'est bien ce que les gens font quand ils sont en couple, non ?

Elle est restée un moment sans rien répondre. Je crois avoir vu passer sur son visage un certain étonnement, du malaise, quelque chose de proche, en tout cas.

– Je ne peux pas, Hélix. Tu sais, je suis... Enfin, tu es...

– Un Altéré ? ai-je achevé. Tu as dit que j'étais différent.

Un long silence s'est installé, j'ai compris qu'elle tentait d'y trouver refuge. Je refusais pourtant de la laisser ainsi fuir la conversation.

– Puisque c'est si facile pour toi de jongler avec les mots et avec les sentiments, explique-moi ce que tu ressens. Je te le redemande, tu pensais que j'étais différent, non ?

Elle a détourné le regard, tout en murmurant :

– Tu *es* différent, c'est que…

J'ai attendu, mais elle n'a pas su comment terminer sa phrase. Alors, en un éclair, je suis repassé par la fenêtre, et avant qu'elle ne crie mon nom, je m'étais déjà laissé glisser jusqu'à terre et je courais en plein milieu de la chaussée.

Une sorte de plomb en fusion coulait, visqueux et brûlant, au fond de mon ventre. J'ai compris ce que c'était : la honte. Quelle horreur ! Sans aucun doute possible, je préférais l'époque où le pire qui pouvait m'arriver était d'être pris sous le feu ennemi.

Je ne sais pas à quoi je songeais. Sa phrase inachevée, suspendue au-dessus d'un gouffre, m'avait rappelé à la réalité de ma condition. Je ne parviens même pas à me regarder dans un miroir depuis que j'ai conscience des atrocités que j'ai commises. Comment pourrait-on aimer quelqu'un comme moi ?

Je suis un soldat.

Je suis LX18.

05.05 – EXPÉDITION NOCTURNE

Au milieu de la nuit, mon téléphone secret, caché sous l'alaise de mon matelas, a vibré. Un message. Je me suis levé, l'esprit encore embrumé par un rêve violent de sang et de fumée. Dans l'ombre du dortoir, j'ai compris, à quelques mouvements imperceptibles, que d'autres membres de mon unité avaient dû recevoir la même instruction. Par réflexe, je me suis immédiatement tourné vers le lit de 45. Elle a acquiescé en croisant mon regard. Elle faisait partie des appelés. Je crois que je n'avais pas véritablement envie d'en être, mais je me suis tout de même réjoui de partir en mission avec elle. Nous sommes particulièrement complémentaires et efficaces sur le terrain, elle et moi.

Le message ordonnait qu'on se rende en un lieu donné, identifié par des coordonnées GPS, à environ deux kilomètres au nord-est, en rase campagne. Une fois là-bas, nous en saurions sans doute davantage.

Dehors, j'ai pu constater que nous étions une dizaine. Le poste de garde était désert. On avait dû prendre des dispositions pour que nous puissions quitter la base sans difficulté. Sans nous concerter, nous avons tous gagné le point de ralliement par des moyens différents, pour ne pas attirer l'attention. Certains ont emprunté des vélos, d'autres sont partis au pas de course, coupant à travers la forêt. 45 et moi avons enfourché une moto et avons filé dans la nuit.

Le lieu de rendez-vous était un corps de ferme. Une lumière à l'intérieur révélait que nous étions attendus. Un camion de livraison était garé juste devant. Le moteur ne tournait pas, mais un chauffeur était posté au volant, prêt à démarrer. Nous sommes entrés, suivis de près par le reste de la bande.

Mains gantées et croisées derrière le dos, la colonelle Wollstone se tenait debout devant un feu de cheminée. Elle a eu un hochement de tête approbateur en nous accueillant, satisfaite sans doute de constater que nous avions répondu à l'appel dans un délai très bref. Puis, après un coup d'œil à sa montre, elle a expliqué :

– Dans moins de trente minutes, un camion équipé d'une semi-remorque va passer sur l'autoroute en direction de la capitale. Officiellement, il transporte des produits de la mer chargés sur la côte. Or, d'après mes sources, il contient en réalité des armes et des munitions soigneusement enfermées dans dix caisses. Vous l'avez compris, c'est l'arsenal censé servir à une attaque prévue sur notre sol. Cette attaque n'aura pas lieu si nos ennemis sont privés de leur artillerie.

Elle a marqué un temps, comme pour attendre nos éventuelles questions, puis a continué :

– Notre problème, c'est que le véhicule est équipé d'une balise GPS : si nous le détournons de l'itinéraire planifié, ou que nous le stoppons, l'alerte sera immédiatement donnée. Vous devrez donc le délester de son chargement, sans que sa trajectoire soit interrompue, et surtout sans que le conducteur et le soldat qui l'accompagne se doutent de quoi que ce soit. Vous disposerez d'une fenêtre de dix minutes pour procéder au transfert. Au-delà, on risquerait de repérer votre présence. L'opération est prévue sur le segment qui précède la sortie d'autoroute du véhicule, au kilomètre 64. Le camion garé devant notre bâtisse vous transportera jusqu'à la cible, et recueillera les caisses que vous déroberez. Vous trouverez, à l'arrière, tout le matériel nécessaire pour mener cette opération à bien. Rompez.

Juste avant que nous ne nous mettions en route, elle a eu un geste inédit : comme j'étais à sa portée, elle m'a touché l'épaule d'une main maternelle et a ajouté :

– Surtout, soyez prudents. Tous autant que vous êtes.

J'ai perçu une certaine tristesse dans ses yeux. C'est une héroïne qui doit lutter en secret contre l'ennemi, et qui ne recevra sans doute aucune reconnaissance de la part de sa hiérarchie. Nous l'avons saluée et avons embarqué sans plus attendre. Puisqu'il ne s'agissait pas d'une mission d'attaque, nous n'avions que peu d'armes à notre disposition. L'essentiel du matériel se résumait à des cordes, des scies circulaires sur batterie, des barres de métal à assembler pour former une échelle qui relierait notre camion à notre cible. En mon for intérieur, je me suis fait la réflexion que cette mission s'annonçait assez incertaine et périlleuse, mais il me semble bien être le seul à l'avoir remarqué.

Nous avons rapidement décidé que 45 et moi pénétrerions à l'intérieur du véhicule, tandis que les autres s'occuperaient de mettre en place le transfert et d'acheminer les dix caisses.

Pendant que nous attendions, je me suis rendu compte qu'au lieu de focaliser mon attention sur mon objectif, comme j'ai toujours été entraîné à le faire, je songeais vaguement au lycée, à Philo, à Amir, aux livres lus ces derniers temps. En arrière-plan, comme recouvert par ces strates de pensées mélangées, un malaise diffus veillait. Mes tentatives pour l'enterrer au point de l'étouffer étaient implacablement vouées à l'échec.

Je dois me résoudre à l'évidence : je n'ai plus l'esprit aussi clair qu'avant. Il y a encore quelques semaines, j'arrivais sans peine à le maintenir ferme et droit. À présent, il se déporte sans cesse, comme une monture qui tout à coup n'en ferait qu'à sa tête. J'ai souhaité très fort que cela ne mette pas la mission en péril. C'est toute la latitude qui me restait.

À cet instant, un coup frappé contre la paroi qui nous séparait du conducteur nous a indiqué que la phase d'approche était accomplie. Deux de mes compagnons se sont hissés jusqu'à une ouverture pratiquée dans la bâche de notre camion. Nous leur avons fait passer l'échelle et les outils nécessaires pour découper le toit de la semi-remorque. Deux autres se sont postés près d'eux pour sécuriser la manœuvre et maintenir notre dispositif en place. Au moindre virage brusque, l'installation pouvait basculer et mes coéquipiers avec.

Au bout de deux minutes, on nous a fait signe. C'était à 45 et moi d'intervenir. Nous nous sommes retrouvés sur le toit de notre camion, qui filait à une allure d'environ quatre-vingt-dix kilomètres heure, dans une nuit à peine perturbée par l'éclairage pâle et régulier des bas-côtés. 45 m'a devancé sur l'échelle, progressant à quatre pattes pour s'assurer une meilleure prise sur les barreaux. Je l'ai imitée, après un léger mouvement de recul au moment de franchir le vide qui séparait les deux véhicules. L'un derrière l'autre, nous avons plongé sans encombre dans la semi-remorque.

J'ai voulu prendre le temps d'observer les lieux avec ma lampe-torche, mais 45 était déjà en train de soulever une caisse et me faisait signe de l'aider à la hisser jusqu'à l'extérieur. L'ouverture réalisée à la hâte par mes camarades était juste assez grande pour la faire passer. Nous en avons encore porté trois, avant que je n'avise une caméra fixée à un angle supérieur. Le cœur battant, j'ai fini par en reconnaître le modèle : elle était de celles qui ne s'activent que lorsqu'un voyant vert s'allume, ce qui n'était heureusement pas le cas. J'ai néanmoins redoublé de prudence. Sans parler, 45 a plaqué un doigt sur sa montre pour me signifier que l'heure tournait. Il fallait accélérer la cadence.

C'est à la septième caisse que le plan a dérapé. Alors que nous la soulevions, un pan m'a glissé des mains et l'ensemble est tombé sur le sol du camion avec fracas. D'un mouvement leste, 45 a pris appui sur elle et s'est extirpée de la semi-remorque, rattrapée par nos coéquipiers qui guettaient notre sortie.

Par réflexe, j'ai poussé les caisses restantes vers la caméra et je me suis agenouillé, en me plaquant contre la cloison pour ne pas me trouver dans son champ de vision. Le voyant vert n'a pas tardé à s'enclencher. Mais les caisses étaient disposées de telle sorte que l'on pouvait aisément croire que les autres étaient toujours bien présentes, sagement rangées derrière. Du moins, c'est ce que j'espérais. Quelques secondes interminables se sont écoulées.

Si la suspicion était trop grande, et conduisait l'ennemi à stopper le véhicule pour vérifier son chargement, c'était la fin. Peut-être mes compagnons s'étaient-ils déjà faits à cette éventualité et avaient-ils déserté les lieux, car je n'entendais plus rien du côté du toit.

Enfin, la lumière de la caméra s'est éteinte. J'ai consulté ma montre. Deux minutes avant que la cible ne quitte l'autoroute. Je me suis rapproché de l'ouverture du plafond, mais je n'ai vu du dehors que le ciel nocturne qui commençait à faire place au petit matin. Soudain, la tête de 45 a surgi de l'obscurité et elle s'est laissée glisser avec agilité à mes côtés. Nous nous sommes remis à la tâche avec ardeur et, une fois toutes les caisses évacuées, nos compagnons ont tendu leurs bras pour nous exfiltrer.

Puis, nous avons, un à un, emprunté le passage pour regagner notre camion. Je fermais la marche quand, tout à coup, l'extrémité de l'échelle qui reposait sur la semi-remorque a cédé : le véhicule ennemi venait de bifurquer pour quitter l'autoroute. Notre échelle improvisée ne tenait plus que par mes frères d'armes qui appuyaient de tout leur poids pour ne pas me laisser tomber sous les roues de notre propre camion. Malgré leurs efforts, la secousse m'a fait basculer dans le vide. Je me suis cramponné d'une main aux barreaux in extremis, sans quoi je me serais écrasé sur le bitume et aurais fini sous les roues de notre véhicule. J'ai croisé le regard impuissant du chauffeur, qui n'avait aucune possibilité de s'arrêter dans l'immédiat. Le frottement de l'air rendu glacial par notre vive allure amoindrissait de seconde en seconde la résistance de mes doigts, dont les phalanges commençaient à se raidir. Pour sauver ma peau, il m'a fallu avancer à la force des bras, barreau après barreau, jusqu'à atteindre le pare-brise. J'ai fini par me hisser sur le toit du véhicule en prenant appui sur les essuie-glaces.

Mes compagnons m'ont aidé à regagner l'intérieur. C'était moins une. Pourtant, tandis que je peinais à reprendre mon souffle, presque au bord de l'inconscience, ce qui occupait mon esprit, ce n'était pas le soulagement d'avoir échappé à la mort. Je repensais avec plus de clarté à ce qui s'était produit quelques minutes auparavant, dans le ventre de la remorque. Lorsque la caisse était tombée, son couvercle avait cédé et, contrairement à ce que croyait la colonelle, elle ne contenait pas des armes. Dans la pénombre, il m'avait semblé distinguer, sans pouvoir l'affirmer catégoriquement, des bobines de fil électrique, des substances chimiques et des boîtiers métalliques.

Une partie du matériel nécessaire à la fabrication de bombes.

11.05 – VISITE À AE99

Pas de cours aujourd'hui. Pendant la levée des couleurs, nous avons martelé une fois de plus le sol de nos chaussures, au rythme de l'hymne national. Ruminant toujours ma dernière entrevue avec Philo, j'ai frappé le bitume avec rage, comme pour fouler aux pieds mon humiliation. Ça ne m'a pas soulagé le moins du monde, comme si la hargne que j'avais en moi était un tunnel qui ne débouchait jamais sur autre chose qu'elle-même. Je suivais la musique diffusée par les haut-parleurs d'une oreille distraite. J'avais besoin de quelque chose, mais je ne savais pas de quoi. Demain aura lieu notre prestation théâtrale, et je ne suis pas sûr de vouloir y aller.

J'ai passé ma journée à enchaîner des tours de piste, avaler des longueurs à la piscine et répéter des exercices de tir. À aucun moment je n'ai consulté le chronomètre ni le tableau des scores. Je suis troublé et je sais que cela rend mes performances médiocres. Tout le monde s'entraîne beaucoup, nous attendons que la colonelle Wollstone, que nous n'avons pas revue depuis notre dernière mission, nous transmette de nouvelles instructions.

Au cours de la journée, une pluie insidieuse a pris position sur la caserne. La plupart de mes camarades se sont mis à l'abri ou ont gagné l'intérieur pour des simulations de combat. Pas moi. J'ai continué à courir. Quand mes jambes ne voulaient plus me porter, je m'installais au stand de tir, et quand mes cibles étaient criblées de balles, j'allais nager.

Je cherchais dans l'épuisement physique une diversion à un mal psychologique, de même que j'avais soigneusement évité Philo depuis que je m'étais introduit chez elle l'autre soir. Malgré mes efforts, elle se glisse pourtant dans tous les interstices de ma pensée. Elle m'avait permis d'entrevoir un vaste univers et, en me repoussant, elle m'en a définitivement fermé les portes. Tout ça me dépasse complètement. Ah ! si seulement je pouvais effacer tout ça pour retrouver mon monde d'avant, où la vie avait un sens clair, un monde dénué de peur, de doute, d'espérances.

Seul un moment dans le gymnase, j'ai fait quelques exercices à la corde, en lestant mes bras et mes jambes pour rendre l'effort plus pénible.

Dans les vestiaires, après quelques séries de pompes et d'abdos, je me suis épongé le front avec une serviette. Puis, je ne sais pas pourquoi, mon poing est venu s'écraser contre mon casier. J'ai asséné un autre coup, puis un autre. Un autre encore. Je ne sentais pas la douleur : autre chose me tenaillait. Je ne sais combien de fois j'ai cogné le métal, et lorsque j'ai cessé, la porte, défoncée, ne tenait plus par grand-chose aux gonds du casier. Alors seulement, je me suis retourné, remarquant qu'un petit attroupement d'Altérés me fixait sans rien dire.

Ils me dévisageaient comme une anomalie qu'ils ne comprenaient pas, et force est de constater que je n'y comprenais rien, moi non plus.

Massant mes doigts endoloris, je suis sorti sans un mot, sous leur regard perplexe. Alors que je quittais précipitamment le gymnase, mon œil a été attiré par une silhouette postée derrière l'enceinte de la caserne.

Sous l'abri d'un large parapluie noir, Philo attendait.

J'ai fini par la rejoindre, perdu. Un magma d'émotions

contradictoires bouillonnait en moi. Je crois bien que j'étais content de la voir, et en même temps me retrouver en face d'elle ravivait le douloureux souvenir de notre dernière conversation. Je me suis arrêté devant la grille. Ses losanges de fer hérissés de barbelés se dressaient entre nous. J'avais plus que jamais le sentiment que nous n'étions pas du même monde.

À court de mots, j'ai attendu qu'elle prenne la parole.

– Est-ce que ça va, Hélix? s'est-elle enquise d'une voix hésitante.

La pluie continuait de s'abattre sur nous. Me voyant muet, elle a murmuré, comme si elle avait du mal à briser le silence:

– Je ne sais pas quoi te dire... pour l'autre jour.

– Alors, ne dis rien.

– Il faudrait pourtant. On te reproche de ne pas éprouver d'émotions, mais plus je te connais, plus je réalise que je ne parviens pas toujours à démêler les miennes. Il y a des certitudes auxquelles on s'accroche, c'est difficile d'y renoncer vraiment. Tout le monde répète que vous êtes des clones sans âme d'un modèle de soldat. Tout juste bons à recevoir des numéros... Tu bouscules trop de choses dans ma vie. Est-ce que tu peux comprendre?

– Non.

Elle m'a regardé un long moment, avant de continuer:

– Écoute, demain, ce sera le grand jour. J'ai conscience que la situation a changé pour toi, mais je voulais savoir... si tu étais toujours décidé à m'aider. Malgré tout.

Je me suis raidi. Maintenant que je comprends un peu mieux le jeu des émotions, je vois comme Philo s'est plu, d'une certaine manière, à me séduire, sans jamais envisager le moindre avenir avec moi. Qu'elle puisse fréquenter cet abruti de Dimitri aurait dû me mettre sur la voie!

Le visage fermé, je lui ai répondu:

– Je suis un Altéré. Je fais ce que je dois.

Puis je me suis éloigné.

Je ne sais pas ce que je ressens quand je pense à elle désormais, mais les mots qu'elle m'a adressés lorsque je suis allé chez elle me donnent envie de déchirer l'origami qu'elle m'a offert. Il m'était devenu précieux et je m'en sers d'ailleurs toujours comme marque-page pour mon journal. Le simple fait de le regarder semble obscurcir mon esprit.

L'image de ma mère m'est aussi revenue, et avec elle une question lancinante: si elle ne m'avait pas confié à la Nation en échange d'un peu d'argent, si j'avais grandi comme les autres enfants, et que j'avais connu Philo, sa réponse aurait-elle été différente? Pour autant, j'ai du mal à être en colère contre elle. Je n'ai assurément pas choisi d'être amoureux d'elle. Pourquoi alors lui en vouloir de ne pas éprouver un sentiment qu'on ne commande pas?

Pour me changer les idées, j'ai d'abord songé à rendre visite à Amir. C'est finalement AE99 que je suis allé voir.

Il n'a pas eu l'air surpris quand il m'a trouvé sur le pas de sa porte, trempé jusqu'aux os. Il a ouvert sans un mot et m'a jeté une serviette. Il a ensuite agrippé un téléphone, a composé un numéro, et a juste dit:

– Il est là.

Puis il a raccroché et est retourné à ses occupations. Tout en écoutant la radio, il arrosait ses plantes d'intérieur, ôtant délicatement les branches abîmées, dépoussiérant à l'aide d'un chiffon les feuilles une à une. Je n'ai pas osé lui demander qui il avait ainsi prévenu de mon arrivée. Mes réflexes de soldat ont beau m'avoir enseigné la méfiance, je n'imagine pas AE99 me mettre délibérément en danger. Ma vie aujourd'hui ressemble à bien des égards à un vrai puzzle, dont les pièces se dérobent à mesure que j'essaie de les emboîter. Il me semble voir en lui quelqu'un qui pourrait m'aider à les assembler.

– Alors, c'est un gros chantier, là-dedans? a-t-il fini par

supposer, tout en restant concentré sur sa tâche. La dernière fois, je n'ai pas eu l'occasion de te demander: est-ce que tu as commencé à faire des rêves?

J'ai acquiescé lentement.

– Ton cerveau se déprogramme petit à petit, ça carbure à plein régime pendant ton sommeil. Ça peut faire bizarre, au début, mais ne t'en fais pas, ça s'atténue avec le temps...

– Pourquoi nous a-t-on rendus incapables de rêver?

– Une conséquence de leur saloperie de traitement chimique et génétique: les songes sont des visions qui surgissent pour classer nos souvenirs, mais aussi et surtout pour nous aider à gérer nos émotions. Pas d'émotion, pas de rêve.

Je comprenais mieux. Pourtant, quelque chose me taraudait encore:

– Je ressens, surtout après chacun de ces songes, une sorte de poids, une lourdeur dans la poitrine qui m'oppresse.

– Tu es tout simplement en train de faire connaissance avec un sentiment pas très agréable: la culpabilité. Tu réalises sans doute que tu as ôté la vie à des hommes, et ça représente désormais autre chose pour toi que pour l'Altéré de base, conçu pour obéir et pour tuer. Je te rassure, ça ira mieux, petit à petit, quand tu auras appris à te pardonner. Souviens-toi surtout que, à cette époque, tu n'avais pas conscience de ce que tu faisais.

– Mais comment fait-on pour se pardonner?

– Ah, ça, malheureusement, ce n'est pas une tâche dont on s'acquitte comme d'une corvée ou d'une mission. C'est un effort toujours tendu vers son accomplissement, et qu'il faut renouveler sans cesse. Cette décision de renoncer à la colère contre toi-même, il faut la prendre tous les jours, car la culpabilité revient régulièrement, tapie en embuscade. C'est un assaillant coriace!

Il a coupé la radio puis s'est dirigé vers le tourne-disque qui veillait dans un coin du salon, et, avec des gestes amoureux, il l'a enclenché:

– Écoute ça, gamin.

Je me suis approché et ai fixé le disque qui pivotait sur lui-même dans un doux grésillement. Une vague de sons a soudain envahi la pièce. Un flux de notes lancinantes qui roulaient, plongeaient, se brisaient et se retiraient dans un harmonieux mouvement de reflux. J'avais l'impression d'être au bord de la terre et de voir s'étirer devant moi une vaste étendue inconnue. Je tanguais. Je n'avais jamais rien entendu de tel.

– Qu'est-ce que c'est ?

AE99, les yeux fermés, secouait lentement la tête sous le déferlement de la mélodie et a mis quelques secondes à me répondre, à voix basse, comme s'il ne voulait pas rompre la fragile magie qui avait gagné la pièce.

– Brahms, a-t-il simplement susurré.

Nous sommes restés silencieux, longtemps après la fin du morceau. Puis il est retourné arroser ses plantes, dont je ne connais pas le nom. Tout en s'activant, il m'a expliqué :

– Après notre entrevue, je me suis demandé comment tu avais pu évoluer aussi vite, et en réalité je ne vois qu'une hypothèse.

– Laquelle ?

– À toi de me le dire. Comment s'appelle-t-elle ?

– Qui ?

– La fille. Il y a toujours une fille.

Après quelques instants de flottement, pris en tenaille entre pudeur et désir de me confier, j'ai résolu de lui parler de Philo. Il m'a écouté patiemment, hochant la tête à certains moments, souriant à d'autres. Quand je me suis tu, il a commenté :

– Aimer ! Ça, ça s'appelle vivre dangereusement. Les missions sur le terrain peuvent aller se rhabiller à côté de ça ! Tu as beau parer à toutes les éventualités, quand ça te tombe dessus, tu ne peux rien faire. À part affronter. Donne-toi du temps. Le chemin est long et tes pas sont petits…

– J'ai une question à vous poser, AE99.

Sa main s'est crispée, et il m'a lancé, d'un ton durci par l'indignation :

– Ne m'appelle pas comme ça ! Ce matricule, ce n'est plus moi. Que veux-tu savoir ?

– Vous aussi, vous avez... rencontré quelqu'un ?

J'ai vu que ma question touchait une blessure profonde. Le *Guide des émotions* parle de l'expression du visage, mais il ne dit rien des inflexions de voix, des mots que l'on bredouille par peur de les entendre soi-même, des silences qui pèsent dans l'air, des gestes qui trahissent les sentiments. Il a fini par avouer :

– J'ai connu ça... Mais j'ai aussi éprouvé le doute, la crainte d'échouer, d'être rejeté, et c'est ce que je n'ai jamais surmonté. J'ai préféré détruire mes chances de réussite pour ne pas affronter la déception de l'échec. Je ne peux plus être un Altéré, et je ne serai jamais complètement humain. Je suis empêtré dans les limbes qui séparent ces deux mondes. Ce dont tu parles, je ne suis pas sûr d'être capable de le donner, ni de le recevoir, ça n'a jamais été pour moi : je suis trop impulsif, trop changeant. Sans doute trop froussard, surtout. Alors, j'essaie de prendre le bon que je suis en mesure de trouver. Être ouvert à tout, mais ne rien espérer. Peut-être que, toi, tu pourras faire mieux.

Il a regardé dans le vide, puis s'est tourné vers moi :

– Mets ta main là, dit-il en désignant l'emplacement de mon cœur.

Je me suis exécuté et, comme j'attendais sans comprendre, il a expliqué :

– Des fois, la vie te tombe dessus, comme une gifle, et tu en as le souffle coupé, tu crois que tu vas mourir sur place. Mais souviens-toi que ton cœur, lui, bat toujours. Il continue sa course.

J'ai eu l'impression de saisir ce qu'il voulait dire. Le bonheur en amour, c'est un oxymore. Il faut savoir donner et recevoir, apprendre à s'envoler tout en s'enracinant dans les profondeurs du sentiment, devenir léger tout en restant sérieux, complexe, et simple pourtant. Un véritable numéro d'équilibriste ! Trop subtil pour moi aussi.

J'ai voulu obtenir des précisions sur ce qu'il avait vécu, au lieu de quoi il a fait un geste évasif, comme pour signifier que ça n'avait plus d'importance désormais.

– Puisque c'est ainsi, ai-je répliqué en serrant le poing, je renonce. Les humains ordinaires ne savent déjà pas toujours quoi faire de ce qu'ils ressentent : parfois ils devraient être heureux et sont pourtant tristes, d'autres fois, c'est l'inverse. Ça n'a aucun sens ! Les émotions m'envahissent sans que je puisse rien contrôler, elles m'accaparent et troublent ma vision du monde. On ne peut pas choisir d'être amoureux ou pas, d'être en colère ou pas. Une mission, on peut s'y préparer ; la vie, on se retrouve jeté dedans et on doit se débrouiller tout seul, sans mode d'emploi. Ça me rend trop faible. Je n'en veux plus.

– Tu ne décides pas des émotions qui t'envahissent, c'est vrai. Tu peux en revanche décider de ce que tu vas en faire.

– Sans façon ! Je préfère encore avoir ma vie en main et redevenir ce que j'ai toujours été : un militaire.

– Pour faire quoi ? La guerre est finie.

– La colonelle Wollstone n'est pas de cet avis.

Et je lui ai révélé la menace ennemie, tapie dans l'ombre, contre laquelle nous étions nombreux à nous tenir préparés. Je lui ai même parlé des caisses que nous avions récupérées, censées contenir des armes, mais qui étaient en réalité bourrées de matériel explosif. Il est resté absorbé, comme pour mieux formuler une recommandation qui vaille la peine d'être suivie :

– Tu n'es sans doute pas prêt à entendre ce que je vais te conseiller, mais si j'étais toi, je m'en irais. Et vite !

– Vous voulez dire, déserter ?

– Désormais, tu ne fais plus vraiment partie de l'armée, et tu n'appartiens pas tout à fait à la vie civile non plus. Laisse tomber tous ces beaux discours, cette course à la gloriole. Ça ne vaut rien ! Fuis, plutôt que de t'emballer pour des projets nobles, mais sans avenir. Il y aura toujours des volontaires pour se faire tuer à ta place, par dévouement à la Nation... Va-t'en. N'importe où, loin, là où personne ne te connaît. Fais-toi passer pour quelqu'un d'ordinaire. Et mène une vie ordinaire. Si la gosse pour qui tu en pinces ne veut pas te suivre, il y aura bien un jour une fille qui saura t'apprécier tel que tu es vraiment, en acceptant tout de toi : le meilleur, mais aussi le pire, les étincelles dans ton cœur et le sang sur tes mains. Pour moi, c'est trop tard. Pas pour toi. Et si tu refuses de le faire pour toi, fais-le au moins au nom de tous les Altérés qui n'ont pas eu ce choix.

À l'instant où il achevait sa tirade, quelques coups brefs frappés à la porte m'ont fait sursauter. Il a eu un geste d'apaisement et est allé ouvrir. Sans un mot, trois hommes sont entrés et se sont postés devant moi. Bras croisés, ils m'ont jaugé un moment puis :

– C'est lui ? a demandé celui du milieu, comme si je n'étais pas là.

Aurèle-AE99 a hoché la tête.

– Tu es sûr qu'on peut lui faire confiance ? a insisté un autre.

– Je ne suis pas trop mal placé pour vous répondre, ai-je rétorqué, un brin sec. Et, au passage, je suppose que c'est vous qui avez embarqué 04 ?

Celui du milieu, un homme robuste vêtu d'un gros pull en laine gris élimé à plusieurs endroits, m'a tendu la main.

– Navré pour cet accueil. Malgré tout ce qu'on peut dire, on reste des soldats.

– J'avais compris, ai-je répliqué, tout en notant qu'il manquait à sa main l'index et le majeur. Vous êtes... des soldats réguliers ?

Il a souri avec indulgence.

– Nous sommes des Altérés, exactement comme toi. Mon nom à moi, c'est Sylvain.

AE99 est intervenu:

– Quand je te disais que tu ferais mieux de partir, c'était parce que d'autres personnes l'ont fait avant toi, ton copain 04, par exemple. Je pourrais te donner les matricules de ces types, mais comme moi, ils ne veulent plus les entendre. À un moment ou à un autre, ils ont été déclarés inaptes au combat, et, pour un Altéré, ça signifie inapte à la vie. La plupart sont exécutés ou envoyés dans des missions suicides, d'autres sont laissés pour morts sur le champ de bataille. Comme moi. Comme ces gars. C'est ainsi que certains ont vu leur conscience s'éveiller.

Cette révélation tombait sous le sens, et pourtant, j'avais du mal à m'imaginer que d'autres avant moi aient pu ainsi s'ouvrir au monde des sentiments. J'étais presque vexé que mon cas ne soit pas unique.

Sylvain s'est alors assis et a expliqué:

– Puisqu'il fallait trouver un nom à notre communauté, nous en avons choisi un: la Lisière. Elle rassemble les amputés, les borgnes, les laissés-pour-compte, tous ceux qui n'étaient plus bons à rien sur le terrain et qui, une fois extraits suffisamment longtemps de leur milieu d'origine, avec une aide adéquate, ont commencé à ressentir. Nous ne pouvons et ne voulons plus servir la guerre, mais nous nous sentons inaptes à intégrer le monde des humains. C'est pourquoi nous nous sommes trouvé un refuge. C'est un village abandonné que nous avons reconstruit pierre après pierre. Là-bas, nous cultivons notre propre nourriture, fabriquons nos outils, cousons nos vêtements.

– Combien êtes-vous?

– Une cinquantaine. Nous ne vivons pas très vieux, ce n'est pas un critère qui a été travaillé au cours des manipulations génétiques que nous avons subies. Certains parmi nous se sont malgré tout unis à des humains et ont même eu des enfants.

Dans un silence recueilli, j'ai pris le temps d'assimiler tout ce que j'avais appris en quelques minutes. J'en étais à me demander ce que j'allais bien faire de ces révélations quand une idée m'est venue : leur parler de la machination découverte par la colonelle, de la tentative de l'ennemi de remettre le feu aux poudres. Je leur ai tout expliqué, comme je l'avais fait avec Aurèle quelques minutes auparavant. J'ai conclu :

– Nous aurions bien besoin d'aide pour lutter contre...

Sylvain m'a interrompu d'un geste sans appel, comme si j'avais touché une plaie encore vive.

– Nous avons fait le serment de ne plus nous battre. S'éveiller à la conscience, c'est aussi prendre la mesure des atrocités qu'on a commises. Tu as dû en faire l'expérience. La plupart d'entre nous ont tant de sang sur les mains qu'une vie entière ne suffirait pas à les rendre pures.

Il s'est tu avant d'ajouter :

– Je ne suis pas le chef du groupe, mais j'organise le passage des Altérés vers la Lisière. Nous pouvons t'accueillir chez nous, si tu le souhaites, comme nous l'avons fait avec 04. Tu y seras en sécurité. C'est là toute l'aide que je peux t'apporter, mon garçon.

J'ai senti quelque chose peser en moi. Je crois que c'était de la déception. Elle m'empêchait d'apprécier toute la bienveillance et la sollicitude qu'ils avaient mises dans leur offre. Mon horizon se refermait, me donnait à respirer des ombres alors que je manquais de lumière.

Je me suis tourné vers Aurèle.

– Pourquoi n'avez-vous pas rejoint la Lisière, vous ?

– Je suis trop solitaire pour faire partie d'un groupe, a-t-il marmonné avec un geste évasif.

– Avec un tel caractère, a renchéri Sylvain, il ne lui faudrait pas plus d'une journée pour se mettre toute notre petite communauté à dos!

Derrière cette pique, j'ai deviné entre les deux hommes un profond respect, une certaine complicité même.

– Qu'est-ce que tu décides, alors? m'a demandé Aurèle.

Après un moment de réflexion, j'ai secoué imperceptiblement la tête.

– Je crois bien que le monde des humains n'est pas pour moi. Mais si la menace est bel et bien là, je ne peux pas me résoudre à fuir. Je dois rester encore. Je ferai mon choix une fois que le danger sera passé.

Les coordonnées de Sylvain en poche, je me sentais un peu flottant sur le chemin du retour à la caserne, mais le fait de raconter maintenant cette rencontre par écrit m'aide à y voir plus clair. C'est décidé.

Demain, j'affronterai le visage de Philo et ma honte. Je lui rendrai un dernier service, j'irai lui donner la réplique sur scène et offrirai le meilleur de moi-même.

Ensuite, ce sera terminé.

12.05 – MON MONDE S'EFFONDRE

Suis-je en train de perdre la tête ? Non, assurément non, et j'ai besoin d'écrire ici la vérité. S'il m'arrive quelque chose, quelqu'un lira ces lignes et saura. Coucher tout ce qui s'est passé sur le papier me permettra peut-être aussi de trouver une stratégie. Bon, reprenons depuis le début.

Quand je me suis réveillé, ce matin, ma première pensée a été pour Philo : c'était le grand jour, celui de notre prestation théâtrale. Même si je connaissais mon texte par cœur, dans le bus qui nous emmenait au lycée, 45 et moi, je continuais à me le réciter, je le murmurais de telle sorte que j'étais seul à l'entendre, je mimais le plus discrètement possible les gestes qui accompagnaient mes répliques. Une vieille dame qui m'observait avait l'air de penser que j'étais fou, mais ça ne m'a pas gêné.

Je ne me sentais pas très bien. Je n'avais quasiment rien pu avaler au petit déjeuner, et j'avais la tête comme enturbannée de coton. J'avais l'impression d'avoir un poids logé dans le creux de l'estomac. Philo m'avait prévenu que ça pouvait arriver. Elle appelait ça le « trac ». Elle avait dit que c'était parce qu'on allait être confronté au jugement des autres, que certaines personnes pouvaient être pétrifiées par cette émotion, mais que sa fonction première était de nous permettre de donner le meilleur de nous-mêmes, au-delà de tout ce que nous avions pu produire lors de nos répétitions.

Pour me détendre, j'ai eu envie d'écouter la chanson des Beatles. Lorsque je l'avais entendue pour la première fois, chez Philo, elle ne m'avait pas fait d'effet, mais je ne sais pas pourquoi, par curiosité sans doute, depuis qu'elle me l'avait fait découvrir, je me l'étais régulièrement repassée. Discrètement, j'ai mis la main dans ma poche, pour effleurer du bout des doigts l'origami qu'elle m'avait offert. Même si ce n'était pas rationnel, je le voyais en cet instant comme un atout supplémentaire.

Tout à coup, 45 m'a poussé du coude. Elle consultait son téléphone. Pas son téléphone personnel. Celui que la colonelle avait donné. Et son regard n'avait pas besoin de paroles : elle venait de recevoir un message. Comme le bus ralentissait pour desservir un arrêt, elle m'a signifié que c'était là qu'elle devait descendre, et elle s'est éclipsée. Tout cela n'avait duré que quelques secondes.

J'ai fouillé mon sac à la recherche de mon propre téléphone. Comme 45, j'avais un message. Moi aussi, je devais me présenter sans plus attendre à une adresse, visiblement différente de celle de ma partenaire. J'avais en tête le plan de la ville, ainsi que son réseau de transports en commun. En descendant deux arrêts plus loin, et en courant direction nord-ouest, je pouvais atteindre le point de rendez-vous en dix minutes.

Mais quand les portes se sont ouvertes pour me laisser sortir, je me suis retrouvé face à un dilemme. Philo comptait sur moi, et j'allais à coup sûr manquer l'audition. J'ai tenté de chasser cette pensée. C'était stupide. J'avais un attentat à déjouer quelque part en ville, l'avenir de mon pays à assurer, et je me préoccupais d'une scène de théâtre ?

Je suis descendu.

Et comme je ne supportais décidément pas l'idée d'abandonner Philo, même pour la meilleure des causes, j'ai pivoté et suis remonté in extremis avant que les portes ne se referment sur moi. J'ai tâché de ne pas tenir compte des regards curieux qui n'avaient rien saisi de mon manège. Je ne pensais plus qu'à Philo. Avec un peu de chance, si nous faisions vite, et que je m'éclipsais immédiatement après notre prestation, je n'aurais pas trop de retard. Je pourrais toujours alléguer une défaillance du téléphone.

À grandes enjambées, j'ai rejoint la salle de théâtre. Une cinquantaine d'élèves patientaient, tandis qu'un groupe de professeurs discutaient avec les membres d'un jury venu spécialement pour nous auditionner, Philo et moi.

– Je suis prêt, ai-je annoncé à M. Lorenzini pour commencer au plus tôt.

– J'ai confiance en toi, m'a-t-il encouragé. Tu vas leur prouver que vous valez autant que n'importe lequel d'entre nous.

Philo m'a rejoint, nerveuse. Sur son passage, un de nos camarades a tenté de la motiver :

– Bonne chance avec le dégénéré ! Heureusement que t'as du talent !

Elle a rétorqué, abrupte :

– Ce dégénéré a risqué ses fesses pour que tu puisses garder les tiennes bien au chaud, alors ferme-la, tu veux ?

Elle l'a fusillé du regard, l'obligeant à baisser les yeux. Là-dessus, elle m'a rejoint.

– Je suis remontée à deux cents pour cent. Est-ce que tu as envie qu'on s'échauffe ?

– Pas besoin, ai-je lancé sèchement, sans lui en dire davantage.

Je ne pouvais pas lui expliquer qu'il fallait nous presser à cause d'une mission d'intérêt national qui m'attendait après notre prestation. Je me suis radouci :

– Tu es parfaite. Ils vont être impressionnés.

Et je lui ai adressé malgré moi un regard rempli de confiance, au moment où on nous appelait.

Pas moins de cinq personnes étaient venues juger notre performance. Trois femmes et deux hommes, tous soigneusement habillés et la mine austère, déjà prêts à prendre des notes. La lumière à contre-jour m'empêchait de distinguer nettement leurs traits, et ce n'était peut-être pas plus mal. Je n'allais pas être tenté, pendant notre prestation, d'essayer de lire sur leur visage un quelconque signe d'assentiment ou d'ennui. Nous avons attendu que l'auditoire se taise et que l'enseignant hoche la tête pour nous indiquer de commencer.

Alors, nous nous sommes lancés.

Après les premiers mots, un peu hésitants, j'ai senti ma voix vibrer comme jamais. J'insufflais dans chaque syllabe, dans chaque rime, une émotion si forte que j'en étais bouleversé moi-même. C'était presque comme offrir un trésor tout en prenant conscience, dans le même élan, que je l'avais en moi. Le texte jaillissait presque de lui-même. Quelque chose semblait avoir changé dans l'atmosphère. Peut-être était-ce la qualité du son, les couleurs, les bruits, je ne saurais dire au juste. Je me suis senti infiniment triste tout à coup. Triste d'avoir à renoncer à Bérénice pour sauver ma patrie. Tous les pays du monde ne valaient pas un seul de ses regards. Et pourtant, je comprenais qu'en délaissant mon trône pour la suivre, je n'aurais jamais été capable de vivre pleinement notre histoire. Notre amour était perdu, condamné quoi qu'il arrive.

Lorsque j'ai terminé ma réplique, et que Philo a entamé la sienne, je me suis retrouvé suspendu à ses lèvres comme au chant d'une sirène. Je n'avais jamais réalisé, auparavant, à quel point elle était belle. Je n'avais jamais réalisé, auparavant, ce qu'était la beauté.

On nous avait soutenu, lors de notre entraînement, que la plus grande des satisfactions possibles était de se tenir debout, victorieux, à la fin d'une mission. Comme tout cela me paraissait maintenant dérisoire, face à la vie et à l'amour qui palpitaient dans chacun des mots prononcés sur ces planches! Pendant quelques minutes, plus rien d'autre n'a compté. Pas même cet impérieux message qui m'avait délivré le premier ordre direct que j'avais délibérément choisi de ne pas exécuter sur-le-champ.

Quand nous avons terminé la scène, la musique de nos voix a laissé place à un silence général. Ce n'est qu'au bout de quelques secondes que quelqu'un – je crois bien que c'était Amir – s'est levé en sifflant et en tapant dans ses mains. Alors, tous les autres l'ont suivi, en un déchaînement d'applaudissements. Dans le trouble qui m'agitait, j'ai perçu les ovations des enseignants, admiratifs. Et je voyais surtout Philo, qui ne m'avait jamais semblé aussi radieuse.

Elle m'a regardé un moment, interdite, différente, les joues toutes rouges, sans doute parce qu'elle était émue que notre prestation se soit si bien passée. Elle a ouvert la bouche pour dire quelque chose, mais je l'ai devancée:

– Tu as été formidable, Philo!

Et j'ai quitté la pièce, sans tenir compte des rappels enthousiastes du public. Malgré le danger vers lequel je courais, je me sentais euphorique. Oui, je crois que c'est le mot: euphorique.

L'excitation de mon moment sur scène a cependant rapidement reflué, cédant la place à une grande tension qui comprimait ma poitrine. J'ai compris que c'était de l'angoisse. J'espérais de toutes mes forces que ma décision de donner la réplique à Philo n'allait pas mettre en péril la mission. J'ai évalué mon trajet à douze minutes en courant sans rencontrer d'obstacle, ce qui allait porter mon retard à vingt-sept minutes.

Je suis arrivé hors d'haleine à l'adresse indiquée, mais je n'ai fait face qu'à une porte close. En inspectant les parages, j'ai repéré, à deux ou trois mètres à peine en remontant le trottoir, une boîte aux lettres qui n'était pas tout à fait fermée. À l'intérieur, un sac militaire portait mon matricule. Il contenait une tenue noire, du pantalon à la cagoule, un poignard et une arme à feu de petit calibre. Une note mentionnait un emplacement tout proche. Un autre sac renfermait mon planeur. Je me suis isolé dans une ruelle pour enfiler mes vêtements d'infiltration, et me suis précipité sur les lieux de la mission.

Il s'agissait d'un entrepôt situé non loin de l'hôtel de ville, à côté d'un vieux parking où ne stationnaient guère que quelques véhicules abandonnés. Un endroit peu fréquenté, mais à proximité d'un édifice hautement symbolique. La cible parfaite pour un attentat. Autour de moi, quelques-uns de mes frères d'armes étaient déjà sur place, postés devant l'entrée et sur le point d'envahir le bâtiment. Je n'étais donc pas arrivé trop tard ! Je les ai rejoints tandis qu'ils enfilaient leurs cagoules. Après quelques signes d'entente, nous nous sommes faufilés à l'intérieur pour quadriller la zone.

Je me suis dirigé vers le couloir nord. Il était cerné de rayonnages, culminant à sept ou huit mètres et encombrés de palettes de marchandises hors d'usage. Cela me laissait peu de visibilité. J'ai décidé de prendre de la hauteur et, à la force des bras, je me suis hissé au sommet des rayonnages, sautant le plus discrètement possible d'une structure à l'autre pour ne pas me faire remarquer. Je n'avais pas de mal à exécuter ces mouvements. Pourtant, je ne me sentais pas à l'aise, comme si je n'étais pas là où je devrais être. Aurèle, ou AE99, avait peut-être raison : cette vie de soldat ne me convenait plus. Plus j'y songeais, plus cela m'apparaissait désormais comme une évidence.

Tout à coup, alors que mes yeux étaient maintenant habitués à l'obscurité, j'ai repéré un individu masqué de rouge, occupé à armer une bombe accrochée à l'un des piliers de l'édifice. D'autres de ses acolytes étaient sans doute en train d'en poser ailleurs dans le bâtiment.

Il n'y avait pas une minute à perdre. J'ai profité de l'avantage de ma position pour créer un effet de surprise et me laisser tomber sur mon adversaire avant qu'il ne termine d'activer l'engin explosif. Il n'a pas vu venir mon coup et s'est retrouvé projeté à plusieurs mètres, sonné. Aussitôt, j'ai inspecté la bombe. Le désamorçage n'était pas du tout ma spécialité, mais on m'avait enseigné, comme à mes camarades, des rudiments en la matière.

Je n'ai eu le temps de rien: mon assaillant, déjà relevé, se ruait sur moi. J'ai tenté une esquive, mais il a ramené son poing gauche pour contrer mon élan. Il a enchaîné avec une prise que j'ai bloquée. Son masque m'empêchait d'anticiper ses coups, mais, comme j'étais moi-même cagoulé, cela équilibrait les forces. Il ne m'a pas fallu longtemps pour observer qu'il maîtrisait parfaitement les techniques de combat efficaces sur le terrain.

J'ai reculé d'un pas pour mieux élaborer ma prochaine attaque. Il a semblé faire de même. Alors que les différentes tactiques possibles défilaient dans mon esprit, j'ai vite compris que le seul moyen de venir à bout d'un adversaire si coriace était de me servir de mes compétences en infiltration. Après un coup qui l'a déstabilisé, j'ai profité de son défaut d'attention pour me fondre dans l'ombre, derrière un amoncellement de palettes.

Si j'avais bien saisi sa logique, il allait entreprendre d'escalader les étagères métalliques, comme je l'avais fait un peu plus tôt, afin de surplomber le terrain et ne surtout pas se laisser surprendre à nouveau par une attaque aérienne. J'étais moi-même déjà posté en hauteur, bien camouflé derrière des cordages et des poulies.

Il a grimpé avec agilité et s'est accroupi sur un rebord, sondant les lieux, penchant la tête pour capter le moindre son qui pourrait trahir ma présence, quelque part dans la pièce.

J'aurais pu me glisser derrière lui et le tuer net, soit en lui brisant la nuque, soit en lui tranchant la gorge. Mais, après une demi-seconde d'hésitation, j'ai lancé mon poignard dans la direction opposée à celle que j'occupais et, tandis qu'il scrutait le noir là où j'avais attiré son attention, je me suis jeté sur lui pour le faire tomber. Il est allé cogner les parois métalliques d'en face, pour rebondir au niveau du premier rayonnage, avant de s'abattre par terre dans un bruit sourd.

Je me suis laissé glisser en bas et ai entrepris de désamorcer la bombe. Par chance, certains fils étaient débranchés, l'engin était encore inoffensif.

J'ai songé qu'il fallait que je me précipite pour prêter main-forte à mes camarades. Mon ennemi ne donnait toujours aucun signe de vie, c'était le moment de partir. Alors que j'allais décamper, il m'est venu une pensée: je ne voulais pas être responsable de sa mort. J'ai tenu à m'assurer que la chute ne l'avait qu'assommé.

Heureusement, il était bien vivant. Je l'ai installé de manière à ce que sa respiration ne soit pas gênée et lui ai ligoté les mains. Puis je lui ai retiré son masque. J'ai cru à une hallucination en découvrant son visage.

C'était LX45.

J'étais stupéfait. Il m'a fallu la regarder à plusieurs reprises pour vraiment le croire. J'avais beau avoir remarqué que les techniques de combat de mon adversaire n'étaient pas sans rappeler les miennes, j'étais à mille lieues de soupçonner que j'étais engagé dans une mission fratricide. J'ai voulu comprendre comment nous avions pu nous retrouver à nous battre l'un contre l'autre, et pourquoi on lui avait attribué une tenue différente de la mienne.

Ma raison peinait encore à l'admettre, mais il n'y avait qu'une seule possibilité: nous étions les victimes d'un coup monté! Quelqu'un s'était servi de nous comme de marionnettes. Qui? Et dans quel but?

Alors que je levais les yeux au ciel, de dépit et de découragement mêlés, un détail a subitement attiré mon attention. À l'angle nord-est, une caméra de surveillance, que je n'avais pas remarquée, m'avait scruté depuis le début.

J'ai ôté ma cagoule pour être reconnu par mes partenaires, et j'ai couru les retrouver.

– C'est un piège ! ai-je crié.

Sitôt parvenu dans la pièce voisine, j'ai été cueilli par un coup en plein visage qui m'a cloué au sol. Quelqu'un est sorti de l'ombre d'où il m'attendait. Comme il était équipé de la même cagoule que moi, je ne l'ai pas identifié, mais j'ai supposé que je devais le connaître :

– C'est moi, LX18 ! On nous manipule !

Il n'a rien voulu entendre. Il s'est saisi d'une lourde barre de fer abandonnée sur un rayonnage. Le crissement strident qu'elle a émis en frottant le métal m'a vrillé les tympans. J'ai juste eu le temps d'esquiver le coup. Je me suis relevé, comprenant que toute tentative d'explication serait inutile. Il a alors fait mine de brandir une arme, mais, mû par l'instinct de survie, je me suis incliné et ai lancé ma jambe en demi-cercle sur ses pieds, pour casser ses appuis. Il est tombé net, sans m'avoir vu venir. J'ai poussé sa tête contre l'échafaudage en métal. L'impact l'a assommé.

Dans sa chute, son téléphone était sorti de sa poche et je m'en suis saisi. C'était exactement le même modèle que le mien, à ceci près qu'il comportait un dernier message, qu'on n'avait pas jugé pertinent de m'envoyer, et qui spécifiait :

Opération annulée. Changement de cible.
LX18 est un traître.
Le neutraliser par tous les moyens nécessaires.

Dans les salles voisines, j'ai perçu de l'agitation, et déjà la lumière de plusieurs lampes-torches fouillait les replis de l'obscurité, cherchant à me débusquer. À l'évidence, je ne pourrais pas les convaincre. Déguerpir au plus vite était pour l'heure la plus sage des résolutions.

J'ai grimpé au sommet d'une étagère juste au moment où quatre de mes camarades franchissaient la porte coupe-feu et se déployaient autour de moi, armes braquées dans le noir. Chacun remontait une travée pour empêcher toute possibilité de fuite. L'un d'eux a chuchoté:

– Il est parti dans cette direction, il est forcément dans le coin.

Ils ont trouvé leur compagnon assommé et ont redoublé de signes pour se coordonner au mieux. Ils avançaient maintenant à visage découvert, pour être bien certains que je ne puisse pas me faire passer pour l'un d'eux.

Ils avaient clairement l'avantage du nombre. Je devais sauver ma peau. Mon regard exercé a rapidement détecté les issues. Une verrière, située à une quinzaine de mètres de moi, constituait ma meilleure chance de m'échapper. J'ai sauté d'un échafaudage à l'autre, en pliant les genoux au moment de me réceptionner pour ne pas faire de bruit et en m'agrippant parfois aux poutrelles humides de la charpente. Plusieurs Altérés avaient entrepris de grimper pour vérifier les hauteurs.

J'étais parvenu à atteindre la fenêtre. Elle s'est ouverte dans un affreux couinement qui m'a trahi, mais il était trop tard pour mes poursuivants, je m'étais déjà faufilé à l'air libre. Comme la distance du sol n'était pas suffisante pour envisager une fuite en planeur, je suis redescendu en me laissant glisser le long d'une gouttière, puis j'ai détalé, me mettant à couvert dès que j'apercevais au loin un Altéré posté en sentinelle.

Un tir a soudain déchiré l'air. La balle s'est écrasée à seulement quelques mètres de moi. Le cœur battant, j'ai couru le plus vite possible pour me mêler à la foule, qui s'agitait un peu plus loin. D'autres balles ont sifflé non loin de moi, l'une d'elles m'a même effleuré le bras. J'ai forcé encore l'allure jusqu'à aboutir à une grande avenue. En jouant des coudes, je suis parvenu enfin à m'engouffrer dans la première bouche de métro.

Une fois les tourniquets passés, je me suis dissimulé derrière une colonne. Le prochain métro arrivait. En jetant un regard discret, j'ai constaté que des Altérés quadrillaient consciencieusement la zone, l'œil aux aguets, mitraillette en bandoulière. Ils provoquaient ainsi la curiosité et la peur des civils, ce dont je pouvais tirer parti. La rame s'est arrêtée et les portes se sont ouvertes dans un grand soupir. Caché dans la foule agitée, je me suis faufilé à l'intérieur sans être vu.

Toutes nos instructions nous parvenaient par la colonelle. Même si mon esprit se refusait à y croire, je devais me résoudre à l'évidence : elle était impliquée dans cette vaste manipulation. Il fallait la trouver et éclaircir ce mystère. Mais je devais d'abord profiter de ce moment de répit pour envisager les pistes qui s'offraient à moi. Impossible de retourner à la caserne ni au lycée, c'est là qu'on irait me chercher en premier lieu. AE99 pourrait sans doute me venir en aide, mais il vivait à l'autre bout de la ville. Je n'avais pas le numéro de Sylvain sur moi. Bref, je ne voyais guère qu'un seul endroit où je pouvais me rendre sans crainte.

Une heure s'était écoulée quand Amir est rentré chez lui, un paquet de chips à la main. En déboulant dans sa chambre, il a jeté ses clés et son sac sur le bureau. Il a soufflé et s'est assis lourdement, avant de me remarquer enfin. Il a failli s'étouffer.

– Qu'est-ce que tu fais là, Hélix ? Comment t'es entré ?

– Je suis un militaire, je te rappelle.

– Mais Rixou ne t'a pas attaqué ? C'est un vrai molosse ! Même moi, il ne me laisse pas toujours rentrer chez moi.

– J'ai reçu une formation pour apprivoiser les chiens de garde.

Comme pour prouver mes dires, l'animal est venu se pelotonner à mes pieds, faisant ruisseler sur son passage une traînée de bave. On aurait pu le suivre à la trace!

– Quand est-ce que tes parents seront de retour?

– Pas avant ce soir… mais, toi, où tu étais? Tu as disparu après l'audition. D'ailleurs, franchement, je te félicite, c'était gén…

Je l'ai interrompu, je n'avais pas de temps à perdre avec ça. Je lui ai tout expliqué: la mission, le piège tendu par la colonelle, les Altérés à mes trousses. Il est resté bouche bée, et je me suis fait la réflexion que c'était bien la première fois que je lui coupais le sifflet.

Au bout d'un moment, j'ai senti son cerveau repartir au galop. Il a fait les cent pas, comme pour mieux assurer son raisonnement.

– Ça tombe sous le sens! Elle veut que la guerre reprenne. En parfait chef d'orchestre, elle a distribué les rôles: certains jouaient sans le savoir les méchants déterminés à frapper le pays, d'autres campaient les gentils soldats qui auraient tenté d'empêcher ça. Elle aurait fait porter le chapeau à l'ennemi, tout en se vantant d'avoir quand même tenté quelque chose en envoyant des Altérés pour empêcher l'attentat. Les négociations étaient définitivement fichues, après un truc pareil!

En effet, tout était clair: grâce à la caméra de sécurité que j'avais repérée, la colonelle m'avait vu reconnaître LX45. Elle avait compris que j'allais découvrir la supercherie et s'était empressée d'envoyer un message à mes camarades pour me neutraliser.

La colonelle n'a certes rien d'une Altérée. Pourtant, elle a compris mieux qu'aucun d'entre nous l'inutilité à laquelle nous vouait la paix dans ce monde. Puisque nous étions trop obéissants pour envisager la possibilité d'une révolte, elle l'a menée pour nous tous.

– Je ne peux pas la confondre, ai-je soupiré, complètement abattu, je n'ai aucune preuve. Si seulement je pouvais me trouver des alliés ! Sans me faire repérer.

– Bon, a repris Amir, plus constructif. Je pense déjà qu'ici, tu es en sécurité. Ce n'est pas moi qui te serai d'un grand secours, mais je suis certain que tu vas nous pêcher une super idée d'ici demain.

Je dois me reposer quelques heures pour avoir l'esprit plus clair. Amir m'a proposé un matelas pneumatique, mais nous éveillerons moins les soupçons de ses parents si je dors à même le sol. Cette nuit, j'irai trouver Aurèle. Il est bien le seul à pouvoir m'aider à démasquer les agissements de la colonelle.

13.05 – LA SITUATION EMPIRE

Les parents d'Amir ne savent rien de ma présence chez eux. Je veux impliquer le moins de personnes possible et, pour être tout à fait honnête, je ne suis pas certain qu'ils comprendraient qu'un Altéré recherché se soit introduit dans leur propre maison. Surtout son père.

Tard hier soir, je suis sorti pour me rendre chez Aurèle. Depuis la dissolution de la Brigade, on ne croisait plus de groupes d'anti-Altérés dans les rues, mais peut-être que mes compagnons eux-mêmes patrouillaient, déterminés à m'appréhender. J'ai procédé à quelques détours par précaution, à de nombreux arrêts pour tendre l'oreille, et suis finalement parvenu à destination.

Malgré l'heure tardive, j'ai trouvé Aurèle assis sur son canapé, parcourant les pages d'un livre. Il a levé les yeux à mon arrivée.

– Ah, te voilà ! a-t-il constaté comme s'il m'attendait. J'ai comme l'impression que tu es soudain devenu célèbre. Quelqu'un a visiblement divulgué aux médias que tu étais un poseur de bombes… J'imagine que c'est juste parce que tu as appris des vérités gênantes.

Je lui ai raconté tout ce que je savais, comment la colonelle Wollstone nous avait probablement manipulés pour faire croire à un attentat et provoquer la reprise de la guerre.

– Aurèle, ai-je conclu, j'ai besoin de votre aide. On peut tout arrêter si on dévoile les agissements de la colonelle.

Il a passé la main entre les oreilles de son chat et s'est concentré, les yeux mi-clos lui aussi, comme si ce geste lui permettait de mieux réfléchir.

– J'ai essayé de te prévenir. Ils sont tordus jusqu'aux racines. Inutile de jouer les héros ! Tu n'y peux rien. Tu es un Altéré, le peuple te voit en ennemi, ceux de ton espèce comme un traître : comment veux-tu changer quoi que ce soit à ce monde ? Tu aurais dû fuir avec Sylvain, comme je te l'avais conseillé. Si tu as besoin de faux papiers d'identité, je peux t'aider à t'en procurer et assurer ton transfert pour la Lisière. Mais si tu attends de moi que je me salisse à nouveau les mains, même pour une noble cause, passe ton chemin. Je suis trop usé.

– Mais…

– Désolé, gamin. Je suis seul, isolé. Toutes ces montagnes russes émotionnelles, dans ma tête, c'est trop dur. Une avalanche qui se précipite sur une souris. Un humain apprend à les gérer petit à petit, dès qu'il vient au monde. Tu me parais plus doué que moi pour ça, mais comprends que, pour une épave dans mon genre, ça puisse être trop. Je ne suis pas fiable.

Pour me signifier que l'entrevue était terminée, il a monté le volume de son tourne-disque.

Je suis retourné, abattu, chez Amir. Je savais que je devais me reposer pour affronter la journée qui m'attendait, mais je n'ai pu trouver le sommeil que par intermittence.

Tôt ce matin, tandis qu'Amir dormait encore à poings fermés, j'ai entendu ses parents partir au travail. Je suis allé discrètement à la cuisine, où je me suis installé pour manger un fruit tout en gribouillant sur une feuille.

J'ai dessiné le plan de l'hôpital militaire. C'était sans doute là qu'on avait conduit LX45. J'ai fait le point de mémoire – je m'y suis rendu quelquefois – sur les accès, l'emplacement des caméras et des sentinelles. Je ne sais pas au juste ce que je suis en train de faire, ni si je parviendrai à arrêter la colonelle. Mais œuvrer en ce sens me donne l'impression de réparer le mal que j'ai fait.

C'est alors qu'Amir m'a rejoint, à moitié endormi, se grattant la fesse à travers son pyjama. Il m'a demandé ce que je voulais manger.

– Tu as de la tarte aux poires et au chocolat ?

– Euh, ben, non. C'est pas vraiment le genre de trucs que tu prends pour un petit déjeuner… J'ai du pain ou des céréales.

– Je me contenterai du pain, merci.

Il m'a servi et a attrapé un paquet de céréales dans lequel il a pioché une grosse poignée. Après l'avoir enfournée peu discrètement, il m'a demandé :

– Ça va, mec ? Inspiré ?

– C'est bien la première fois que j'élabore un plan d'attaque à côté d'un type qui se goinfre.

Il m'a regardé avec des yeux ronds.

– Philo avait donc vu juste ! T'es en train de changer.

– Pourquoi ?

– Tu ne comprends pas ? Tu viens de faire de l'humour ! Bon, la blague était nulle, mais c'était quand même censé être de l'ironie. Tu te rends compte ?

Il avait raison, ça ne s'était auparavant jamais produit. Il a repris :

– Et puis, quelle prestation t'as balancée hier ! Waouh, j'ai vu des films où les acteurs jouaient moins bien que toi. Le seul moyen de transmettre autant d'émotion, c'est d'en ressentir soi-même. D'ailleurs, tu m'as inspiré, figure-toi.

– C'est-à-dire ?

Il a alors présenté son meilleur profil et a clamé :

– Je vais m'inscrire au club théâtre du lycée !

– Tu veux faire du théâtre ? Toi ?

– Oui, il y a plein de jolies filles, là-bas. Plein d'histoires d'amour en perspective qui n'attendent que le bel Amir et ses jolies petites boucles.

Passant la main sur ses bourrelets, il a fait une mimique, comme si des dizaines de paparazzi s'acharnaient autour de lui pour lui tirer le portrait. J'ai posé mon crayon et lui ai demandé, un peu moqueur :

– Et que devient la jolie Carla ? Et tous ces discours sur l'amour et ses illusions ?

– Attends, tu m'as regardé ? Ce serait un vrai gâchis pour l'humanité, qu'un type comme moi décide de rester seul. Et puis, tout le monde sur terre est fait pour aimer et être aimé en retour. Même toi, tu vois. C'est dans tes gènes. Et ce sera toujours plus fort que tout ce qu'ils ont bidouillé pour court-circuiter ça chez toi.

Après avoir été rejeté par Carla, il avait sombré dans une nuit sans étoile, et aujourd'hui, il était à nouveau plein d'énergie, d'enthousiasme et d'allant. J'ai trouvé ça beau et en même temps un peu décevant. Si un sentiment si fort finissait lui aussi par vaciller et s'évaporer, n'était-ce pas finalement qu'un simple mirage, causé par un banal déferlement d'hormones dans le cerveau ? C'est donc tout ce qui me restera de Philo, en fin de compte ?

Comme s'il lisait dans mes pensées, il m'a demandé :

– D'ailleurs, ce n'est pas super, comme timing, mais… quand est-ce que tu comptes le dire à Philo ?

J'ai senti un afflux de sang envahir mon visage. Il a continué :

– Je te comprends, mon vieux. Bon, elle n'est pas aussi canon que Carla, mais tu as raison, elle a un certain charme, j'avoue.

En guise de réponse, j'ai plié ma feuille et l'ai fourrée dans mon sac.

– Je dois…, ai-je enchaîné en tâtant, l'air absent, mes poches vides, je dois récupérer du matériel…

– Tu sais, il se dit dans les couloirs du lycée qu'elle a rompu avec Dimitri…

Le rouge m'est à nouveau monté aux joues, et j'ai poursuivi, comme pour moi-même :

– Une corde, une lampe-torche au cas où…

– Bon, il faudrait vérifier à la source.

– Un couteau, une pince coupante…

– Son côté brute a dû finir par l'emporter sur sa tête de beau gosse. En tout cas, ce serait le moment idéal…

J'ai fait mine de quitter la pièce, mais quelque chose d'impérieux me retenait là. J'avais, pour la première fois, l'occasion de me confier, à propos de mes sentiments, à quelqu'un qui pouvait vraiment les comprendre. J'ai avoué :

– Je lui ai parlé… à Philo.

– Parlé ? a-t-il appuyé en mimant des guillemets. Et ?

– J'ai pris la veste.

– Hein ?

– La veste. Je veux dire, une veste. Un vent. Un râteau, si tu préfères.

Il a hoché la tête, compréhensif.

– Je vois que tu es plus au point question vocabulaire. Désolé, mec. Apprécie ce que tu vis, mon vieux. Un chagrin d'amour, c'est génial, tu ne trouves pas ?

Je me suis figé un instant. Je m'attendais à un peu plus d'empathie, d'autant qu'il avait subi il y a peu encore une mésaventure similaire avec Carla. Il a insisté :

– C'est vrai, quoi ! Tu sens la douleur ? Comme elle pèse sur ta poitrine, te coupe l'appétit, te prive de sommeil ? Quoi qu'on en dise, dans les films, c'est quand le gars se retrouve rejeté que tout commence. Là, là seulement, tu vois la vie qui pétille, qui vibre, qui palpite.

Il n'avait peut-être pas tort. Lutter pour continuer à respirer, se lever, avancer malgré tout. Faire face chaque jour à l'être aimé sans qu'il partage nos sentiments. C'est sans doute le meilleur moment pour se sentir vivant. Un peu comme la lumière d'une bougie qu'on remarque vraiment à l'instant où elle flanche et vacille.

Une vague est montée du fond de moi, me coupant le souffle, et j'ai compris qu'en restant là je n'allais pas tarder à me mettre à pleurer. Je n'ai pas encore l'habitude de gérer toutes ces émotions. On ne fait pas tenir un océan dans un aquarium. Tant bien que mal, je me suis ressaisi.

– Si ça ne te dérange pas, je vais t'emprunter aussi un de tes pulls, pour passer plus inaperçu.

Il a levé le pouce en signe d'accord.

– Si tu veux, mais pas le vert avec une tête d'ours, c'est mon préféré.

Je n'ai rien répondu. Ce qui me gênait surtout, c'était que les vêtements d'Amir avaient facilement deux tailles de plus que les miens, mais ça ferait l'affaire.

– Bon, a-t-il conclu, vaincu, occupe-toi donc de ta mission, on verra plus tard pour le reste.

– Ah ! Au fait, j'ai remarqué qu'il y avait une voiture garée dans l'allée. Il faudrait que je te l'emprunte.

Il a sursauté.

– Parce qu'en plus, tu sais conduire ?

– Je suis ceinture noire dans trois arts martiaux et je connais soixante-quatre manières de neutraliser un adversaire. Évidemment que je sais conduire !

Il m'a remis les clés en tremblant.

– T'as intérêt à la ramener intacte, sinon c'est moi que mes parents vont neutraliser.

En guise de réponse, je l'ai entouré de mes bras. Je l'ai senti se crisper, sur la défensive.

– Euh… OK… qu'est-ce que tu fais, au juste ?

– C'est comme ça, je crois ?

– Comme ça que quoi ?

– Qu'on dit au revoir à un ami.

Il s'est redressé avec fierté, comme s'il venait de monter en grade. Mais, à dire vrai, en cet instant, c'est moi qui me sentais chanceux. Ce garçon ne tiendrait pas deux minutes sur un champ de bataille, et pourtant, il se révélait mon allié le plus précieux. Étrange, ce que la vie nous amène.

– Dès la première fois qu'on s'est vus, s'est-il exclamé, j'étais sûr qu'on deviendrait potes, toi et moi !

– Moi pas, ai-je rétorqué.

– D'accord, tu as fait beaucoup de progrès en peu de temps, mais on a encore du boulot sur ce qui peut se dire ou pas... Allez, file !

Une heure plus tard, je me garais à distance raisonnable de l'hôpital militaire, situé à un kilomètre à peine de la caserne. J'ai frémi à l'idée d'être aussi proche du lieu où l'on parlait de moi comme du pire des traîtres.

J'ai décidé avant toute chose de procéder à une ronde de reconnaissance. Puis, tenant fermement un filin avec un système d'attaches de sécurité, je me suis caché près d'un feu rouge et j'ai guetté le passage d'une ambulance. Une première est apparue. Elle fonçait, toutes sirènes hurlantes, et ne s'est pas arrêtée au feu. Environ trente minutes plus tard, une autre s'est présentée, aussi pressée. Mais un embouteillage a freiné son avancée, si bien qu'elle s'est immobilisée quelques secondes. Il ne m'en fallait pas plus. Je me suis précipité en dessous et me suis cramponné au châssis.

L'ambulance a redémarré en trombe, juste au moment où je finissais de m'attacher à l'aide d'un mousqueton. Une fois dans l'enceinte de l'hôpital, le véhicule est allé se garer dans un souterrain – l'accès direct aux urgences – et les brancardiers ont évacué le blessé qu'ils transportaient.

Après m'être assuré que j'étais seul, j'ai quitté ma cachette.

En avançant accroupi, j'ai pu progresser dans le hall d'entrée sans être repéré par l'infirmière à l'accueil. Je me suis précipité vers la première porte sur ma droite. D'après mes souvenirs, c'était là que se situait le local où l'on entreposait le matériel. J'y ai dérobé une blouse et un masque de chirurgien. Ce déguisement n'allait pas résister à un examen de près, mais pourrait faire illusion à distance. Je suis sorti et suis monté au troisième étage, en empruntant l'escalier, espérant ainsi croiser moins de monde.

Si mes hypothèses étaient correctes, c'était à cet étage qu'on avait dû transporter 45. Je m'étais moi-même un jour blessé lors d'un entraînement, et on m'y avait soigné. J'ai trouvé, soulagé, son matricule sur le panneau d'affichage des chambres. Puisque dans leur bureau des infirmières s'affairaient en me tournant le dos, la voie était libre.

La tête enserrée dans un large bandage, 45 a péniblement ouvert les yeux à mon arrivée. Je lui ai annoncé que je n'avais que quelques minutes et lui ai expliqué comment j'avais découvert que la colonelle avait monté un stratagème pour que les hostilités reprennent.

Elle m'a écouté, sans chercher à m'interrompre. Comme pour compléter mon discours, elle a conclu :

– Elle s'est servie de nous depuis le début. J'ai été envoyée plus près de l'entrepôt que toi. Elle a dû supposer que nous aurions le temps de poser et d'armer les bombes. Mes instructions à moi disaient que ce hangar était le lieu où l'ennemi prévoyait de se rendre : nous devions le neutraliser en piégeant son repaire.

Elle parlait pour elle-même, déroulant en pensée le fil des événements. Puis, après un instant de réflexion, elle a demandé :

– Qu'est-ce que tu comptes faire ?

– Il faut à tout prix stopper les manigances de la colonelle. Si la guerre fait à nouveau rage, tu réalises le nombre de morts que ça va engendrer ? Alors que la paix était en chantier ! Je dois absolument agir, mais je n'y arriverai pas seul, j'ai besoin de ton aide.

Elle a dégluti avec difficulté, l'esprit un peu confus sous l'effet des analgésiques qu'on lui avait administrés. Puis, elle m'a toisé :

– Non.

Ce simple mot m'a fait l'effet d'un coup de poing à l'estomac. Elle a poursuivi :

– Je ne t'aiderai pas. Parce que nous sommes faits pour combattre. Tu vois bien qu'il n'y a pas de place pour nous ici. Les méthodes de la colonelle sont certes discutables, elle n'aurait pas dû nous manipuler ainsi, mais je partage ses objectifs.

– Comment peux-tu dire ça, enfin ? Tu es celle, de nous tous, qui s'est le mieux intégrée dans la vie civile, tu t'es fait des amis, tu ris avec eux, tu fais partie de l'équipe de foot...

– C'est donc ça que tu crois ? À aucun moment, tu ne t'es rendu compte de quoi que ce soit ? J'ai menti, 18. Sur toute la ligne.

– Tu t'es fait appeler Victoria...

– Une simple couverture. C'était ma mission. Celle qu'on m'avait attribuée. Je n'ai jamais pensé qu'il était possible de réellement nous mêler à eux. J'ai juste observé et reproduit, sans réfléchir. Mais j'en ai assez de faire semblant d'être ce que je ne suis pas. Lors de la réunion secrète organisée par la colonelle, n'as-tu pas senti ce qui s'est produit quand elle a annoncé que la Nation était encore en danger ? Une vibrante énergie m'a envahie, et j'ai eu l'impression qu'elle nous parcourait tous.

– 45, réagis ! Je m'inquiète pour toi.

Elle m'a regardé comme si je lui parlais une autre langue.

– Je ne te reconnais pas, ai-je insisté.

– C'est toi qui as changé. Il s'est passé quelque chose qui

fait que tu n'es plus vraiment l'un des nôtres. Mais sache ceci : tu ne seras jamais non plus l'un des leurs.

Elle m'a fixé longuement, d'un air inexpressif, puis a tranché :

– En souvenir du temps où nous avons été frère et sœur, à l'entraînement comme au combat, je vais t'accorder cinq minutes avant de donner l'alerte.

J'étais abasourdi.

– Enfin, tu... tu n'es pas sérieuse.

– Cinq minutes, a-t-elle répété, catégorique.

– Réfléchis, bon sang, il existe une possibilité pour qu'on soit capables d'émotions, tous. J'en suis certain. On peut même réussir à aimer les humains !

– Est-ce que *eux* peuvent aimer des êtres tels que *nous* ? C'est la vraie question. Je suis LX45. Tu es LX18. C'est ce que nous serons toujours pour eux. Des matricules.

J'étais frappé par le ton neutre sur lequel elle venait de parler. Est-ce ainsi que je m'étais exprimé, pendant toutes ces années ? Une nouvelle fois, j'ai regretté un instant d'avoir quitté ce monde si simple où tout était noir ou blanc, où un visage était soit allié, soit ennemi. En contemplant 45, je percevais au contraire comme les deux pouvaient se trouver inextricablement liés, là, dans le même regard. J'ai eu envie de l'étreindre, comme une vieille amie, elle qui s'apprêtait pourtant à me dénoncer.

– Quatre minutes, a-t-elle annoncé en détournant la tête vers la fenêtre.

Les yeux embués, j'ai quitté la chambre, me suis précipité dans la cage d'escalier, fuyant les lieux au plus vite. La sirène a retenti alors que je rasais le mur d'enceinte pour dénicher un moyen de l'escalader. Je me suis jeté à plat ventre sur le bitume, derrière une voiture en stationnement, au moment où plusieurs équipes d'intervention envahissaient le bâtiment. Elles supposaient sans doute que je m'y trouvais encore. Au bout d'une minute, je me suis redressé et ai grimpé sur un conteneur placé contre le mur. Une sentinelle m'a repéré et m'a mis en joue, mais j'avais déjà basculé de l'autre côté quand le tir est parti. Il m'a fallu progresser avec prudence, car des drones quadrillaient le secteur.

Je me pensais sorti d'affaire, lorsqu'une balle est venue se nicher sur une brique après avoir frôlé mon épaule. Une équipe d'intervention quittant l'enceinte de l'hôpital me prenait pour cible. Je me suis mis à couvert. Désespéré, regardant de toutes parts pour trouver une issue, j'ai vite compris que, cette fois, j'étais perdu.

J'étais sur le point de lever les bras en signe de reddition quand une voiture a dérapé à ma hauteur, dans un bruyant crissement de pneus. La portière côté passager s'est ouverte à la volée.

– Monte, gamin !

Sans réfléchir, je me suis précipité à l'intérieur avant même d'avoir reconnu la voix et le visage d'Aurèle. Il a enfoncé la pédale d'accélérateur, faisant vrombir le moteur, tandis que les balles constellaient l'aile de la voiture.

Beaucoup de pensées se bousculaient en moi, mélange de gratitude, de surprise, de crainte d'être rattrapé. Aurèle, lui, était concentré sur sa route, les mains crispées sur le volant. Il avait dû deviner qu'après avoir essuyé son refus de me venir en aide, je tenterais ma chance auprès de LX45. Étais-je donc si prévisible ?

– Comment faites-vous pour conduire, avec votre jambe ? ai-je fini par demander.

– Officiellement, j'en suis incapable, a-t-il répondu posément, en jetant des coups d'œil réguliers à son rétroviseur pour vérifier que nous n'avions pas été suivis.

Mais il avait pris soin d'emprunter des voies toujours perpendiculaires pour rapidement semer nos éventuels poursuivants.

Nous avons fini par abandonner le véhicule dans un parking souterrain et avons progressé en direction de son appartement. Je sentais que son allure peu à peu se faisait plus lente, et que ce n'était pas dû seulement à son handicap. Je l'ai interrogé du regard. En guise de réponse, il a écarté un pan de son manteau, laissant apparaître une large tache rouge sur sa chemise. Un frisson d'horreur m'a parcouru.

– Je n'aurais peut-être pas dû renoncer complètement aux entraînements, a-t-il lâché.

Il a fait l'effort d'un sourire, qui s'est rapidement changé en rictus de douleur. Je l'ai soutenu jusque chez lui, m'arrêtant à chaque fois qu'il nous semblait entendre des sirènes.

Une fois arrivé, il s'est écroulé sur son canapé. Pris au dépourvu, je suis resté mutique. Je voyais bien que la blessure était grave, mais je le connaissais maintenant assez pour savoir qu'il ne voudrait pas risquer d'aller à l'hôpital. Comme pour confirmer mes craintes, il a grogné :

– Je préfère mourir ici plutôt que de me faire coincer par ces salauds. Bon sang, j'avais presque fini par croire que je ne mourrais pas d'une balle, en parfait héros de la Nation ! Finalement, le destin m'a trompé. Au moins, elle aura attendu un peu avant de me trouver, celle-là !

Le teint cireux, il respirait maintenant difficilement, et a dit dans un souffle :

– Ce n'est pas un endroit sûr pour toi… Ils ne vont pas tarder à retrouver notre trace…

Il avait raison, je devais partir. La main tremblante, il a pointé son doigt droit devant lui, vers un pistolet posé à côté de son tourne-disque. J'ai cru qu'il voulait le récupérer pour se défendre quand les Altérés débarqueraient, mais, lorsque je le lui ai tendu, il a fait un geste agacé.

Alors seulement, j'ai compris.

Ce qu'il voulait, c'était écouter un peu de musique. J'ai

enclenché le tourne-disque, et quand les premières notes ont empli la pièce de leurs effluves, ses membres se sont décontractés et un sourire de béatitude a illuminé son visage. Le chat est venu se lover contre son maître, sans se soucier du sang qui déteignait peu à peu sur sa fourrure.

Après lui avoir adressé un ultime regard de gratitude, je me suis glissé par la fenêtre, longeant la corniche jusqu'au toit du bâtiment voisin. Aurèle avait eu une vie triste, il ne s'était jamais cru capable de tisser de profondes amitiés, il avait tourné le dos à l'amour, et pourtant, il avait chéri son aptitude à ressentir comme le plus grand de ses trésors.

En contrebas, les véhicules d'intervention convergeaient. Quand ils ont envahi l'immeuble, j'étais déjà à l'abri, hors de leur périmètre de recherche.

Et je savais que lorsqu'ils le trouveraient, celui qui s'était appelé un jour AE99, et qui avait abandonné ce matricule pour un vrai nom, celui qui avait tenté de m'aider à aller plus loin que lui sur un chemin qu'il avait découvert avec peine, celui enfin qui s'était conduit en véritable ami pour moi, serait mort.

14.05 – RÉFLEXIONS POUR UNE STRATÉGIE… ET NOUVEAUX ESPOIRS

Deuxième nuit de planque chez Amir.

Hier soir, je suis resté dans l'obscurité de sa chambre, tandis qu'il dînait avec ses parents en affichant l'air le plus naturel possible. On ne parlait que de moi. Les médias continuent de relayer l'avis de recherche, avec ma photo et mon matricule. Le père d'Amir ne décolérait pas.

– Comment a-t-on pu se faire berner par cet Altéré ? glapissait-il. Tu te rends compte, Amir ? Comment a-t-il réussi à se faire passer pour un humain ?

– Hum, hum ! a marmonné Amir. Je peux me resservir ?

– Ah, il ne perd rien pour attendre ! On est en train de ratisser la ville au peigne fin. À l'heure qu'il est, il doit se terrer dans une cave sombre, un égout bien puant, mais pas de doute : on finira par le coincer !

La vision d'Aurèle allongé sur son canapé, les paupières baissées comme un rideau de théâtre, ne quitte pas mes pensées. Il avait voulu que je parte pour la Lisière, et était intervenu pour me sauver malgré tout. Aujourd'hui plus que jamais, j'ai l'intime conviction que, si je décide de fuir maintenant, sa mort aura été vaine. La colonelle ne peut pas s'en tirer à si bon compte !

Je commence pourtant à être sérieusement à court d'options. Les autorités n'accordent aucune confiance aux Altérés, qui eux-mêmes reçoivent leurs ordres de la colonelle. Bref, j'ignore quelle marge de manœuvre il peut bien me rester dans tout ça.

Une fois les parents d'Amir partis au travail, nous avons pu discuter tout à notre aise. Quand je lui ai expliqué que c'était impossible pour moi de remettre les pieds au lycée, il a décidé de ne pas aller en cours non plus. Je pense que ça l'arrangeait bien.

Me voyant dans l'impasse, il a haussé les épaules :

– En tout cas, tu peux compter sur moi. Je ne sais pas trop à quoi je peux être utile, mais bon, c'est toujours mieux que rien. Sinon, il y a Philo aussi, je suis sûr qu'elle se ferait un plaisir de donner un coup de main.

– Je refuse de mettre la vie de civils en danger. Non, si je manque d'alliés, il va falloir que j'attaque seul. Je dois trouver la colonelle et la confondre. Et pour cela, imaginer un moyen de l'isoler, de l'approcher.

– Tu veux dire, te rendre à la caserne ? C'est une vraie mission suicide que tu envisages !

– Je n'ai pas vraiment le choix. Ils ont dû renforcer la sécurité. Cela dit, je pense que j'ai mes chances.

– Ça, c'est sûr... de bonnes chances de te faire tuer !

– Évidemment que c'est dangereux. Mais je te rappelle que c'est ce pour quoi j'ai été entraîné.

Voyant qu'il était inutile d'insister, il m'a aménagé un coin pour préparer ma mission, puis m'a laissé tranquille. Durant un moment, j'ai travaillé activement, sans m'inquiéter de l'heure, jusqu'à ce qu'il m'interrompe.

– Quelqu'un pour toi, Hélix.

Je suis descendu, prudent. J'ai très vite reconnu Philo. Amir avait dû l'appeler. J'étais tenté de me fâcher contre lui, mais une partie de moi le remerciait aussi.

Tremblant, je me suis approché d'elle. La voir m'a fait l'effet d'une bouteille d'eau tendue à un assoiffé. Un morceau de ciel bleu dans la grisaille de mon existence. Lors de notre première rencontre, j'avais relevé une multitude de petits riens chez elle qui auraient pu passer pour des défauts : des cheveux rebelles, des mains un peu trop frêles, une silhouette un brin trop chétive. Bien sûr, je voyais encore tous ces points faibles, mais comme éclipsés par un ensemble plus vaste dans lequel chacun de ces menus détails jouait sa partition. Et quelle partition ! Elle me semblait magnifique et je m'émerveillais qu'une telle perfection puisse se dégager d'un banal assemblage de molécules. Elle était là. Scintillement diaphane. Lumière. Joie brûlante.

Au moment où je suis arrivé à sa hauteur, toutes ces réflexions se sont tout à coup retrouvées sens dessus dessous dans mon esprit : Philo venait de m'envoyer une gifle magistrale.

– Tu te pointes à l'audition et tu disparais sans prévenir ? Mais qu'est-ce qui t'est passé par la tête, Hélix ? J'étais morte d'inquiétude...

Gêné d'assister à la scène, Amir a toussoté en guise d'excuse :

– Bon, les amis, je monte dans ma chambre, je vous laisse, euh... régler vos comptes.

Malgré cette gifle, j'ai cru comprendre qu'en réalité elle avait envie que je la prenne dans mes bras. On fait parfois le contraire de ce qu'on voudrait. Une fois seul avec elle, j'ai essayé de trouver les mots justes pour lui expliquer dans quel guêpier je m'étais fourré. Plus encore, je voulais lui dire comme j'étais content qu'elle ait si bien réussi sa prestation théâtrale, la remercier pour tout ce qu'elle m'avait appris, les univers qui s'étaient ouverts à moi grâce à elle. Lui raconter aussi qu'il y a quelques nuits, pour la première fois, je n'avais pas rêvé de sang et de feu, mais de son visage. Et qu'auparavant, à mes yeux, les autres étaient noirs ou blancs. Grâce à elle, je percevais les couleurs, dans toutes leurs nuances. C'était compliqué, angoissant sans doute, mais tellement plus beau. Je voulais lui dire tout ça.

Tout ce que j'ai pu faire, c'est esquisser un pas de plus vers elle. Sans avoir aucune idée de ce qui me mouvait, j'ai accepté de ne plus rien maîtriser, de perdre le contrôle de mes pensées et de mes gestes. Je ne voulais plus que connaître le goût de ses lèvres. J'ai guetté un signe, sans savoir si j'allais réussir à le déceler. Elle a fini par fermer à demi les yeux, comme pour mieux voir l'invisible. Il n'y avait que quelques centimètres entre nous, et pourtant j'avais l'impression de devoir franchir un gouffre avant de parvenir à la rejoindre.

J'ai pressé ma bouche contre la sienne et c'était comme si tout mon être s'était condensé en ce seul endroit pour se confondre avec elle. L'univers était là, sur le moelleux coussin de ses lèvres.

C'était plus suave que tout ce que j'avais connu jusque-là, tartes poires-chocolat et Beatles réunis. Ma main s'est timidement posée sur sa hanche, a glissé vers son dos puis s'est coulée sous son T-shirt. Sa peau était d'une douceur inimaginable. Dans le chaud de ma paume, j'ai entraperçu les formes de son corps, territoire de vallées et de collines. Un territoire que jamais rien ne saurait conquérir ni envahir, mais qui mérite toutes les batailles.

Nous sommes restés un moment dans les bras l'un de l'autre, partageant tout, et davantage encore, sans rien nous dire pourtant.

15.05 – FACE À FACE AVEC LA COLONELLE

Je ne suis pas mort. Après tout ce qui s'est passé, voilà qui tient du miracle. Pourtant, je suis désespéré. Tout est perdu. Je rejoue la scène sans parvenir à réaliser ce que j'ai manqué, le moment où tout s'est enrayé. Quelle importance ?... Reprenons.

Ma mission avait bien commencé. J'évaluais mes chances de succès à soixante-dix pour cent. En toute fin d'après-midi, nous nous sommes rendus, Philo, Amir et moi dans un grand bâtiment qui abritait une station télé. Malgré mes protestations, ils avaient tenu à dérouler le scénario qu'ils avaient échafaudé pour m'y introduire.

– On ne pourra pas t'accompagner jusqu'au bout, mais on pourra au moins t'aider à exécuter la première partie du plan, m'avait assuré Amir.

Il avait montré beaucoup d'entrain lors de la phase d'élaboration. Maintenant que nous étions sur le terrain, je sentais son pas plus incertain.

– Ça va ? lui ai-je demandé.

– Risquer ta peau, c'est ton quotidien, mais moi, le plus gros risque que j'ai jamais pris dans ma vie, c'est gribouiller sur un mur de la caserne. Donc, imagine un peu dans quel état je me trouve, là...

Philo a glissé sa main dans la mienne alors que nous franchissions les portes. Elle avait prétendu que c'était pour moins éveiller les soupçons des gardiens. Je crois que c'était peut-être surtout parce qu'elle était inquiète, et aussi qu'elle tenait à moi.

Elle a raconté aux agents de sécurité que nous étions au lycée et que nous devions rédiger un article sur le fonctionnement de la télé. Elle y a mis tant de conviction et de naturel qu'on lui a indiqué sans plus attendre un bureau au premier étage où on saurait la renseigner. Elle a remercié d'un grand sourire et nous avons emprunté l'ascenseur. Elle avait eu raison d'insister pour m'accompagner : à nous trois, nous avions bien plus l'air d'élèves studieux que d'agents en mission.

Philo nous a expliqué :

– Le réceptionniste a passé un coup de fil pour prévenir de notre arrivée. Amir et moi, il faut qu'on aille là où on a été annoncés pour jouer le jeu. On dira que tu as dû faire un tour aux toilettes.

J'ai hoché la tête.

Amir a fait mine de me donner une tape sur l'épaule en guise d'encouragement, puis il a suspendu son geste et a demandé :

– Je vais encore me retrouver par terre si je te touche ?

Je lui ai adressé un regard rassurant, tandis qu'il marmonnait pour lui-même :

– J'ai bien peur que ça finisse mal, toute cette histoire, mais il faut garder confiance…

Il s'est éloigné, un sourire forcé aux lèvres, après avoir levé son pouce en signe d'optimisme. Philo s'est approchée à son tour.

– Il n'y a pas si longtemps, je te voyais, je te l'ai dit, comme un soldat sans âme. Maintenant, je perçois à quel point tu es unique au monde. J'espère que tu en as conscience aussi. Sois prudent, Hélix.

Elle m'a entouré de ses bras. J'ai senti son souffle chaud

danser au creux de mon oreille, tandis que je faisais rouler ses mots dans mon esprit.

– Ne t'en fais pas, l'ai-je rassuré. Ça va aller.

– Tu n'en sais rien.

Elle avait raison. J'ai effleuré sa joue et l'ai suivie du regard tandis qu'elle s'éloignait à son tour, jusqu'à ce que la porte de l'ascenseur se ferme et me ramène brutalement à la réalité de ma mission.

Je suis monté au dernier étage, puis me suis enfoncé dans les couloirs. J'ai fini par trouver un escalier de service, que j'ai emprunté pour gagner le toit de l'immeuble. C'était là. Le point le plus élevé de la ville.

J'avais fait mes calculs: avec la vitesse du vent, et la portée de mon planeur, j'étais en mesure de parcourir les deux mille six cents mètres qui me séparaient de la caserne. En manœuvrant bien, je pourrais franchir le mur d'enceinte sans être vu du poste de garde.

Je me rendais à destination sans arme ni matériel. Je devais voyager léger pour augmenter mes chances de réussite.

Des bruits dans l'escalier m'ont mis en alerte. Les vigiles venaient sans doute à ma rencontre. J'ai vérifié une dernière fois le sens du vent, la distance qui me séparait du sol, puis me suis jeté du haut de la tour. J'ai déployé les ailes de mon planeur et, en une courbe bien maîtrisée, ai entrepris de survoler la ville direction nord-ouest. Il faisait sombre et la terre ferme n'était de prime abord repérable qu'aux innombrables petites lumières renvoyées par les habitations et les réverbères. Je n'ai pourtant pas tardé à distinguer le mirador de la caserne, en retrait des zones urbaines. J'évitais tout mouvement brusque, guettant le moindre courant ascendant pour gagner en altitude et me permettre ainsi de grappiller quelques mètres.

Je savais que les sentinelles avaient le regard davantage tourné vers la mer que vers la ville, et je comptais sur ce défaut de vigilance, ainsi que sur la nuit noire, pour arriver en toute discrétion. Je me suis rapproché, levant les pieds et les mains pour être sûr de ne pas m'accrocher aux barbelés. Je les ai survolés de justesse et ai plongé ensuite vers une zone d'ombre. Après avoir manœuvré les volets de mon planeur, j'ai atterri le plus silencieusement possible.

Je n'ai pas eu le temps de me réjouir de mon exploit. À une dizaine de mètres, une lumière rougeoyait : le lieutenant Lazlo fumait. Par chance, il était seul et ne m'avait pas vu venir.

Je me suis faufilé et, d'un mouvement leste, je me suis emparé de l'arme qui pendait négligemment à sa ceinture. D'une bourrade, je l'ai ensuite mis à terre.

– Espèce de cafard, t'as du culot de te pointer ici, a-t-il commenté en se relevant, la lippe méprisante.

J'ai pris un air menaçant, mais il a aussitôt rappelé :

– Tu ne peux pas me faire de mal, connard. Je suis un soldat régulier, un gradé qui plus est. Nous vous avons appris à respecter la hiérarchie.

Un coup de crosse à la mâchoire est venu lui prouver le contraire. Dans un râle, il a plaqué sa main sur sa blessure, sa cigarette est allée rouler sur le bitume, tandis que je lui lançais :

– Je sais combien vous détestez les Altérés, à quel point vous ne nous avez jamais considérés comme humains. Notre différence de condition n'a pourtant jamais justifié les insultes et les mauvais traitements que vous nous avez fait subir.

Pendant un temps, il m'a regardé hébété, comme si je m'étais brusquement mis à parler alors qu'il m'avait toujours cru muet. Puis il s'est ressaisi et a ri, d'un rire déformé par la douleur et qui sonnait davantage comme le grognement d'une bête sauvage.

– Tu nous imagines égaux, rien que ça ! Chaque mois passé depuis qu'on a essayé de vous intégrer à la vie civile, j'ai eu la preuve du contraire, et tu sais comment, tête de rat ? D'après toi, de tous les dégénérés que j'ai conduits moi-même à l'incinérateur, combien ont résisté, combien ont eu la frousse? Aucun. Les vrais hommes peuvent pas voir la Faucheuse sans avoir la pétoche, tenter une esquive, une feinte, quelque chose, n'importe quoi, pour éviter la mort et damer le pion au destin. Vous, vous êtes restés froids, comme si vous étiez déjà crevés de l'intérieur.

– Peut-être que, si on leur avait laissé davantage de temps pour apprendre, au lieu de les condamner si vite, ils auraient réagi différemment. La plupart d'entre vous ne sont pas capables de pardon: est-ce que vous êtes des sous-hommes pour autant? Je crois bien que moi, je peux vous le donner, ce pardon. Je vous pardonne, Lazlo, car l'heure est grave.

– Qu'est-ce que tu racontes? a-t-il bredouillé.

Je lui ai révélé ce que je savais sur la colonelle et ses agissements.

– Ma parole, t'as pris un coup sur la tête! Déclencher une guerre? Jamais entendu des conneries pareilles!

– Quoi qu'il en soit, vous allez m'aider à atteindre le bureau de la colonelle.

– Bien sûr! Et tu veux pas que je te trouve une escorte, pendant qu'on y est? Attends, je rêve! Pourquoi je t'aiderais?

– J'aurais bien pris le temps de vous exposer quelques arguments, mais je vais me contenter de celui qui saura vous convaincre: c'est moi qui ai le flingue.

Je me suis approché de lui et ai enfoncé le canon de l'arme dans ses côtes. Dans un sifflement rageur, il s'est mis en route. Il a attrapé une casquette en passant.

– Mets ça si tu veux qu'on soit discrets, a-t-il lancé à contrecœur.

Comme nous évitions les chemins de ronde, nous n'avons croisé pour ainsi dire personne. Après avoir parcouru le dédale des couloirs du bâtiment central, à quelques mètres du bureau de la colonelle, je lui ai ordonné de s'arrêter et lui ai désigné la porte d'un local d'entretien.

– N'y pense même pas, a averti Lazlo.

– Pas le choix. Un jour, j'espère que vous ferez l'effort de nous comprendre, qu'on puisse s'entendre, vous et moi.

– En admettant que tu dises vrai, ton plan ne marchera jamais, tu peux me croire.

Je l'ai poussé sans ménagement dans le local, l'ai assommé d'un coup de crosse sur la nuque et ai refermé à clé.

J'avais tellement réfléchi à un stratagème pour approcher la colonelle que je n'avais pas la moindre idée de ce que j'entreprendrais une fois face à elle. Je comptais évidemment tenter de la convaincre de renoncer à son projet, mais étais-je prêt à aller plus loin en cas d'échec? Non, je n'étais plus cette personne, ce soldat calibré pour obéir aux injonctions les plus cruelles. D'un autre côté, la neutraliser une bonne fois pour toutes était probablement le seul moyen d'éviter la reprise de la guerre. Je me demandais si j'aurais le cran d'opter pour une solution si radicale.

Sans avoir résolu la question, je me suis glissé jusqu'à la porte du bureau. La colonelle était bien là, je l'entendais taper à l'ordinateur. Après avoir pris une longue inspiration pour me gonfler de courage, je me suis précipité à l'intérieur. Elle était bel et bien seule. Il n'y avait personne dans le couloir, j'avais l'avantage. Pourtant, elle n'a pas cillé, me dévisageant sans le moindre signe de surprise.

– Tu n'es plus aussi efficace, LX18. Tel que je t'ai formé, tu aurais dû te présenter il y a déjà plus d'une minute.

Je me suis arrêté net, pris au dépourvu. J'ai demandé, ébahi:

– Vous saviez que je viendrais vous trouver ici?

– Évidemment! C'est ce que j'aurais fait à ta place, en tout cas. La seule question que je me pose encore, c'est comment tu as fait ton compte pour passer le mur d'enceinte.

– En planeur.

Elle a hoché la tête, admirative.

– Je ne suis pas venu vous tuer.

– Là… tu me surprends, je dois l'avouer.

– Vous avez dirigé le programme Médusa durant toutes ces années. J'avais cru comprendre que vous nous aimiez comme une mère. Pourquoi alors décider d'envoyer vos propres enfants à la mort ?

– Tu as raison, je suis un peu comme votre mère. Je n'ai pas eu d'enfants, mais jamais je ne vous ai expliqué pourquoi.

Elle a marqué une pause, comme si le temps était suspendu. Elle a repris :

– Lors de mes premières opérations extérieures, je travaillais beaucoup avec un artilleur d'exception. Il s'appelait Karel et nous avions fait nos classes ensemble. Une embuscade ennemie nous a poussés à nous détacher du reste de notre unité, et comme nous étions trop à découvert, nous nous sommes aménagé un abri de fortune pour la nuit, espérant retrouver notre campement au lever du jour. Nous avions convenu d'alterner nos gardes, mais l'angoisse était telle que, finalement, pour nous rassurer, nous nous sommes mis à discuter, de notre parcours, de nos projets, de nos familles respectives. Nous nous sommes rendu compte que nous avions passé des années sous les drapeaux sans réellement nous connaître. Tandis qu'à quelques encablures les bombardements se déchaînaient, notre histoire d'amour venait au monde, là, dans cette cache miteuse.

Son regard s'est voilé.

– Je l'ai perdu. Deux ans plus tard, au cours d'une mission. Nous devions traverser un terrain mitraillé par l'ennemi, pendant que nos hommes procédaient à des tirs de couverture. Il a fallu qu'une grenade explose non loin d'eux pour qu'ils soient terrorisés. Ils ont cessé de nous protéger, et nous nous sommes fait tirer dessus comme des lapins. Karel est tombé.

Une balle en pleine tête. J'en ai reçu une à la jambe, juste avant de me mettre à l'abri. Si des Altérés avaient été avec nous, ils n'auraient pas eu peur en couvrant notre avancée. Ils auraient empêché le malheur de frapper à ma porte. Karel serait toujours là et nous aurions fondé une famille. J'espère que tu saisis mieux, maintenant. Vois-tu, vous êtes faits pour combattre, c'est dans votre sang.

Elle s'est humecté les lèvres à son verre d'eau, sans hâte.

– Par ailleurs, il n'y a personne pour attendre votre retour au pays. De même, vous ne revenez pas avec des traumatismes, vous ne sauriez vous imaginer comme des séquelles psychologiques peuvent bouleverser une vie. Si vous mourez au combat, ce n'est jamais que vous qui mourez, pas une famille entière. Avant le programme, tout le monde ici avait forcément un fils, une sœur, un proche tombé au front. Depuis votre avènement, cette époque est révolue.

En me faisant ces confidences, elle s'était fendue d'un léger sourire, comme un vain masque plaqué sur une blessure profonde. J'ai pourtant songé que tout n'était pas encore perdu. Je me sentais, bizarrement, la possibilité de la faire fléchir. J'ai insisté :

– Il faut que vous reveniez à la raison. Votre projet est complètement fou ! Il va causer des milliers de victimes, et pas seulement parmi les Altérés.

– Vous êtes des loups. Le gouvernement se trompe en comptant pouvoir faire de vous des chiens de compagnie. Chaque mois, je dois sacrifier plusieurs d'entre vous. Est-ce que vous ne méritez pas une fin plus glorieuse que cet incinérateur ? Quitte à mourir…

– Nous pouvons vivre aux côtés des humains, j'en suis certain. J'en suis la preuve.

– Ce n'est pourtant pas l'avis de la plupart des membres de ton espèce, a-t-elle susurré dans un rictus inquiétant. Et il y a même quelqu'un, juste derrière cette porte, qui a tenu à te voir pour te l'expliquer…

Elle me jaugeait, supérieure à tout, satisfaite de mon trouble. J'ai fait quelques pas de côté vers la sortie, sans la quitter des yeux pour autant, puis j'ai ouvert : un violent coup m'a projeté par terre. LX45 a ramené son pied au sol. Elle était encore pâle et conservait un bandage autour de sa tête, mais elle semblait déterminée à me neutraliser.

J'ai cherché des mots pour la raisonner, mais elle ne m'a pas laissé le temps d'en prononcer un seul. Elle m'a frappé en plein thorax avec une matraque électrique et je suis retombé, pétrifié de douleur. Toujours assise, la colonelle nous observait, détendue, un sourire maléfique au coin des lèvres.

– Rends-toi service, LX18, a averti 45. Il est inutile de résister, crois-moi !

D'un signe, elle m'a intimé l'ordre de rester à terre.

– Réfléchis à ce que tu fais ! ai-je crié avec l'énergie du désespoir. On doit œuvrer pour protéger les civils, pas pour les mettre en danger. Victoria ! S'il te plaît !

Elle s'est figée quand je l'ai appelée par son prénom. Puis elle a brandi à nouveau sa matraque en déclarant :

– Je suis LX45.

Je me suis relevé d'un bond et l'ai repoussée avant qu'elle ne m'inflige un nouveau coup. J'ai perçu du mouvement dans le couloir. Les portes battantes se sont brusquement ouvertes et ont déversé des troupes d'Altérés qui n'avaient pas d'autre objectif que celui de m'arrêter. J'ai reconnu les visages familiers des membres de mon unité, ceux avec qui j'avais traversé des épreuves terribles, tenu bon lors d'entraînements infernaux, partagé enfin un sommeil sans rêves ni tourments au retour de missions. Ils étaient armés jusqu'aux dents. Je m'attendais à ce qu'ils me tirent dessus sans sommation, mais aucun d'entre eux n'a dégainé. Visiblement, on voulait me capturer vivant.

Mes chances de succès étaient désormais quasi nulles. Je n'avais même plus le cœur de les évaluer.

Il était peut-être temps d'accepter la défaite.

Pourtant, mû sans doute par mon instinct de conservation, j'ai foncé vers la porte d'un escalier de secours avant qu'un Altéré n'en bloque le passage. Puis j'ai dévalé les marches en trombe, bousculant sans ménagement dans ma course des membres du personnel, tandis que mes poursuivants me talonnaient. Deux Altérés montaient dans ma direction pour me barrer la route. J'ai profité de mon élan pour les renverser et m'engouffrer dans l'étage inférieur.

J'ai sprinté le long du couloir, en quête d'une nouvelle issue. Mais je n'ai trouvé qu'un cul-de-sac. Ma seule option désormais était de revenir en arrière pour atteindre une fenêtre, l'ouvrir et sauter. J'ai fait volte-face et me suis arrêté net.

45 se dressait devant moi. À en juger par son expression, elle comptait en découdre.

– Je refuse de me battre avec toi, l'ai-je prévenue.

Son poing a aussitôt voulu me répondre. Je l'ai évité de justesse par un mouvement circulaire arrière. Elle avait visiblement bien récupéré de ses blessures et, sans être à son niveau habituel, elle se révélait un adversaire redoutable. Elle est repartie à l'assaut, sans économiser ses forces, jusqu'à ce qu'elle finisse par m'atteindre à l'estomac. Avant que je ne puisse déguerpir, elle m'a asséné un coup de pied à la tête et je suis tombé, inconscient.

On m'a réveillé avec un seau d'eau glacé jeté au visage. Je me trouvais en détention dans une cellule de la caserne. Trois mètres sur trois. Petite fenêtre. Murs blancs. J'étais allongé sur un lit en métal, poignets et chevilles menottés au cadre. J'avais un terrible mal de crâne, exactement comme si quelqu'un s'amusait à en frotter les parois internes avec du papier de verre. Perclus de douleurs, j'ai compris que j'avais été transporté là sans aucun ménagement.

Assise sur une chaise, près de la porte, la colonelle était tranquillement plongée dans une lecture. En regardant plus attentivement, j'ai vu que c'était mon cahier qu'elle tenait entre les mains.

– Eh bien, LX18, je saisis mieux pourquoi tu ne présentais plus spontanément ton cahier à la section médicale, a-t-elle sifflé, admirative. C'est inédit... fascinant... Comment ton cerveau simplifié d'Altéré a-t-il pu, en quelques mois à peine, contrer non seulement un conditionnement génétique et hormonal, mais aussi des années d'endoctrinement?

Elle semblait attendre une réponse qui n'est pas venue. Mes lèvres sont restées muselées, tant par les séquelles physiques de mon arrestation que par le désespoir dans lequel me plongeait ma situation. J'avais l'esprit si cotonneux que la voix de la colonelle me parvenait comme désincarnée, presque robotique.

– Le docteur Simov va se faire une joie d'étudier ton cas, et nous allons surveiller activement tes petits camarades. Si tu as commencé à ressentir ainsi des émotions, il est à parier qu'il en est de même pour d'autres. Je ne vois que deux explications: soit ils en sont à un stade moins avancé que toi, soit il leur est arrivé la même chose mais ils ont eu l'intelligence de ne pas le montrer. Il va falloir qu'on en ait le cœur net!

Je percevais une curiosité presque amusée dans sa voix et, en même temps, une sorte de doute: la possibilité que nous puissions éprouver des sentiments ne figurait visiblement pas du tout dans les hypothèses qu'elle avait envisagées.

– Est-ce que vous vous rendez compte de ce qui se passerait si la guerre reprenait? ai-je fini par hurler. Les massacres à venir, les innocents qui vont payer le prix fort juste pour satisfaire votre ego?

– Mon ego? As-tu idée de ce que j'ai sacrifié pour ce programme, les efforts que j'ai déployés pour qu'il voie le jour? Tout ça pour qu'au bout du compte, on me remercie d'une petite tape sur l'épaule et qu'on m'engage à prendre des vacances maintenant que les accords de paix sont signés! Ne t'épuise pas pour rien. Tu n'as fait que retarder l'inévitable.

Elle m'a longuement regardé, songeuse, avant de continuer:

– Tu sais, j'ai bien pesé toutes les possibilités qui s'offrent à nous. Si la tentative d'intégration dans la vie civile se soldait par un échec (ce qui est en train d'arriver), que crois-tu qu'ils prévoient pour vous? Vous envoyer sur une île déserte ou dans une contrée lointaine? J'ai négocié tout ce qui était en mon pouvoir. Mais les autres nations n'ont pas voulu de vos services. Même la police a refusé que vous rejoigniez leurs rangs! Non. Puisque l'État n'a plus besoin de vous, il décide de vous anéantir. C'est la seule solution qu'il propose. Grâce à moi, vous allez au contraire retrouver une utilité à leurs yeux: la guerre va reprendre, et vous, vous vivrez! Du moins, s'il vous faut mourir, ce sera en respectant notre devise; c'est tout de même plus honorable qu'une fin par injection ou incinération! Si tu n'y mets pas un peu du tien, je n'aurai, ma foi, pas d'autre choix que de te supprimer.

À ces mots, elle s'est relevée, tout en continuant à parler, comme pour elle-même:

– Je n'ai qu'un seul regret: celui de perdre un si bon élément. Tu as été meilleur que beaucoup dans ton genre. Nous aurions eu besoin de talents comme toi.

Elle s'est dirigée alors vers la porte de métal et a frappé trois coups brefs. Un soldat est venu ouvrir.

– Vous pouvez le détacher, lui a ordonné la colonelle tout en rivant ses yeux sur moi. Et rendez-lui son cahier. De là où il est, LX18 ne pourra plus nous nuire.

Je me suis retrouvé seul.

À ce stade, tout ce qui m'attend, désormais, c'est le peloton d'exécution.

17.05 - VISITE DE 87

87 m'a apporté mon repas, une bouillie jaunâtre à l'odeur infecte. Mes camarades avaient craché dans mon bol. Dans le regard de mon ancien compagnon, on ne lisait jamais grand-chose, pas plus d'ailleurs que dans celui de tous les Altérés. Ou si : juste une farouche détermination à exécuter les ordres. Cette fois, pourtant, il m'a semblé déceler quelque chose dans son visage : une forme de mépris, celui qu'on jette à la face d'un adversaire indigne.

Il a poussé le plateau de son pied, faisant gicler un peu d'eau hors du verre.

– 87, l'ai-je supplié, au nom de ce que nous avons traversé ensemble, aide-moi. Nous pourrions tout arrêter. Avoir des goûts, des envies. Devenir libres.

– Libres ? Ce qu'on raconte sur toi est donc vrai : ce sont tes livres qui te sont montés à la tête. Libres, les humains ne le sont même pas ; ils sont esclaves de leurs usages, de leurs écrans, de leurs préjugés, de leurs émotions. Nous, nous sommes simplement esclaves du programme. *Personne* n'est libre.

– Dis-moi, tu n'as absolument rien ressenti depuis que nous avons intégré la vie civile ?

Une hésitation est passée dans son regard. Il a semblé se débattre un moment entre deux réponses, et a fini par avouer :

– Si, ça m'est arrivé, au bout de plusieurs mois. C'était quelque chose de confus, je ne sais pas exactement quoi. J'ai juste compris que ça me rendait faible, alors je l'ai chassé hors de moi, comme un dangereux ennemi. C'est ce que tu aurais dû faire.

Le cœur maintenant rempli de compassion pour mon camarade à qui les émotions avaient semblé si redoutables, j'ai expliqué :

– Au début, ces émotions m'assiégeaient moi aussi, dès le réveil, et je ne savais pas comment les nommer ni comment les gérer. C'était comme d'être expédié en terre inconnue, sans carte ni boussole. Mais j'ai fini par réaliser, après les avoir un peu fréquentées, qu'elles pouvaient être mes meilleures alliées.

– Ne gâche pas ta salive, 18. Tes mots ne signifient rien pour moi. Tu peux bien causer comme eux, porter leurs vêtements, adopter leur coupe de cheveux. Tu peux même rire à leurs plaisanteries. Tu ne seras jamais l'un des leurs.

J'ai repensé à notre toute première mission, notre baptême du feu. Alors qu'il était mal en point, blessé, je lui avais porté secours, et l'avais rapatrié en zone sûre, m'écartant de mon objectif. Il était bien placé pour le savoir. Personne d'autre, dans mon unité, ne se serait donné cette peine. Rendu à ce point de ma réflexion, je comprends que, peut-être, avant même mon intégration dans la communauté civile, je portais déjà en germe les prémices d'une vie émotive, et cela en dépit des conditionnements. Philo n'a eu ensuite qu'à arroser cette graine. C'était sans doute grâce à ce qu'il me reprochait de ressentir aujourd'hui qu'il pouvait se tenir là, devant moi, bien vivant, à me toiser comme un traître à notre cause.

J'ai repris :

– 87, nous étions frères d'armes, il n'y a pas si longtemps.

– Je m'en remets à la colonelle et au docteur Simov pour te le faire redevenir bientôt. Pour l'heure et jusqu'à nouvel ordre, tu n'es plus rien pour moi.

Ce fut ma seule visite de la journée.

Je me sens très affaibli physiquement par mon arrestation mais, plus encore, c'est mon esprit qui est vide d'énergie et d'espoir. Le doute s'est insinué en moi. Les émotions, n'est-ce pas aussi ce qui nous entrave ? 87 n'a peut-être pas tort de voir les choses ainsi.

Prostré dans un coin de ma cellule, je pense à Philo. Il me semble bien l'avoir perdue à jamais. Je visualise à nouveau son corps pressé contre le mien, sans qu'il soit possible de savoir s'il m'imprimait de la chaleur ou si c'était la mienne qui embrasait le sien. J'essaie de me remémorer la sensation de mes doigts enivrés courant dans ses cheveux, le goût moelleux de ses lèvres fondantes. Je revois son visage et je reconnais le sentiment qui l'anime. Entre espérance et souffrance, ces souvenirs sont un feu qui m'éclaire et me brûle en même temps. Peut-être que ma douleur d'aujourd'hui est le juste prix à payer pour mon bonheur d'hier.

J'observe sans cesse l'origami glissé entre deux pages de mon cahier. Il me suffit de fixer ce petit pliage dérisoire, un peu froissé par le temps, pour que me reviennent tous les moments que nous avons partagés ensemble ; le soleil, les promenades, les discussions, la musique, les étreintes, le théâtre. Je frémis à l'idée que tout ce qui me sépare de cette vie si enviable, c'est un mur de soixante centimètres d'épaisseur.

La seule pensée qui adoucit mon chagrin est que la colonelle n'a jamais parlé d'elle ni d'Amir : ils ne représentent donc pas une menace à ses yeux et n'ont rien à craindre. Que pourraient-ils bien faire pour moi, de toute façon ?

18.05 – EXAMENS RÉALISÉS PAR LE DOCTEUR SIMOV

Je ne comprends pas ce qui se passe. La colonelle doit être en train de mettre sur pied une nouvelle stratégie pour que la guerre reprenne. Dès que j'entends du bruit dans les couloirs, je colle l'oreille à la porte, espérant saisir une bribe, un indice, une précision sur le sort qui m'attend ou, mieux, un élément qui pourrait m'aider à m'enfuir. Mais je capte surtout des ordres inintelligibles crachés dans des talkies-walkies.

Ce matin, des infirmiers m'ont fait passer un scanner et ont procédé à diverses analyses. Plus tard, le docteur Simov m'a rendu visite, manifestement extasié à ma vue.

– Je vais peut-être enfin comprendre en quoi le programme Médusa a dysfonctionné sur vous… Je dois absolument savoir lequel, du procédé de modification d'ADN ou de la solution hormonale, n'a pas fait son office. Il apparaît que votre cortex préfrontal médian a trouvé le moyen de se développer malgré la camisole génétique et chimique imposée par le traitement. Et vos neurotransmetteurs opèrent presque normalement alors qu'ils devraient être bloqués. Bien que cette évolution du fonctionnement cérébral ne puisse être imputable qu'à un changement d'environnement, elle n'en demeure pas moins étonnante.

Il s'adressait moins à moi qu'à lui-même, parfois d'une voix à peine audible.

– D'après ce que dit votre dossier, vous aviez pourtant passé le test.

– Quel test ?

– Voyez-vous, à six mois, si vous placez un bébé lambda à côté d'un autre qui pleure, il se met à pleurer à son tour : c'est la magie de l'empathie qui opère ! Il n'aurait pas cette réaction en entendant des pleurs de chimpanzé, par exemple, ni même s'il était soumis à ses propres cris enregistrés. Aucun bébé Altéré n'a jamais réagi, vous pas plus que les autres. Je n'envisage qu'une seule hypothèse : il a dû se produire un événement qui a bouleversé la chimie de votre cerveau.

J'ai repensé alors à la rencontre avec ma mère, à Philomène, à Amir aussi. Mais la colère a balayé toutes ces réminiscences : j'étais estomaqué d'être considéré comme un vulgaire objet d'étude, certes passionnant aux yeux d'un scientifique tel que le docteur Simov, mais privé à ce point de dignité que ma vie ne valait pas mieux que celle d'un rat de laboratoire. Comme il était petit, affublé d'épaisses lunettes, il ne m'aurait pas fallu déployer beaucoup d'efforts pour assommer ce fichu médecin et m'évader. Ma brutale arrestation m'avait diminué et je me déplaçais difficilement, mais je n'avais pas d'autre possibilité que de m'en prendre à lui si je voulais avoir une chance de m'enfuir.

Sans crier gare, je me suis emparé de son stéthoscope. Dans le même mouvement, je le lui ai passé autour du cou et ai fait valser sa tête contre le mur. En boitant à cause de mes blessures, je me suis précipité hors de la cellule, cherchant de quoi m'armer ou me protéger. Quatre Altérés, postés devant la porte, m'ont empoigné, plaqué au sol et roué de coups. Ils m'ont menotté au lit, tandis que le médecin reprenait ses esprits. D'un ton affolé, il a ordonné qu'on cesse de me frapper. Il a arboré une grimace de soulagement quand il a constaté que les soldats n'avaient pas eu le temps de trop m'abîmer. Il m'a gratifié d'un hochement de tête admiratif.

– C'était à prévoir, au fond, a-t-il reconnu. Je n'arrive pas à m'habituer à la désobéissance chez les Altérés.

La rage au cœur, j'ai fulminé :

– Pourquoi ne pas m'éliminer, tout simplement ? Allez-y !

– La colonelle Wollstone y a songé, bien évidemment, a-t-il expliqué en m'auscultant malgré moi. Mais c'eût été un double gâchis, voyons ! Pour la science, d'abord, car j'ai besoin de vous pour perfectionner le programme. Pour la guerre ensuite, car la colonelle a besoin de soldats tels que vous pour la mener à bien.

Je ne saisissais pas où il voulait en venir.

– Même si le conflit reprend, je ne retournerai jamais au front, ai-je craché en le défiant du regard.

– Nous verrons bien. Ne sous-estimez pas nos compétences, jeune homme, a-t-il conclu en griffonnant sur son carnet.

Je n'ai pas compris ce qu'il entendait par là, mais ça ne présageait rien de bon. Sur ce, il est parti et on m'a détaché.

Il faut impérativement que je demande une entrevue avec la colonelle, je dois encore pouvoir la convaincre.

En faisant tourner son origami entre mes doigts, je repense à Philo. Je l'imagine intégrer son école de théâtre, y déclamer de magnifiques textes, des mots qui résonnent à travers les siècles et font oublier, l'espace de quelques instants, les coups de canon que l'on tire chaque jour, partout dans le monde.

Réciter la scène que j'ai apprise pour elle m'aide plus que jamais. J'y trouve une forme d'apaisement. Dire qu'il n'y a pas si longtemps encore, je ne voyais pas l'intérêt du théâtre, ni de l'art en général. En ce moment, c'est là que je puise le peu d'espérance qu'il me reste.

J'ai écrit mon texte sur le mur tout entier, et me le suis répété jusqu'à l'épuisement, comme s'il s'agissait d'une berceuse capable de calmer mes angoisses.

J'espère qu'un jour, la triste renommée
Vous fera confesser que vous étiez aimée.

19.05 - CONVERSATION AVEC 45

Non, je suis fou. Je ne pourrai convaincre personne. La colonelle Wollstone est otage de sa politique, le médecin de sa science, mes frères d'armes de leur mission meurtrière.

Je suis anéanti.

Je me suis posté devant la minuscule fenêtre. C'est en fin de matinée que le soleil entre vraiment dans ma cellule. J'aimerais que sa lumière imprime chacun de mes atomes. Malgré la chaleur du mois de mai, je sens un froid en moi. Comme si la mort déjà faisait sa place au fond de mon cœur.

J'ai reçu aujourd'hui la visite de 45. Malgré tout ce qui s'est passé, j'ai cherché dans son regard une lueur de soutien et de fraternité.

– Est-ce qu'il faut que j'ordonne qu'on t'attache ? a-t-elle demandé en guise de salut.

Je l'ai fixée, l'œil sombre, et j'ai secoué la tête.

Elle s'est approchée de moi pour me changer un pansement, dernier vestige de ma violente arrestation. En la sentant ainsi si près de moi, l'émotion m'a submergé. Je n'ai pas pu m'empêcher de poser une main sur la sienne. J'ai réalisé au même moment que c'était le premier geste amical que j'avais pour elle, alors que nous nous connaissions depuis notre plus tendre enfance. Elle s'est laissé faire quelques instants, puis a jeté les compresses sales dans une coupelle en inox.

J'ai tenté le tout pour le tout :

– Il existe un groupe d'Altérés qui a pris son indépendance pour fonder une communauté appelée la Lisière. J'ai le contact de l'un d'entre eux. Il pourrait nous emmener loin de toute cette institution absurde.

Elle s'est assise à califourchon sur l'unique chaise en métal de ma cellule et a contemplé le texte écrit au mur. Je la sentais hermétique à tout ce que je disais. Nous appartenons à deux univers opposés désormais.

– Tu es occupé, à ce que je vois. Qui aurait pu croire, il y a encore un an, que tu te passionnerais pour une activité aussi inutile que le théâtre ?

J'ai guetté une parole de réconfort qui n'est pas venue. Il était absurde d'espérer la moindre assistance de sa part.

– Tu n'es donc là que pour me narguer, m'humilier ? ai-je crié. Je pensais que nous étions amis, toi et moi...

Ma voix s'est brisée, amère.

– Les gens comme nous ne peuvent pas avoir d'amis.

– Qu'est-ce que tu me veux, alors ?

– Malgré tout ce que tu peux croire, je suis venue t'aider. Te donner une dernière chance.

– Une chance de quoi ?

– De rejoindre la famille que tu as quittée. Au nom de nos années d'entraînement passées ensemble, je te demande de reconsidérer ta position. Tu pourrais revenir à ce pour quoi tu es vraiment fait. Si tu refuses, sache que je ne pourrai plus rien faire pour toi. Réfléchis-y.

– S'ils veulent me tuer, qu'ils le fassent. Je préfère mourir plutôt que de redevenir soldat.

– Ce n'est pas ce qu'ils prévoient pour toi dans l'immédiat.

– Qu'est-ce que tu entends par là ?

Elle a gardé les yeux rivés sur moi un moment avant de répondre :

– Ce qui t'attend, c'est un traitement que le docteur Simov est en train de mettre au point. Un cocktail d'hormones qui va te faire rebasculer du bon côté. Parallèlement, il entreprendra une opération chirurgicale pour effacer ta mémoire de ces derniers mois, et la désencrasser des émotions humaines.

Le souffle coupé par cette annonce, j'ai blêmi, abasourdi.

– Ne t'en fais pas, a-t-elle continué, croyant me rassurer. Tes compétences au combat, ta capacité de concentration, tes connaissances en stratégie resteront intactes. Ils vont te réparer, 18. Tu seras à nouveau infaillible, inébranlable, impitoyable.

J'ai bredouillé, avant d'articuler d'une voix blanche :

– Ils ne peuvent pas me faire ça...

– C'est pourtant ce qu'ils vont faire. Pour de meilleures chances de succès, ils préfèrent que tu te reposes encore quelques jours, que tes plaies se referment un peu. Tu ne t'es pas laissé faire lors de ton arrestation.

Sans plus traîner, elle s'est dirigée à reculons vers la sortie et a frappé à la porte pour qu'on vienne lui ouvrir. Elle a seulement conclu avant de disparaître :

– Je vais pouvoir retrouver le frère d'armes que j'ai toujours connu.

Après son départ, je me suis accroupi dans un coin de ma cellule, plus affligé que jamais. Je suis stupéfait, atterré, sidéré, pétrifié.

On va probablement m'opérer dans l'unité médicale, aile est. Je crois bien que c'est précisément là que ma mère biologique est venue me mettre au monde, il y a presque dix-sept ans. À cette pensée, je revois son regard vide et absent. Je ne peux pas m'empêcher de me demander si, à l'époque, elle n'a pas ressenti une pointe de regret au moment de m'abandonner.

J'essaie de me figurer le jour de l'opération, comment ils comptent m'emmener, bien gardé, jusqu'au bloc. J'imagine les instruments chirurgicaux. L'effet de l'anesthésie. Et ce que je deviendrai une fois réveillé…

Non.

Il faut que je trouve un moyen de m'évader !

20.05 - TROIS JOURS

Le docteur Simov est revenu, il m'a fait passer de nouveaux tests, a effectué de nouveaux prélèvements. À l'IRM, il a vu dans mon cerveau s'activer des zones qui devraient être éteintes. J'avais l'impression d'être mis à nu, et je me suis demandé si l'imagerie lui avait aussi montré les aventures que j'avais lues, mes moments d'amitié avec Amir ou le sourire de Philo.

Ensuite, il a ordonné qu'on me maintienne immobile pendant qu'il palpait mon crâne. J'ai hurlé, j'ai supplié, j'ai menacé, rien n'y a fait. Il a affiché une mine fataliste. Il ne voyait décidément rien d'autre en moi qu'un objet d'analyse.

Il m'a alors annoncé, d'un air satisfait:

– Il me reste encore quelques protocoles à peaufiner, mais l'opération est pour bientôt. Dans trois jours, je pense. Nous vous endormirons et, quand vous vous réveillerez, vous serez à nouveau le redoutable soldat que vous avez toujours été. Ne vous inquiétez pas, vous ne souffrirez pas.

Je n'ai pas pris la peine de lui répondre. Ne pas souffrir... N'est-ce pas de la souffrance, ce que je vis en ce moment? L'angoisse face à l'inévitable, l'effroi devant ce qui m'attend... Trois jours...

Peut-être me reste-t-il encore une chance de m'enfuir. Lorsqu'il m'a ausculté, le docteur Simov s'est tenu suffisamment près de moi pour que je dérobe un trombone fixé sur la poche de sa blouse. Personne ne s'en est rendu compte.

Aussitôt seul, je me suis précipité vers une plaque d'aération, que je pouvais atteindre, grâce à la chaise, en me hissant sur la pointe des pieds. Je ne sais pas si, après l'avoir retirée, l'espace serait assez large pour me laisser passer. Je ne sais pas non plus où mène ce conduit, mais je n'ai rien d'autre à tenter. «Dans trois jours», a-t-il dit!

Tout en m'attelant à la tâche avec l'énergie d'un naufragé, je ne peux m'empêcher de dérouler en esprit tout ce qui m'est arrivé. Je repense à celui que j'étais il y a à peine quelques mois. C'est un étranger.

Je ne sais pas comment les gens font pour vivre cette vie. Supporter la souffrance d'être coupé de ce qui leur est cher, avancer tout de même, douter, tomber, se relever, perdre, essayer encore. Je ne suis pas certain que tout le bien que j'ai pu entrevoir en quelques semaines vaille la douleur que j'éprouve en ce moment.

Ou peut-être que c'est précisément toute cette souffrance qui rend les instants de bonheur plus vibrants.

Je repense aux chemins que je n'ai pas pris. Alors que nous étions en route pour la station télé, Philo m'avait exhorté à fuir. Aurèle avait aussi tout fait pour que j'accepte sa proposition de rejoindre la Lisière. J'avais répondu que je ne pouvais pas, qu'il fallait que j'agisse. Ah! où en serais-je si je les avais écoutés?

Je serais parti, avec pour seul bagage un cœur maladroit, mais où pulsaient le flux et le reflux de tout un monde de sentiments à explorer. Le seul bagage au fond dont j'aie jamais eu besoin.

J'espère qu'un jour, la triste renommée
Vous fera confesser que vous étiez aimée.

21.05 - RAGE

Je ferme les yeux, je plaque mes mains contre les murs nus, et je laisse mon esprit vagabonder sur des îles. Elles ont la forme du visage de Philo, et le vent dans les arbres ressemble au son de sa voix. Je ne me suis jamais baigné dans l'océan, mais je m'invente le contact de l'eau fraîche sur ma peau, les vagues courant le long de mes jambes et tourbillonnant jusqu'à mon cou. Par l'imagination, je goûte malgré tout ce plaisir... tant que je peux en ressentir encore.

Je revois le tout petit garçon que j'étais, harassé au terme du parcours d'entraînement, éreinté par trop de simulations, brisé par les innombrables consignes à respecter, ployant sous le poids d'un paquetage aussi lourd que lui. Ce garçon qui a reçu les ordres d'un instructeur glacial au lieu de l'étreinte d'une mère aimante, je voudrais, en pensée, le prendre dans mes bras, et lui assurer qu'au bout du chemin il finira par découvrir la saveur de l'existence.

J'ai passé plusieurs heures à essayer de déloger cette fichue plaque. Au terme de beaucoup d'efforts, j'ai presque réussi à extirper la première vis, mais elle semblait bloquée. Alors que je glissais le trombone pour faire levier, il est tombé de l'autre côté. Bon sang que je suis bête ! Depuis, je tente d'ôter les trois vis restantes avec mes doigts. Mon acharnement me brise les ongles et rougit mes phalanges, mais je n'ai pas le choix.

Lorsque je m'octroie quelques pauses pour reposer mes mains en feu, par la petite lucarne, je contemple mes anciens compagnons qui avancent au pas dans la cour, inexorables, inflexibles. Il se dégage d'eux une formidable force, et pourtant, je ne trouve dans leur regard que l'éclat métallique d'une vie mécanique. Avant, j'aurais approuvé leur credo : respect de l'ordre, rigueur, soumission aux principes. Mon esprit marchait au même rythme. Aujourd'hui, j'observe avec frayeur cette pantomime. Des marionnettes, privées de réflexion et de libre arbitre, voilà tout ce que je vois. Je suis saisi d'effroi quand je pense que, il n'y a pas si longtemps encore, j'étais l'une d'elles. Et, le comble de l'horreur, c'est que, dans quelques jours, je le serai peut-être à nouveau.

22.05 - 45

En fin d'après-midi, 45 est entrée dans ma cellule, escortée par 87. Elle poussait un fauteuil roulant.

– C'est le grand jour, 18. L'opération a été avancée. Nous nous sommes portés volontaires pour t'emmener au bloc.

Ils n'éloignaient pas la main de l'arme qui veillait à leur ceinture, comme pour parer à toute tentative de ma part. Les voir ainsi m'a vidé de ma force. J'allais donc être conduit à l'abattoir par les deux camarades dont j'étais le plus proche.

– C'est un honneur pour nous, a ajouté 87, comme pour contredire ma pensée. Tu seras bientôt à nouveau l'un des nôtres.

Défait et anéanti, je me suis levé mécaniquement, tandis que 45 rassemblait mes affaires dans un grand sac.

– Tu n'en auras plus besoin, m'a-t-elle dit froidement.

Doucement, mais fermement, 87 m'a placé dans le fauteuil, que 45 a manœuvré jusqu'au bout du couloir. Il a appelé l'ascenseur sans me quitter des yeux.

Ils n'avaient pourtant rien à craindre de moi. Je n'avais pas même le cœur de prononcer le moindre mot. Ma pensée était rivée à Philo. Je me disais que, si je parvenais à imprimer son image au plus profond de mon être, toutes les opérations du monde ne pourraient pas l'en ôter.

Je savais que le service chirurgical se trouvait quelques étages en dessous, mais l'ascenseur a commencé à monter. 87 s'est tourné vers 45.

– Tu t'es trompée…

J'ai alors entendu un bruit mat et 87 s'est effondré, juste devant mon fauteuil. 45 venait de lui asséner un formidable coup de matraque. Sans comprendre, j'ai levé des yeux effarés vers elle.

– On n'a pas une minute à perdre, m'a-t-elle expliqué. Je t'emmène jusqu'au conduit d'aération du septième étage. Direction : le toit de l'immeuble.

– Mais…

– Il faut se dépêcher.

En effet, nous arrivions déjà au dernier niveau accessible par l'ascenseur. Le temps de déposer 87 ligoté dans un coin, nous nous sommes mis en route. Nous avons progressé, comme des ombres, au milieu de ces couloirs que nous connaissions par cœur. Par chance, la plupart des Altérés s'entraînaient au gymnase ou à la salle de musculation. Soudain, 45 a levé le poing pour me signifier de m'arrêter. Elle m'a poussé dans un renfoncement.

– Nous sommes près d'un local d'armurerie. Nous allons laisser ici le fauteuil roulant. Récupère tes affaires et reste là, je vais te dénicher un planeur. Tu en auras besoin.

Je l'ai retenue par le bras.

– Prends-en deux.

– Pourquoi ?

– Viens avec moi.

– Je ne comprends pas ce que tu fais, ni ce qui t'arrive. Je t'aide seulement car tu es mon frère d'armes, et je te défendrai même si je ne saisis pas ton combat. Ma place est ici.

– Réfléchis, 45 : ils sauront très vite que tu es complice de mon évasion. Ce sera le peloton pour toi. Pars avec moi, tu auras une chance. Et je suis sûr qu'avec un peu de temps tu t'éveilleras, toi aussi.

Elle a hésité, puis a fini par acquiescer, avant d'aller parler au soldat qui tenait l'armurerie.

Après quelques minutes, elle est revenue chargée de deux sacs et m'en a tendu un. Je l'ai mis sur mon dos après avoir fourré mes affaires dans les poches latérales.

Nous avons continué à progresser jusqu'au fond du couloir. Là, elle a retiré du mur une grande plaque qui s'ouvrait sur un conduit d'aération. Une corde noire, que 45 avait déjà préparée, nous invitait à gagner le toit. Elle avait tout planifié.

Une fois à l'air libre, 45 m'a prévenu :

– J'ai contacté Sylvain.

Devant mon air de surprise, elle a précisé :

– J'ai trouvé son numéro caché dans ton lit. Il t'attend à la tombée de la nuit, sur la crête nord qui nous sert de base d'entraînement pour l'escalade. Grâce au planeur, il ne restera que peu de distance à parcourir à pied.

– Nous y arriverons. Ensemble.

Nous avons observé la trajectoire des soldats de garde, guettant le moment propice pour nous envoler.

– Ta vie va changer, 45.

Elle m'a fixé, sans vraiment saisir.

– Un jour, tu les verras. Les fantômes. Les yeux des morts. Mais tu vas aussi découvrir les miracles quotidiens : le plaisir de sauter sur les pavés, de regarder un film, de mordre dans une bonne part de tarte… J'ai tellement de livres à te montrer ! Et la musique ! Il faut absolument que je te fasse écouter une chanson des Beatles.

– Ne t'égare pas. C'est dangereux pour les hommes de la Lisière de te retrouver au point de rendez-vous. Ils n'attendront pas plus d'une heure et, à mon avis…

Une salve de tirs l'a interrompue, et nous nous sommes précipités à couvert.

– Ça vient du sommet du mirador, a-t-elle commenté après avoir jeté un coup d'œil rapide. Ça doit être 67. Une chance pour nous, il vise mal.

À cet instant, l'alarme de la caserne s'est mise à retentir. Les Altérés et les soldats réguliers se rassemblaient dans la cour. Des éclats de voix nous ont fait tourner la tête : on nous traquait aussi par le chemin que nous avions emprunté. Lestement, j'ai coupé la corde pour empêcher nos poursuivants de nous atteindre et 45 a ôté son sac pour tirer d'une poche une grenade fumigène. Elle l'a jetée dans le conduit, et nous avons rapidement entendu des toussotements.

Tandis qu'elle évaluait la situation, j'ai remarqué deux trous dans un des sacs qu'elle avait obtenus à l'armurerie. À l'évidence, son planeur était endommagé. J'aurais pu le réparer si j'avais eu une ou deux heures devant moi, mais en l'état, il était inutilisable.

Un seul de nous deux pouvait s'enfuir.

Ignorant tout encore, 45 réfléchissait à nos possibilités d'évasion. Je lui ai suggéré :

– Il nous reste un fumigène. On devrait le dégoupiller et le laisser ici. On profite du nuage de fumée pour s'envoler. Ils auront moins de chances de nous atteindre.

Je lui ai tendu un des deux sacs. Sans remarquer ma pâleur soudaine, elle l'a endossé et s'est placée au bord du toit en se baissant pour ne pas être repérée par le tireur du mirador. Je lui ai murmuré, en essayant d'empêcher ma voix de trembler :

– Ferme les yeux jusqu'à ce que tu sois hors de portée du fumigène.

Elle m'a rétorqué :

– Saute en premier, tu bénéficieras de l'effet de surprise.

– Non, mon amie, après toi. Fonce !

Dès que le fumigène s'est propagé, je l'ai poussée pour lui donner davantage d'élan.

– Tu peux ouvrir les yeux, 45 ! Ouvre les yeux !

Elle a répondu quelque chose, mais comme les tirs repartaient de plus belle, je n'ai pas entendu quoi. Elle devait se demander ce que j'attendais pour la suivre. J'ai agité les bras pour attirer l'attention de nos assaillants et des soldats postés dans la cour. Quand ils m'ont repéré, ils n'ont plus visé 45. J'ai eu le temps de constater qu'elle décrivait une courbe parfaite au-dessus des barbelés, avant qu'une pogne puissante me mette à genoux. Un groupe d'Altérés avait réussi à grimper par le conduit. Ils étaient trois à m'immobiliser au sol. Par moments, j'entrevoyais encore 45 avec son planeur, qui rapetissait peu à peu, jusqu'à ne plus former qu'un point sur l'horizon rougi par le couchant.

Et voilà comment je me retrouve, à nouveau, entre les quatre murs blancs de ma cellule. Ils ont soigneusement refixé la plaque. Ils ont ôté par précaution la chaise et le cadre du lit. Après cette tentative d'évasion, la colonelle va peut-être reconsidérer mon cas et le juger désespéré. Une exécution en bonne et due forme n'est-elle pas la plus sage des décisions dans ce type de situation ?

Une partie de moi le souhaite. Je voudrais mourir en étant moi, maintenant que je sais qui je suis.

23.05 – C'EST POUR DEMAIN

J'ai peur.

Une peur brûlante, pétrifiante, viscérale.

C'est un sentiment que j'éprouve vraiment pour la première fois.

J'ose encore avoir espoir, mais mon instinct me dit qu'il est trop tard.

Par la petite fenêtre, j'entends tomber la pluie. Ce son m'a rappelé les enregistrements de 04. J'avais écouté la cassette à de nombreuses reprises, sans parvenir à déchiffrer le message qu'elle renfermait... jusqu'à maintenant. Il avait capté aussi les rires d'enfants au parc, la marche des passants sur le trottoir, le bruit du vent. Des bribes de vie, qu'il avait patiemment assemblées, conscient de la valeur de chacune d'elles. Il n'y avait rien d'autre à comprendre. Il a raison. Le chuchotement de la pluie est d'une beauté incroyable. Je donnerais n'importe quoi pour sentir le contact des gouttes sur mon visage.

Dehors, les Altérés se sont réunis pour la levée des couleurs. La cour s'enfle du martèlement de l'hymne national. Ils reprennent le rythme en faisant claquer leurs rangers sur le sol, à l'unisson, de plus en plus fort. Je ne peux pas supporter ce bruit implacable, qui monte comme une vague indomptable.

Tout m'accable et me ramène à l'opération qui s'annonce. Des éclats de voix viennent briser le silence de ma cellule. Dans le couloir, une agitation soudaine.

Philomène, je veux t'adresser mes derniers mots ! Car c'est pour bientôt, je crois. Tout de suite, même.

J'étais plein d'une vie nouvelle, inconnue, frémissante, et voilà que je vais mourir.

Je dois me souvenir de toi, me souvenir que je t'aime ! Dans quelques heures, mon cœur ne sera plus qu'un organe tristement fonctionnel. Si l'opération est un échec, je vais mourir sur cette table. Si elle réussit, le sang coulera encore librement dans mes veines, s'obstinant à alimenter un cœur pourtant mort au monde !

Je ne veux pas mourir. Je viens seulement de naître !

Les visages croisés sur ma route seront ceux d'alliés ou d'ennemis, sans que j'en reconnaisse ni la beauté ni la laideur.

Je ne veux pas mourir. Je veux de la lumière qui vibre, des rires qui brisent l'air, des larmes qui roulent sur les joues ! Je veux découvrir de nouveaux livres, marcher de travers sur les pavés, apprendre à ne plus chanter faux, me coucher tard, m'étourdir à la vue d'un regard ou d'un paysage, dîner dans tous les restaurants du monde, être désespéré par des chagrins d'amour, tenir toujours en moi ces sentiments incandescents.

Philo... où que tu sois, je veux que tu saches que je pense à toi.

Mon cœur se remet à cogner, au point que j'en ai mal. J'ai posé ma main dessus pour le calmer et aussi un peu pour le sentir ainsi, si fort, si vivant. Bientôt, il ne battra plus qu'au rythme des fusils.

Quelqu'un ! À l'aide !

Je vais les supplier. Le médecin, la colonelle, les gardes, mes frères d'armes, tous ! Je vais leur montrer à quel point je suis humain. Je peux le prouver ! Leur expliquer avec des mots justes ce que je ressens à la lecture de Shakespeare, en écoutant Brahms, ou même en mangeant un plat délicieux. Ils ne pourront que me comprendre ! Oui, et alors, ils arrêteront tout !

MATRICULE : LX18
SEXE : MASCULIN
ÂGE : 16 ANS
GROUPE SANGUIN : B+
GRADE : ALTÉRÉ 2DE CLASSE
SPÉCIALITÉ : COMBAT RAPPROCHÉ

02.06 – MINOTAURE 2

On m'a ordonné de remplir ce cahier, alors je le fais. J'y ai reconnu mon écriture. Je ne me souviens pas d'avoir rédigé ces lignes. Un bon nombre de pages ont été arrachées. On m'a dit que ça n'avait pas d'importance et qu'il fallait que je retranscrive ici mes pensées.

Le docteur Simov m'a demandé si j'avais peur. Pas compris la question.

Ai passé tous les tests d'aptitude. Suis prêt à partir au front. D'après les informations transmises au briefing, le conflit s'était momentanément arrêté, mais a repris. L'opération Minotaure 2 est officiellement lancée.

6:30 : le lieutenant Lazlo et deux soldats réguliers sont venus réveiller le dortoir à coups de sifflet. Contrairement à son habitude, le lieutenant n'a pas beaucoup parlé, et nous a donné vingt minutes pour nous préparer et descendre dans la cour.

Pendant que tout le monde était occupé à faire son lit au carré ou à passer aux sanitaires, il m'a rejoint et a demandé :

– Rien à signaler, LX18 ?

– Non, lieutenant.

J'ai constaté qu'il se tenait non pas comme il le fait d'ordinaire, mais le regard un peu de biais.

– Comment tu te sens ? a-t-il dit.

– Prêt à en découdre avec l'ennemi, lieutenant.

– Bien... bien.

Il semble que ma réponse ne l'a pas entièrement satisfait, car il a quitté la pièce sans un mot.

Après les rituels du matin, j'ai vérifié une dernière fois mon paquetage. Tout y est.

Les camions qui doivent nous convoyer à l'héliport se rangent peu à peu dans la cour de la caserne. L'heure du départ approche. J'ai croisé LX87 et l'ai salué d'un signe de tête. Il occupera, durant notre mission, le rôle initialement attribué à 45 qui, on me l'a dit, est tombée au combat. Mon cerveau a un peu de mal à intégrer cette information. Sans doute parce que 45 est une guerrière redoutable qui ne se serait pas laissé tuer aussi simplement.

Ai rejoint mes camarades qui gagnaient le point de rassemblement, pour la levée des couleurs. Nous avons martelé le sol au rythme de l'hymne national. Nous avons terminé en scandant en chœur notre devise :

Né pour le combat.
Mort au combat.

J'ai révisé en pensée chaque étape de la mission, en écoutant notre hymne diffusé par des haut-parleurs réglés suffisamment fort pour couvrir le ronronnement des véhicules. Puis, avons fait quelques tours de piste au pas de course, pendant que les soldats réguliers prenaient un temps de repos.

Fait inhabituel : derrière le grillage, une civile agitait les bras en nous regardant. Grande et fine, cheveux bruns, stature frêle. Elle paraissait appeler dans notre direction, mais, à cause du bruit des camions, des haut-parleurs et de la distance, je n'ai pas entendu ce qu'elle criait. Elle a fini par renoncer et elle s'est contentée de me dévisager, il me semble. Je ne la connais pas. Pourtant, elle avait l'air de ne pas me quitter des yeux. Par réflexe, j'ai porté la main à mon arme, mais je ne crois pas que cette intruse représente un danger. Finalement, le soldat du poste de garde l'a menacée et elle s'est éloignée lentement, à reculons. Je ne sais pas pourquoi, mais, à cette vue, une phrase brouillée m'est revenue, par bribes. Je ne parviens pas à la saisir.

Un signal nous a annoncé qu'il était temps de partir. J'ai grimpé dans un camion, d'où j'écris ces quelques mots, avant de ranger définitivement ce cahier.

Seule irrégularité en attendant l'ouverture des grilles : j'ai senti, brièvement, quelque chose sur mon visage. Un écoulement lacrymal ténu. Je ne connais pas l'origine de cette sécrétion. Peut-être un début d'infection à l'œil. J'en parlerai au médecin, si le problème persiste.

Nous allons partir.

La phrase que j'évoquais plus haut m'apparaît plus clairement :

J'espère qu'un jour, la triste renommée
Vous fera confesser que vous étiez aimée.

Je n'ai aucune idée ni de ce que cela peut bien vouloir dire, ni de l'origine de ces mots. Sans doute la réminiscence d'un code à déchiffrer. La cryptographie n'est pas ma spécialité.

Dans mon cahier, suis tombé sur un morceau de papier blanc plié d'une manière étrange. Si on le tient d'une certaine manière, cela ressemble vaguement à un oiseau. Je ne me rappelle pas l'y avoir mis et j'en ignore la provenance. J'ai pensé le jeter sur la route, mais, au dernier moment, je me suis ravisé et l'ai placé dans la poche intérieure de ma veste, juste sous mon matricule.

Peut-être qu'un jour, je comprendrai à quoi il sert.

ŒUVRES ARTISTIQUES ÉVOQUÉES PAR HÉLIX

THÉÂTRE

• Pedro Calderón de la Barca (1600-1681), *La vie est un songe*
Calderón compose sa première pièce à quatorze ans. En parallèle de ses écrits, il mène une vie pleine d'aventures, digne d'un roman de cape et d'épée. Il choisira plus tard une voie bien différente en entrant dans les ordres... sans pour autant renoncer à la plus grande des aventures : l'écriture.

• Johan Wolgang von Goethe (1749-1832), *Faust*
Cette œuvre fondamentale de la littérature allemande s'inspire d'un fait divers : un savant du XVIe siècle qui avait, dit-on, pactisé avec le diable, pratiquait la magie noire et serait mort lors d'une expérience ayant mal tourné... On ne connaîtra jamais le mot de la fin, mais Goethe fait de son histoire une extraordinaire métaphore de la lutte entre le bien et le mal.

• Victor Hugo (1802-1885), *Hernani*, *Ruy Blas*
Aujourd'hui considéré comme un auteur classique, Hugo n'en a pas moins été un révolutionnaire de la littérature en

son temps. Sa pièce *Hernani* a tellement fait polémique que les spectateurs en sont venus aux mains pendant sa première représentation, tandis que les acteurs tentaient tant bien que mal d'aller au bout de leur texte.

• Alfred de Musset (1810-1857), *Lorenzaccio*

Musset n'a que vingt-trois ans quand il imagine, à la suite d'un voyage à Venise, cette histoire mêlant mensonge, amitié et vengeance. Écrite en trois semaines, cette pièce assez pessimiste donne la couleur des tourments de son auteur, et marquera la littérature, notamment grâce à la célèbre tirade du héros sur l'amour. Ce drame ne sera cependant jamais joué de son vivant. Pour représenter les trente-six scènes de l'œuvre, il aurait fallu pas moins de trois soirées, quatre cents comédiens et soixante décors...

• Jean Racine (1639-1699), *Bérénice*

Certains ennemis se battent en duel, à l'épée ou à mains nues. Racine et Corneille, tous deux dramaturges, ont fait un autre choix : écrire chacun une pièce sur le même sujet, dans le but de voir laquelle aura le plus de succès. Ce sujet, c'est l'histoire de l'empereur Titus qui renonça à sa maîtresse Bérénice, afin de pouvoir gouverner Rome. C'est le jeune Racine, qui obtient la préférence du public, des critiques et même du roi, tandis que Corneille, déjà bien âgé, fait connaissance avec l'obsolescence programmée. Il ne fait pas toujours bon vieillir, même pour un auteur en vue !

• Edmond Rostand (1868-1918), *Cyrano de Bergerac*

Auteur mystérieux s'il en est, Rostand s'autoproclame « poète raté » et écrit pourtant, en quelques semaines, l'une des pièces les plus connues du répertoire français. Le public s'enthousiasme encore pour ce héros que la nature, dans sa malice, a rendu laid mais poète, et dont les mots séduiront la femme de ses rêves… au bénéfice de son rival ! Pour réaliser le succès de l'œuvre à sa sortie, retenons qu'il y a eu pas moins de quarante rappels le soir de la première, et qu'on compta environ mille autres représentations dans les quinze années qui ont suivi.

• William Shakespeare (1564-1616), *Hamlet, Roméo et Juliette, Le Marchand de Venise*

Indépendamment de ses pièces qu'on ne présente plus, l'homme était une légende. Pour preuve, la question même de son existence a donné lieu à de vifs débats. Au-delà de cette polémique, on peut dire que, sans lui, la langue anglaise ne serait pas celle que nous connaissons puisqu'il aurait inventé à lui seul des centaines de mots encore en usage.

ROMAN

• Cervantès (1547-1616), *Don Quichotte*

L'auteur a d'abord écrit ce roman pour se moquer des livres de chevalerie, dont on était friand à son époque. Il ne pouvait pas s'attendre à ce que son personnage devienne non seulement le héros le plus connu de la littérature espagnole, mais, plus largement encore, une figure emblématique de courage pour défendre des causes désespérées. Comme quoi, tout ne se passe pas toujours comme prévu, même les perdants peuvent entrer dans l'histoire…

MUSIQUE

• The Beatles, « Yesterday », *Help !*

Paul McCartney, né en 1942, raconte qu'il a entendu cette

chanson en rêve et l'a retranscrite à son réveil. Il était persuadé que ce n'était pas une création originale de sa part, mais le souvenir d'un air qu'il avait entendu. Pourtant, après plusieurs semaines durant lesquelles il a fait écouter ce morceau à son entourage, comme il aurait cherché le propriétaire d'un objet perdu, il s'est fait une raison en constatant que personne ne le reconnaissait : c'était donc bien lui l'heureux papa ! Bien que décalée par rapport à leur style habituel, la chanson « Yesterday » est devenue un des titres emblématiques des Beatles, et un des succès les plus repris de l'histoire de la musique.

• Johannes Brahms (1833-1897), *Troisième Symphonie* en *fa* majeur, Op. 90 - III. Poco allegretto

Brahms est resté dans les mémoires comme un compositeur libre et passionné. Loin de l'image poussiéreuse qu'il véhicule souvent, il a joué dans les tavernes, adorait les tours de manège et était un éternel amoureux, à l'esprit brillant et plein d'humour. Il aurait quitté un dîner entre amis en criant : « Si parmi vous, il y a quelqu'un que j'ai oublié d'insulter, je lui demande de bien vouloir me pardonner. »

CINÉMA

• Frank Capra (1897-1991), *La Vie est belle*

Voici un film qui aurait bien pu sombrer dans l'oubli sans une heureuse erreur de distribution. En effet, son succès à sa sortie est assez mitigé et, une affiche en chassant une autre, on passe rapidement à autre chose. Mais, à cause d'une étourderie dans le renouvellement de droits de diffusion, les chaînes de télé ont, plusieurs années durant, la possibilité de diffuser le film sans payer de droits au producteur. C'est ainsi qu'il est devenu, et ceci pour des décennies, un film de Noël incontournable.

• George Lucas (né en 1944), La saga *Star Wars*
Il y a bien longtemps, dans une galaxie lointaine, très lointaine....
Voilà un exemple de projet auquel peu de personnes croyaient – le flair n'est décidément pas le sens le plus répandu en ce bas monde. Malgré le succès de l'épisode IV, George Lucas, pour réaliser l'épisode V, aurait contracté des prêts. Qu'on se rassure cependant: on imagine sans peine qu'il est aujourd'hui rentré dans ses fonds. Quoi qu'il en soit, les histoires liées à la création de cette saga sont devenues presque aussi légendaires que la saga elle-même...

PEINTURE

• Caspar David Friedrich (1774-1840), *Le Voyageur contemplant une mer de nuages*
Ce peintre a lui-même avoué qu'il ne savait pas représenter les personnages, raison pour laquelle dans la plupart de ses tableaux, les personnages sont lointains ou vus de dos, comme dans *Le Voyageur contemplant une mer de nuages.* Chérissez vos faiblesses! Vous ignorez où un talon d'Achille bien exploité peut vous mener...

• Hokusai (1760-1849), *La Grande Vague de Kanagawa*
Hokusai ne serait pas le vrai nom de ce peintre japonais. Vers la fin de sa vie, il s'est fait appeler Gakyöjin, qui signifie «fou de dessin». L'histoire ne dit pas à quel âge il a commencé à peindre, mais en effet, en quatre-vingt-neuf ans d'existence, il aurait réalisé pas moins de trente mille œuvres.

REMERCIEMENTS

Sur la couverture d'un livre, on ne place en général qu'un seul nom : celui de l'auteur. Mais croire que tout ce que vous venez de lire a été le fruit d'une seule personne serait aussi absurde que d'indiquer, dans le générique d'un film, uniquement le nom du réalisateur. Même si ce seront essentiellement des inconnus pour vous, je tiens donc à adresser ma gratitude à toutes les personnes qui m'ont permis, chacune à leur manière, de faire d'une vague idée brouillonne l'histoire que vous avez lue.

Merci aux dédicataires de ce livre, Anne-Catherine, Clément, Guillaume, Hélène, Jérémie, Vincent. Merci pour les temps volés pour un café, les trajets de six heures de nuit sous une pluie battante, les conversations sur les parkings en plein hiver, les coups de téléphone réguliers, les soirées musique, la présence malgré la distance... Je ne sais où j'en serais aujourd'hui sans votre amitié sans faille.

Merci à ceux qui ont pris le temps de me donner, directement ou non, des conseils sur les premières versions de cette histoire : Xavier d'Almeida, Eva Dézulier, Marion Faure, Lucie Pierrat-Pajot, ainsi qu'Isabelle Stoufflet et la belle équipe de Gallimard Jeunesse.

Merci à Jules Julien qui a trouvé le moyen de montrer Hélix tel que je l'imaginais. Bravo !

Merci aux libraires, bibliothécaires, professeurs-documentalistes qui se dévouent chaque jour pour le plus beau des combats : faire en sorte que des enfants lisent des livres.

Enfin, merci à Hélix. Tu es arrivé dans ma vie exactement au moment où j'en avais besoin. Je te dois une fière chandelle, mon ami.

TABLE

L'AUTEUR

Né à Lyon en 1981, **Kamel Benaouda** a suivi des études de Lettres Modernes pour devenir enseignant. Il vit aujourd'hui à Angers avec sa famille.

Son roman *Norman n'a pas de super-pouvoir,* a remporté la 3ème édition du Concours du premier roman organisé par les Éditions Gallimard-Jeunesse, RTL et Télérama en 2018.

ON LIT
PLUS
FORT.
COM
L'ACTUALITÉ DES ROMANS
GALLIMARD JEUNESSE

Le papier de cet ouvrage est composé de fibres naturelles, renouvelables, recyclables et fabriquées à partir de bois provenant de forêts gérées durablement.

Maquette : Françoise Pham

Loi n° 49-956 du 16 juillet 1949
sur les publications destinées à la jeunesse
ISBN : 978-2-07-516007-0
Numéro d'édition : 395359
Dépôt légal : février 2022
Imprimé en France par Normandie Roto Impression s.a.s.
N° d'impression : 2106963